꿈에도 생각 못한 이 결혼

지은이 | 판피린제이
펴낸이 | 권순남
펴낸곳 | (주)마야 · 마루출판사

1판1쇄 인쇄일 | 2019년 3월 22일
1판1쇄 발행일 | 2019년 3월 28일

등록일자 | 2008년 1월 7일
등록번호 | 제310-2008-00001호

주소 | 서울시 노원구 상계 1동 1049-25 신영산업 BD 602호
대표전화 | 02-2091-0291
팩스 | 02-2091-0290
이메일 | marubooks@hanmail.net

978-89-280-9646-6(04810)
978-89-280-9644-2(set)

값 9,000원

- 저자와 협의하여 인지를 붙이지 않습니다.
- 잘못된 책은 교환하여 드립니다.

「이 도서의 국립중앙도서관 출판시도서목록(CIP)은 서지정보유통지원시스템 홈페이지(http://seoji.nl.go.kr)와 국가자료공동목록시스템(http://www.nl.go.kr/kolisnet)에서 이용하실 수 있습니다.」
(CIP제어번호:CIP2019009963)

꿈에도 생각 못한 이결혼

2

MAYA & MARUROMA

판피린제이 지음

목 차

12. 그거 진심이에요 …007

13. 제대로 크레셴도 …032

14. 보고 있어도 보고 싶으니까 …068

15. 사랑까지 희생할 수는 없잖아 …103

16. 작전 개시 …143

17. 너의 아픔, 너의 슬픔 …182

18. 지구 끝에 가 있더라도 …211

19. 온 우주에서 네가 가장 아름다워 …236

20. 하트 시그널 …270

21. 꿈에도 생각 못 한 행복 …294

외전1. 모종의 작전 …325

외전2. 그 시절 …370

외전3. 사(랑하자!) 이(세상) 다(바쳐!) …392

외전4. 다섯 번째 결혼기념일 …406

작가 후기 …419

꿈에도 생각 못한 이 결혼

12.

그거 진심이에요

아아- 제발-!

돌직구를 날리는 그의 말에 나는 눈을 질끈 감고 말았다.

우리는 좀 전까지 어머님의 손맛으로 맛있게 양념된 주꾸미와 장어를 불판에 지글지글 구워 먹고 있었다.

지금 이곳 발코니에선 기분 좋은 봄바람이 볼을 살랑살랑 건드렸고, 부암동에 가득한 나무들이 흩뿌리는 내음이 향기로웠다.

그리고 눈앞에 앉아 있는 오빠와 정성이 듬뿍 담긴 맛있는 음식들.

더 바랄 것이 없을 정도였다.

이런 상황에서 아무렇지 않게 건넨 이야기들에 예상치 못

한 대답들이 돌아왔다.

'나를 지켜 준다고? 나…를 좋아한다고…….'

분명한 고백이었다.

허허, 오빠가 나를?

빨간 지붕 이층집 발코니에서 장어를 구워 먹다 말고.

나는 심장이 크고 빠르게 뛰다 못해 밖으로 튀어나올 지경이었다.

침착하자. 침착해.

"오… 오빠."

내가 한참의 침묵을 깨기 전까지 오빠는 말없이 주꾸미와 장어를 구우며 그 시간들을 기다려 줬다.

"내가 이런 말을 했다고 해서 부담스러워하지 않았으면 해요. 일방적인 고백만으로 사랑이 이루어지는 건 아니니까. 다만, 내 마음이 이렇다는 거 더는 숨기기가 힘들어서."

내가 입을 떼자, 그가 또 훅 들어왔다.

무슨 대답을 해야 할까.

감히 범접하기 힘든 재벌 3세.

모든 여직원들이 사모하는 H푸드의 연예인.

운동이면 운동, 사업 수완이면 수완. 못하는 게 없는 능력남.

그런 그와의 계약 결혼도 매일 진짜인지 의구심이 드는 것이 사실이었다.

게다가 나 혼자 오빠에 대한 호감을 키워 가고 있다고 생각했는데.

진짜, 정말 사랑이……?

이거 'go on' 사장님 말대로 될 수 있는 건가?

그런데 오늘 낮에 엄마에게 걸려 온 전화가 기억났다. 이 결혼의 목적을 상기시키던, 우리의 대화.

난 어쩌면 좋을까.

"말씀은 고맙지만, 우리 결혼의 목적과 결말은 분명하다고 생각해요."

더 이상의 말은 무리였다. 일단, 여기까지.

내 말에 그가 옅은 미소를 띠었다.

살짝 어색해진 분위기 속에서 식사가 끝났다. 함께 뒷정리를 하는 동안 우리는 아무 말도 하지 않았다, 아마 여러 생각들이 서로의 속을 어지럽히리라. 이곳이 어딘지 나는 어딘지 마음이 붕 떠 있고 정신이 없는 와중에 길게 느껴졌던 하루를 마무리할 시간이 되었다.

엄청난 대화를 나누고도 계속 함께 있어야 하는 이 상황은 어쩌면 좋을까.

"잠이 안 오네요……."

부자연스럽지 않도록 나름 애를 쓰며 간신히 한 침대에 누웠는데, 불쑥 그가 말을 걸었다. 어젯밤에도 우린 잠을 못 이루며 옛 이야기를 했었지.

오늘도 몹시 피곤한 하루인데.

나도 또 잠이 오질 않았다. 고백한 사람, 거절한 사람이 한 침대에 누운 우리 둘의 이 얄궂은 운명이라니.

그나저나 결혼하고 강철 체력이라도 된 건가?

신기해하다가 문득 아까 먹은 장어가 떠올랐다.

"아, 맞다. 아까 장어 먹어서 그런가 봐요."

난 의문이 풀렸다는 듯 그에게 무심코 말을 내뱉었다. 그런데 말을 하고 나니 더 어색해진 공기.

아, 내가 왜 이런 상황에 이런 말을 꺼냈을까.

그냥 못 들은 체하고 자는 척이나 할 걸 그랬다.

"그렇군요……."

그는 몸이 더운지 가뜩이나 아무것도 입고 있지 않은 상체를 덮고 있던 이불을 젖혔다.

"헉, 왜 이러시는 거예요."

순간, 내 머릿속에 또 'go on' 사장님이 등장했다.

'문제 있는 사람들 아니고서야 한방에서 살 부대끼고 지내다 보면 정들고 그러는 거지. 그리고 한 침대면 말 다 했지. 응? 응?'

"너무 더워서."

"아… 감… 감기 걸리면 어쩌려고."

괜히 화들짝 놀란 게 민망해 아무 말이나 내뱉어 보았다.

그냥 자자. 자……. 제발, 얼른 잠님이여 오소서…….

피곤하니까 나는 잘 수 있다. 잘 수 있다.

눈을 감고 잠이 들으라고 주문을 외우듯 했지만, 어쩐지 정신이 더욱 말짱해졌다.

그리고 'go on' 사장님에 이어, 아까 장어를 먹다 말고 오빠가 내게 고백을 했던 장면이 떠올랐다.

'내가 좋아해요. 우리 지우를…….'

나를 좋아한다는데…….

"지우야……."

갑자기 내 몸을 홱 돌려 자신과 마주 보게 만든 다음 내 얼굴로 다가오는 오빠. 눈을 감아 버린 나.

다음 장면은…….

악!

혼자 몹쓸 상상까지 이르렀다. 서지우… 왜 이래. 아까 그토록 단호하게 말해 놓고. 나는 고개를 좌우로 흔들었다. 이성과 감성이 아주 불안정한 상태였다.

"괜찮습니까?"

이건 현실에서 들리는 그의 목소리였다. 갑자기 진저리를 치는 나를 보고 놀란 눈치였다.

"아, 네, 완전 괜찮으니까 신경 쓰지 마세요."

괜히 식은땀이 흘렀다. 아직 잠에 들지도 않았는데, 그는 내가 벌써 악몽 시전 중인 줄 알았는지 표정이 심각했다.

"난, 잠시 발코니에 바람 좀 쐬고 올게요. 잠이 너무 안 와서……."

"네, 네……."

"후……."

그가 나가고 나는 그제야 숨을 편안하게 내쉬며 몸의 긴장을 풀었다.

나도… 오빠가 좋은 거 같아……. 이미 온통 내 머릿속은 오빠 생각뿐인 것 같은데……. 아니, 이미 좋아하고 있나? 좋아해? 좋아하는 거 그거 맞는 거 같은데…….

어쩌지…….

차마 진심을 말할 수 없는 현실에 마음이 쓰라렸다.

정말 이렇게 쉽게 사랑에 빠질 줄 몰랐던 일이었다.

오빠…….

혜성 오빠를 부르며 그렇게 잠이 들었다.

그가 장어 먹다가 뜬금포 고백을 날리는 바람에, 게다가 내가 조심스럽게 거절의 의사를 비쳤기 때문에 영 곤란한 나

날이 이어졌다.

"자…알 잤어요?"

이제 팀장님이란 말도 오빠라는 말도 잘 나오지 않아 호칭도 생략하는 중이었다.

"덕분에."

"그럼 저는 씻으러……."

"네. 1층에서 보죠."

고백과 거절을 한 남녀는 우습게도 매일 같은 침대에서 자고 일어났으며 일어난 후에도 둘뿐인 집 안에서 형식적인 대화민 나누며 이색하게 서로를 바라보았다.

"아침 드세요."

"어, 고마워요. 여기 커피."

"네. 감사합니다. 맛있게 드세요."

"지우도."

심지어 같은 사무실에 출근하는 사이였고, 중대 프로젝트를 같이 하는 바람에 매일 보고와 미팅이 이어지는 나날이었다.

"프로젝트 최종 상황 검토한 거 얼른 보고 올리세요. 지체할 일이 아닙니다!"

"앗, 방금 끝냈습니다. 여기욧. 헉헉."

후…….

오빠, 아니 팀장님 방에만 갔다 오면 온몸에 힘이 다 빠지는 느낌이었다.

"서지우, 너 괜찮아? 입사 첫날부터 일이 발등에 떨어지더니 내내 바쁘네."

"그니까. 일복을 타고났지, 내가. 휴-"

"자, 이거-"

"응? 이게 뭐야?"

"뭐 별거 아냐. 우리 엄마가 이거 너무 많이 보내 줘서 지금 유통기한까지 먹으려면 부지런히 먹어야 하거든. 서랍에 둘 테니까 틈나는 대로 좀 먹어. 힘내고."

"어? 이거 유통기한 3년이나 남았는데? 암튼 고맙다."

준영이 건네준 자양강장제를 뜯어 후루룩 먹으며 마음과 생각을 어지럽히는 오빠 놈의 생각을 떨치고 일에만 몰두하려 애썼다.

같이 출근하는 것만은 피해 보고자 일부러 시간대를 엇갈려 출근했고, 밤에는 아예 그가 없는 틈을 타 이불 속에 폭 들어가 잠을 청했다.

고백 전에도 그가 늘 신경이 쓰인 건 사실이었지만, 고백 후에는 더욱 신경이 쓰였다.

정말 황당한 것은 그와 눈이 마주칠 때마다 그날 고백을 하던 그의 모습이 환영처럼 떠다닌다는 것이었다.

'내가 좋아해요. 우리 지우를.'

말하던 그 모습, 그 말이 눈앞에 어찌나 둥둥 떠다니는지.
후-

아침에 일어나서 얼굴을 대할 때도, 아침을 먹을 때도, 회사에서 어쩌다 눈이 마주칠 때에도, 심지어 회의 시간에 인상을 팍 쓰고 있는 얼굴에서도, 엄청나게 세뇌당하고 있는 느낌이었다.

하, 이 정도면 병이다 싶었다. 자꾸 생각나는 병.

"어?"

오늘도 어김없이 이불 속에 먼저 쏙 들어가 자려고 했는데, 침대 방 가운데 큰 캐리어가 열려 있었다.

"네, 네, 실장님. 아무래도 보고 오는 게 낫죠. 그럼요. 일본에서 자주 있는 박람회가 아니니까요. 겸사겸사 일주일 정도 둘러보고 올 생각입니다. 아, 지금요? 그럼 잠깐 보시죠."

출장 가나?

문밖에서 그가 전화 통화 하는 소리가 들렸다. 그러더니 이내 밖으로 나가는 소리가 들렸다.

"잠깐 나갔다 올게요."

휴대폰을 켜 팀원들이 공유하는 스케줄러를 열어 보니 과연 내일부터 팀장님의 일본 출장이 잡혀 있었다.

"아니, 아무리 실장이라도 내일 아침 일찍 출장 가는 사람을 밤에 불러내나. 참, 내……."

이불 속에 쏙 들어가며 중얼거렸다.

"그래도… 뭐… 같이 사는 사람으로서 이 정도는 도와줄 수도 있지."

다시 이불을 박차고 나와 비어 있는 캐리어를 채우기 시작했다. 얼마간 지켜본 결과 그가 즐겨 입는 셔츠와 슈트를 챙겨 넣고, 그의 서랍을 열어 마음에 드는 무늬가 그려진 양말과 속옷도 챙겨 넣었다.

"훗-"

오빠의 속옷을 바라보니 비상계단 청소를 하던 그날이 떠올랐다.

"으-"

이어 놓고 간 줄도 몰랐던 속옷을 돌려받은 날까지.

그땐 정말 아찔했는데, 이렇게 한집에서 사는 사이가 돼 버렸다니. 사람 일은 이렇게나 예상을 뒤엎는 이벤트가 많다.

"음- 이 정도면 됐겠지?"

어느 정도 짐이 꾸려진 것 같아 캐리어의 버클을 딱 맞추어 놓았다.

삐리릭-

그 순간 현관문 여닫는 소리가 1층에서부터 들려와 얼른 이불 속에 쏙 들어가 문을 등지고 누웠다.

"어어? 훗-"

잠깐의 놀람과 잠깐의 웃음이 오빠를 스쳐 갔다.

반응이 살짝 아쉬운데?

"고마워-"

그의 작고 부드러운 목소리에 그제야 나는 누운 모습 그대로 입가에 미소를 띠고 잠을 청했다.

내일부터 당분간은 이 집에서 혼자 지내는 건가? 함께 사느라 집에서도 늘 긴장을 풀지 못하고 여간 불편한 게 아니었는데 말이다. 그가 출장 다녀오는 동안에는 마음 좀 푹 놓고 지내볼 수 있다는 생각에 그 시간들이 왠지 기대되기도 했다.

게다가 우리가 요즘 보통 어색했냐고! 정말 좀 거리를 두어 어색함을 뺄 시기가 찾아왔다는 생각도 들었다.

얼른 내일이 왔으면 좋겠다.

"일주일 후에 봅시다. 집 잘 지키고 있어요."

다음 날 아침 출근 준비를 마친 우리는 큰길가에서 작별 인사 중이었다. 그 길은 우리에겐 갈림길이었다. 한쪽은 공항 가는 길 반대쪽은 회사 가는 길.

"네! 조심히 잘 다녀오세요!"

"표정이 신났네? 난 발길이 안 떨어지는데. 그렇게 좋아요?"

"티… 났어요? 홋- 얼른 가세요. 비행시간 늦겠어요. 아,

참. 이거!"

 나는 밝은 목소리로 대꾸하고 품에 있던 커다란 보온병을 넘기며 그를 대기하고 있던 차 안으로 밀었다.

"예~! 이제 자유다!"

 그를 태운 차가 출발하자 그 뒤에 대고 나는 환호성을 질렀다.

"지우 씨! 우리 간식 먹자. 이쪽으로 모여 봐요!"

 이 대리님이 밝은 목소리로 나를 불렀다.

"와- 모처럼 우리끼리 있으니까 기분 이상한데요?"

 준영이도 입가에 미소가 걸렸다.

"자자- 너무 풀어지지들 말고 열심히 합시다. 팀장님 오시기 전까지 할 일이 많으니."

"에이- 윤 과장님. 이제 숨 좀 쉬겠는데, 조금만 쉬었다 해요. 네?"

 윤 과장님 말에 박 대리님도 한마디 했다.

"후… 그렇게들 긴장했었나? 팀장님 안 계시다고 다들 얼굴이 폈네. 폈어!"

 팀장님의 부재로 하루 종일 기획팀 분위기가 전처럼 화기애애했다. 그런 분위기에 비해 내 마음은 이상하도록 싱숭생숭했다. 어쩌자고 자꾸 비어 있는 팀장님 방으로 눈길이 가는지.

"지우 씨, 만두 다 식겠다. 얼른 먹자."

"아… 네, 네. 근데 이 과장님은요?"

정신을 차리고 보니 이 과장님이 없었다.

"응. 실장님 보고 간다던데."

"아… 네……."

이 과장님은 무엇 때문인지 요즘 부쩍 자리를 비우는 때가 많았다.

그나저나 일본에는 잘 도착했는지 영 연락 한번이 없는 혜성 오빠다. 일정이 바쁜가 보다 싶다가도 나도 모르게 자꾸 휴대폰을 확인하고 있었다.

"지우야, 오늘은 왠지 칼퇴근 각인데, 저녁 같이 먹고 들어갈래?"

"그럴까?"

나도 오늘은 자유 부인이니까.

"진짜? 웬일이야. 거절할 거 각오했는데? 암튼, 오랜만에 맛있는 거 오빠가 쏜다."

"맛없는 거 사면 가만 안 둔다."

"오빠만 믿어."

문득 준영과는 이렇게 격 없이 하는 편한 대화들이 혜성 오빠와는 왜 안 되는 것일까 하는 생각이 들었다. 오빠 앞에서는 자꾸 괜히 말 한마디도 한 번 더 생각해서 하게 되고 행동도 마찬가지였다.

근데, 이 사람 일본에 진짜 잘 가긴 간 거야? 어째 일언반구 연락이 없니!

"무슨 생각을 그렇게 해?"

잠시 혜성 오빠 생각 중인 나를 준영이 툭 건드렸다.

"어? 아… 아냐."

"아- 얼른 퇴근하고 싶다."

"나도."

준영과 나는 퇴근을 기다리며 다시 일에 몰두했다.

"자자, 퇴근들 합시다."

윤 과장님이 배려심 넘치는 칼퇴근의 스타트를 끊으셨다.

"넵! 수고들 하셨습니다!"

너도 나도 가방을 챙기는 움직임이 분주했다.

"우리도 가자."

준영이 나지막한 목소리로 속삭였다.

"응!"

그때였다.

"둘이 어디 가는 거야? 시나리오에 없던 칼퇴근이라 방황하는 박 대리도 좀 껴 주는 게 어때?"

"하하하하, 오늘 저희도 오랜만에……."

준영이 어색한 웃음을 지었다.

"어떠긴요! 당연히 되죠! 함께 가요, 대리님."

박 대리님이 민망해질까 싶어 얼른 나는 그녀의 팔짱을 꼈다.

그간 바빠서 팀원들과 친목 도모도 못 하며 지냈는데!

우리는 회사 근처 치킨집으로 향했다.

"와, 지우 씨랑은 여기 처음 온다. 그치, 준영 씨?"

"네. 그러네요."

"어머, 여기 자주 오시는 곳이에요?"

"준영 씨랑 이 대리랑 자주 왔지. 지우 씨는 요즘 바쁘더라?"

"준영 씨가 여기 치킨 맛있는데, 시우 씨도 좋아할 것 같다며 얘기 많이 했었어······."

"하하, 그랬냐?"

"얜 원래 짜장면 말고는 맛있는 게 없는 줄 알거든요. 도통 새로운 미식 세상에 눈뜰 생각이 없다니까요."

"눈뜨면 뭐 있냐. 먹는 거 거기서 거기지."

"하여튼 두 사람 매일 티격태격해도 가만 보면 부럽다니까. 어디 이런 남사친 여사친이 흔한가 말야······."

박 대리님이 우리를 보며 말했다.

"대리님, 부러울 게 따로 있죠. 얘 골골대는 소리 들어 주면 완전 피곤해요."

"하, 뭐야, 서지우. 나 요즘 운동 완전 열심히 하거든?"

"에계~~ 티가 1도 안 나서 어쩌냐."

"자자! 치킨 왔다! 먹으면서 얘기해요, 우리."

투덕거리는 사이 맛있는 냄새를 풍기는 치킨이 등장했다. 군침 도는 그 자태를 앞에 두고 우리는 맥주잔을 먼저 부딪쳤다.

"그나저나 팀장님 한 분 안 계시다고 우리 여유가 넘친다. 그죠?"

휴대폰을 보고 있던 나는 대리님의 말에 화들짝 놀라 마시던 맥주를 뿜어 버렸다.

"헛! 지우 씨, 팀장님 이야기만 나와도 놀랄 정도야? 딱히 팀장님에게 시달린 것 같지 않은데 이런, 그동안 고생 많았구나……."

"아… 하하하하……. 아니에요. 아, 여기 맥주 맛이 완전 깜짝 놀랄 만큼 괜찮네요? 생맥주죠? 여기? 하하하하."

테이블이며 옷 앞자락에 흘린 맥주를 냅킨으로 닦으면서도 휴대폰에 자꾸 눈길을 주었다.

행여나 연락을 놓칠까 싶어서.

"서지우, 어디 연락 올 데 있어? 휴대폰 왜 그렇게 자주 쳐다보냐."

준영이 볼멘소리를 했다.

"어? 내가 그랬나? 근데 뭐, 나만의 병이냐. 현대인의 병이지. 아, 폰을 없애든지 해야겠어. 자꾸 보게 되네. 근데 넌 자주 안 봐?"

"나도 뭐 현대인이니까. 근데 너랑 있을 때는 굳이 꺼낼 일이 없잖아."

"어?"

"소중한 사람과 함께할 때는 휴대폰 꺼 놓으라는 오래된 명언 몰라요? 지우 씨?"

대리님이 옆에서 거들었다.

"헛- 그런 거야? 뭐야, 낯간지럽게."

"준영 씨가 우리와의 시간을 소중하게 생각하는 거지."

"큭- 그래, 소중한 친구야, 얼른 치킨 먹자. 잘 튀겨져서 보기만 해도 '바삭' 소리가 날 것 같네. 맛있겠다!"

"홋- 짜장면 아니라 실망한 거 아니고?"

"아냐. 나도 이제 변할 때 됐잖아."

여전히 울리지 않는 전화를 보며 나는 체념한 채로 치킨 날개를 집어 들었다.

오늘은 잊자. 자유 부인이라고!

"어? 이게 뭐야?"

준영, 박 대리님과 헤어지고 집에 왔는데 안방 침대에 무언가 이불 속에서 불룩 튀어나와 있었다.

"하하하하!"

이불을 들춰 보니 드러나는 곰 인형 하나. 만져 보니 부드러운 느낌이 참 좋은 인형이었다.

어라?
곰돌이 인형 옆구리에 종이 카드가 끼워져 있었다.

나 없는 동안 같이 잘 지내봐요. 예쁜 꿈만 꿀 수 있길.

행여나 자기 없다고 악몽을 꿀까 걱정이 된 모양이었다.
그 마음이 전해져 곰 인형을 한 번 꼭 안았다 내려놓았다.

오빠가 없는 채로 며칠간이 흘렀다. 처음엔 불편한 사람 없는 집에서 혼자 지낸다는 생각에 신이 났는데, 금세 풀이 죽었다. 특히 밤에 잘 때는 더욱 그의 빈자리가 느껴져 잠이 잘 오지도 않을뿐더러 간신히 잠에 들어도 숙면을 취하기 쉽지 않았다.

게다가 그가 없는 동안에도 환영이 등장하는 그 병의 증세는 여전했다. 아니, 좀 더 심각했다. 그의 빈자리가 크게 느껴질수록 환영은 어찌나 자주 출몰하는지 집 안에 마치 유령과 사는 느낌마저 들 정도였다.

처음에는 깜짝 놀라 비명을 지를 정도였는데, 나중에는 "그래요. 알았어요. 이제 한 번만 더 들으면 백 번째라고요."라고 말대꾸까지 하고 있는 나 자신을 발견했다.

"하… 진짜 징하네. 어쩌면 연락 한번이 없냐? 아니, 나 좋아한다고 한 사람 맞아?"

퇴근 후, 빈 신혼집 냉장고를 열어 생수를 따 마시며 중얼거렸다.

2층으로 올라가 옷을 훌러덩 벗고 편한 옷으로 갈아입은 다음 TV도 보고, 간식도 먹을 생각이었다.

리모컨을 요리조리 눌러 봐도 재밌는 프로그램이 하나도 나오지 않았다.

"악! 맛이 왜 이래? 이 과자?"

퇴근길에 사 온 도전적인 주전부리들인데… 영 실패였다.

"후-"

한숨을 쉬며 오빠와 함께 눕는 침대에 혼자 대자로 누웠다. 역시 최고의 안락함을 자랑하는 침대답게 몸에 밀착되는 느낌이 좋았다.

그러나 이내 자세를 바꿔 침대 머리맡에 앉아 있는 곰돌이 인형을 끌어안았다.

"잘 지내고 있겠지? 보고 싶다……."

Rrrrrrrrrr.

곰 인형을 안고 눈이 스르르 감기려던 중에 갑자기 휴대폰이 울려 비몽사몽간에 전화를 받았다.

"여보세요."

-나예요.

오빠였다.

순간 잠이 화들짝 깨며 심장이 두근거렸고 순식간에 마음이 설레었다.

얼른 몸을 세워 침대 위에 앉았다. 왠지 제대로 전화를 받아야 할 것 같은 느낌.

"잘 도착하신 거예요?"

얼마나 기다렸던 전화였는지 나도 모르게 살짝 흥분한 목소리였다.

-와- 여전히 신난 목소리네요. 도착이야 며칠 전에 잘했고, 지금 잘 지내고 있어요. 뭐, 내 안부가 궁금하긴 했었나?

"어휴. 그럼요!"

-진짜?

"아… 그럼 사람이 멀리 타국에 갔는데 잘 갔는지 궁금한 게 당연지사죠."

후, 바다 건너간 게 뭐라고 엄청 궁금합디다. 그래도 반가운 마음은 조금 자중하는 게 좋겠지.

-일본 날씨가 무척 맑아요. 같이 왔으면 더 좋았을 텐데.

"에이- 거기까지 데리고 가서 얼마나 부려 먹으시려고요? 큭- 여기 일도 좀 많다고요, 차 팀장님!"

-흐음… 나 없는 동안엔 퇴근 시간 이후 왠지 사무실이 텅 비어 있을 것 같은 느낌이 드는데?

어머! 자리 까셔야겠네요!

"하하하하- 글쎄요."

어쨌든 잘 간 것 같아 다행이었다. 전화 통화를 하니 얼굴 보고 얘기하는 것보다 편했다.

-잘 지내고 있어요. 그럼, 이만.

헛, 벌써? 벌써 끊을 거예요?

"네. 아프지 말고 잘 있다가 오세요."

왠지 모르게 아쉬운 마음을 숨기고 말을 맺어 버렸다.

그와 전화 통화를 끝내고 휴대폰을 살포시 가슴께로 안았다. 조금 멀리 화장대 거울에 비친 내 얼굴에 붉은 홍조가 띠었다.

"어떡해……. 너무 보고 싶어. 어흑."

열기를 식히기 위해 발코니로 향했다. 그곳에 가니 빨간 지붕을 감싸는 나무들이 바람에 흔들리는 모습이 보였다. 고작 일주일 못 본 그를 그리워하는 내 모습이 참 낯설면서도 신기했다.

"와아- 시원하다."

바람이 이번에는 내 쪽으로 더 시원하게 불어왔다.

어쩌면 사랑이란 바람 같은 것인지 모르겠다는 생각이 들었다.

보이지 않지만 분명히 존재하는 것.

흔들리는 나무를 보고 눈에 보이지 않는 바람이 있다는 것을 알듯.

내가 이렇게 그를 생각하는 것으로 내가 얼마나 그를 사랑하는지 알 수 있는 것.

진짜네……. 나도 오빠를 좋아하나 봐. 오빠가 내 머릿속에서 떠나질 않아.

발코니에 올려놓은 팔에 얼굴을 받치고는 그와 함께 보냈던 시간들을 떠올려 보았다.

내가 타 주는 페퍼민트 차가 그렇게도 약발이 잘 받았더랬지……. 그러고 보니 나는 오빠와 함께 잠들며 악몽 사라짐 약발이 잘 받았네……. 음… 처음엔 갑자기 튀어나와 결혼하자고 했을 땐 이게 무슨 날벼락인가 싶었는데… 이렇게 나를 물들이는 사랑이 될 줄은 꿈에도 몰랐어…….

기억은 잘 나지 않지만, 유년 시절 그렇게도 좋아했다던 혜성 오빠에 대한 마음이 내 속 어딘가에 잘 간직되어 있던 것일까. 좋아하는 감정이 참 시나브로 찾아와 버렸다. 마치 내 속에 있었던 것처럼.

그동안 결혼 준비도 그렇고 케렌시아 방도 그렇고 섬세하게 사람을 챙겨 주는 그의 진심을 나는 왜 똑바로 바라보지 못했던 걸까. 그 어느 시점부터 내 마음은 말랑말랑해지고 있었던 것이 분명한데… 오롯이 내 감정을 들여다보지 못한 것은 결말을 정해 놓고 시작했던 결혼이었기 때문이었다.

하지만, 이제는 좀 더 솔직하게 나를 내려놓고 싶어졌다. 그를 진심으로 좋아하는 나를 알았기 때문에.

처음엔 일말의 감정도 없이 시작했던 이 결혼이 어느새 진짜가 되어 가고 있었다.

얼른 와, 차혜성……!

*

[오늘 귀국입니다. 마중 나와 줄 수 있습니까?]

다음 날도 빨간 지붕 이층집 발코니에서 여러 생각에 잠겨 있는 사이 그에게서 반가운 메시지가 도착했다.

[아, 뭐 시간 내 볼게요.]

갈게요. 간다고요! 꼭 가고 싶습니다를 대신해 괜히 새초롬한 답 메시지를 보냈다.

주말에 뭐 할 일도 없다고!

훗- 밀당은 어떻게 하는 거야? 라고 생각했던 과거의 자신이 민망해지는 순간이었다. 밀당법을 갖고 태어난 듯 아주 그냥 몸에 배었네! 배었어!

[꼭.]

메시지를 보내자마자 그에게서 아주 짧은 메시지 하나가 더 도착했다.

[꼭? 무슨 일 있어요?]

하도 비장해 보이는 메시지라 궁금한 걸 못 참고 물었다.

[네. 보고 싶은 일.]

헛!

며칠간 못 보더니 그도 여간 애가 닳은 게 아닌 모양이었다. 이토록 솔직하게 자신의 마음을 이야기하다니.

덕분에 내 심장은 빠르고 건강하게 뛰었다. 그리고 그가 몹시 보고 싶었다.

[갈게요. 꼭.]

누가 메시지를 훔쳐보기라도 할까 봐 주변을 살피고 혼자 미소 띤 입을 손으로 가리고 메시지를 보냈다. 이번엔 밀당 없이 직진 중. 이미 속에선 설렘이 폭발했다.

옷장에서 그가 선물해 준 옷 중 가장 마음에 드는 옷을 골라 입고, 잘 하지도 못하는 좀 진한 화장을 하며 단장을 했다. 괜히 거울 앞에서 예쁜 표정도 지어 보였다.

'으악, 늦겠다.'

서둘러 집에서 나와 공항 가는 버스를 탔다.

그를 보러 공항으로 가는 길 내내 마음이 설레었다.

"와아- 날씨 좋다……!"

오늘은 왠지 하늘도 더 푸르고 예뻤다.

귀국장에서 그를 기다리는 내 마음이 참 두근두근거렸다. 그가 탄 비행기가 도착했다는 알림이 뜨고서는 더욱 그랬다.

만나면 뭐라고 하지?

미팅은 잘하고 오셨어요?

잘 다녀왔어요?

식사는 하셨어요?

괜히 만나서 무슨 이야기부터 할까 고민 중이었다.

오랜만에 얼굴 보는 게 좀 어색할 것도 같아 내심 걱정도 되었다.

드디어 귀국장 문이 스르르 열렸다. 그 안쪽에서 누군가 시원시원한 걸음으로 걸어오고 있었다.

앗! 오빠였다!

그가 환한 미소를 지으며 빠른 걸음으로 나왔다. 귀국장 문을 통과한 첫 번째 사람으로.

나를 뚫어지라 바라보며 다가오는 그를 보는 순간, 며칠간 떠다녔던 환영들이 사라지고 실사가 등장하는 것을 목격하는 것이 무척 감격스러울 지경이었다.

"잘 다녀왔……."

최대한 침착하게 그에게 안부를 물으려는 찰나, 그가 나와의 사이에 조금 남긴 거리를 뛰어와 와락 안아 버렸다.

13.

제대로 크레셴도

 나는 심장이 터질 것 같아 눈을 감아 버렸다. 그의 품이 이토록 크고 포근했던가. 가끔 한 번씩 잠이 깊이 들고 깰 때 오빠의 백허그를 느껴 본 적은 있었지만, 이렇게 말짱한 정신에 바로 안아 보는 건 처음인 것 같았다.
 이 느낌, 참 좋다. 괜히 찡하기도 하면서.
 미리 생각해 둔 멘트는 하나 써 보지도 못했지만, 지금 그것이 중요한 것이 아니었다.
"잘 있었어요?"
 그가 다시 내 팔을 앞으로 밀며 얼굴을 보고 물었다.
"보통으로 있었어요. 잘 있었던 건지 못 있었던 건지 잘 구분도 안 되게."

당최 무슨 말을 하는 건지, 횡설수설하듯 말을 해 대고 있는 나였다.

"훗- 그게 뭡니까, 대체. 나 보고 싶어서 잘 못 있었다는 뜻인가요? 밥은요?"

그가 내 머리를 흐트러뜨리며 물었다.

"아직요."

"가죠- 밥 먹으러."

우리 사이에 어색함이 순식간에 쏙 빠져 버렸다면 그건 거짓말이겠지만, 그 어색함마저 기분 좋은 이유는 뭘까.

사람들이 북적이는 공항 밖으로 나가기 위해 우리 둘은 나란히 걷기 시작했다. 난 오빠의 손을 잡거나 팔짱을 끼고 싶었다. 혹시라도 이 복잡한 곳에서 오빠와의 사이가 벌어질까 싶다는 생각은 나름의 합리화였고 진심은 그냥 그러고 싶었다. 기어코 나는 그의 팔 사이에 쑥 내 팔을 넣었다.

"어?"

갑자기 낀 내 팔짱에 살짝 놀란 그가 나를 보고 옅게 웃었다. 고작 팔짱 낀 게 다였는데, 뭔가 의기양양해진 그.

기분 좋은 느낌으로 걸음을 걷는 그의 감정이 내게 고스란히 느껴졌다. 그의 얼굴을 힐끔 보고는 민망함이 앞서 괜히 앞만 보고 걸었지만.

어쩌면 이 팔짱 하나로 정말 내 마음이 전달됐을까. 이제는 조금 표현하고 싶은 이 마음 말이다.

공항을 나오니 언제 왔는지 회사에서 나온 기사님이 차를 대기하고 있다가 오빠에게 차 키를 넘겨주었다.

"뭐 먹고 싶은 거 있어요?"

공항을 빠져나오며 한적한 도로를 달리는 차 안에서 그가 물었다.

"아뇨. 오랜만에 한국 왔으니까 오빠 먹고 싶은 거로."

"나 없는 동안 아침저녁 혼자 먹었을 텐데, 지우 먹고 싶은 거로. 얼른 얘기해요."

딱 보아하니 끝까지 먹고 싶은 걸 추궁할 분위기였다. 그 성격 내가 잘 알죠! 암요!

"그럼, 짜장면 먹을게요."

"또?"

"네. 제가 좀 한결같아서요."

"훗- 좋아요. 갑시다."

조수석에 앉아 그의 옆모습을 힐끔힐끔 보니 심장이 콩닥콩닥 뛰었다.

처음으로 좋아하는 사람과 제대로 데이트를 하는 기분이랄까. 마음이 열리니 함께하는 시간은 이제 긴장보다는 설렘 그 자체였다.

"나 없는 동안 내 생각 좀 했나?"

시원하게 뚫린 도로를 달리며 그가 내게 무심코 물었다.

"아니 뭐, 그냥……."

하고 싶은 이야기는 많았지만, 괜히 말끝이 흐려졌다.
"그냥??"

그는 이 평범한 단어 뒤에 올 이야기를 무척 기대하는 눈치였다.

"왜 그런 거 있잖아요. 괜히 있다 없으니까… 음… 뭐랄까… 아! 거실에 떡하니 차지하고 있는 소파 있죠. 갑자기 그게 없어졌다고 생각해 보세요. 와아- 우리 집 거실이 이렇게 컸나? 그런 생각 안 들겠어요? 뭐, 일종의 그런 거예요."
"진짜?"
"네… 뭐, 그런."
"훗- 이거 내가 없어서 집이 아주 휑했단 말인 것 같은데? 하핫. 출장을 자주 잡을까 봐요. 하하!"
"아… 아니… 그러지 마세요. 뭐 멀리 나가는 게 좋은 거라고."

본심은 언제나 이렇게 불시에 드러나기도 한다. 물론 보고 싶어지니까 그러지 말라고까진 이야기 못 했지만.
"근데 어디로 가시는 거예요?"

일단, 좀 민망하니까 화제를 전환하자!
"으음- 사람 많은 곳에요."
"사람 많은 곳? 거기가 어딜까요?"
"지금 몹시 고민 중이에요. 어디로 가면 많을지."

"사람 북적이는 곳 싫어하지 않으세요? 근데 오늘은 왜 그러시는 거예요?"

"사람 많은 거리를 걷고 싶어서 말이죠."

"그니까 왜요?"

그냥 한 번에 다 말씀을 하시지. 뭘 이렇게 찔끔찔끔 조심스럽게 말씀하시나……!

"그냥."

그는 알쏭달쏭한 말만 내뱉을 뿐이었다.

"참, 일본 출장은 어떠셨어요?"

내 얘기는 했으니 오빠 이야기도 좀 풀어 놓으시죠!

"음… 뭐 괜찮았어요. 지우 없다는 것만 빼고. 훗."

"큭. 아, 뭐예요. 진짜."

자꾸 광대가 하늘로 올라간다고요!

"하핫, 오랜만에 갔다 오니까 그간 답답하게 발전 없이 갇혀 있던 사고가 좀 확장되는 기분도 들었고… 나름 성과가 있었던 출장이었어요. 참, 사무실은 나 없는 동안 어땠는지."

"아… 뭐, 잘 돌아가고 있었어요. 간만에 단체로 칼퇴근도 몇 번 하고."

"이런… 분위기가 아주 좋았다 이거네……. 왠지 서운한데?"

"그니까 회사에서도 좀 다정한 면모를 보이시는 게……."

"음… 회사에서는 행동 하나하나가 신경 쓰여서 어쩔 수가 없어요. 다정하게 하면 쉽게 보일 수 있고, 또 오해를 살 수 있어서."

어린 나이에 여러 사람들의 눈총을 받으며 자기보다 나이 많은 사람을 부리는 팀장으로 일하는 게 그에게 쉽지 않은 일이었나 보다. 행동거지조차 인위적이어야 하는 그의 모습이 괜스레 짠하게 느껴졌다. 어쩌면 그래서 두통이 더 심한 건지도.

"참, 두통은 없었어요?"
"응. 전혀- 페퍼민트 차를 그렇게 많이 타 줄 줄은 상상도 못 했네요. 그거 호텔 냉장고에 두고두고 계속 마셨거든요."
"아, 다행이다."

혹시 몰라 페퍼민트를 2리터쯤 아주 잔뜩 타서 엄청 큰 보온병에 넣어 보냈었다. 효과가 있었다니 보람이 있네! 있어!

"아침은 보통 뭐 먹었어요?"
"퇴근 후엔 뭐 했어요?"
"온천도 했나요?"
"잠은 잘 잤어요?"

우리는 그간 나누지 못한 서로의 일상을 물어보았다. 사소한 이야기에도 괜히 웃음이 커지는 이유는 뭘까.

분명 그가 출장 가기 전과는 새삼 다른 분위기였다.

차 안에서의 시간이 길어지다 보니 오롯이 이야기에 집중할 수 있는 시간이 주어져 그것도 참 좋았다.

우리를 태운 차는 서울 도심으로 향했고 특히 주말이면 사람으로 넘쳐 나는 홍대 근처에 다다랐다.

"아무래도 이 근처에 짜장면집이 많을 것 같은데?"

"큭, 많아도 정말 너무 많을 것 같네요."

차창 밖으로 보이는 홍대는 그야말로 가게와 인파가 넘치는 모양새였다.

"그럼 우리 내려서 걸으면서 맛있어 보이는 곳을 골라 볼까요?"

아니, 무슨 예약된 고급 중식당을 바란 건 아니었지만, 이 남자 오늘 행동이 너무도 수상했다. 평소와는 다른 좀 풀어진 모습이랄까.

차에서 내린 그가 내가 앉은 보조석 문을 열고는 더 움직이지 않고 우뚝 서 있었다.

"왜요?"

그가 자신의 팔을 살짝 허공에 띄우고는 그곳을 눈으로 가리켰다.

"아……."

지우는 그 사이로 팔을 쑥 집어넣었다.

그는 이제야 만족스러운 듯이 거리를 걷기 시작했다.

수많은 사람들 사이에 비좁게 난 길에 우리의 걸음도 놓았다.

이곳을 배회하는 여느 연인들처럼.

그나저나 이 남자 이대로 지구 끝까지 걸어갈 모양인지, 당최 직진하는 발걸음을 멈출 생각을 안 한다.

"저기 갈까요?"

하염없이 내 팔을 끌고 걷기만 하는 그를 한 가게 앞에 세웠다.

"그러죠."

어디에 가든 별 상관없어 보이는 그. 그냥 이렇게 팔짱을 끼고 걷는 게 마냥 좋은가 보다. 사람 많은 곳을 선택한 이유가 이거였다.

생각보다 차혜성 팀장님의 행복도 소박하네!

"와- 맛있겠다."

우리가 들어선 짜장면집엔 고소한 냄새가 가득했다.

옆 테이블을 보니 다양한 요리를 즐기는 사람들이 꽤 많았고, 군침이 돌 정도로 맛있어 보였다. 그래도 난 외길 짜장면 인생이니까.

"전 짜장이요. 곱빼기로."

"여기 이쪽에 있는 거 다 주세요. 아, 짜장면 두 개도 같이요. 하나는 곱빼기로."

"다요? 이걸 다 어떻게 먹어요?"

오빠가 가게 직원에게 세 가지 요리가 크게 그려진 메뉴판 한쪽 면을 가리켰다. 지난번 외근 때 상황이 다시 데자뷔처럼 눈앞에 그려졌다.

"주세요."

직원에게 살짝 미소를 짓고는 메뉴판을 닫아 버린다.

"배 많이 고팠잖아요. 그리고 너무 군침 흘리면서 쳐다보는데 어떡합니까."

"아니, 그래도 그렇지!"

"맛있게 먹어요. 그럼 되는 거래도."

"하……."

물론 맛있게 먹긴 하겠지만……! 훗! 살쪄서 못난이가 되더라도 책임지셔야 합니다!

밀린 이야기들을 풀어 놓다 보니 음식이 금방 나왔다. 윤기가 좌르르 흘러 미간이 저절로 찌푸려지는 탕수육과 유린기, 크림새우까지. 그리고 대망의 정점은 한 그릇 푸짐하게 나온 먹음직스러운 짜장면.

나는 침을 꼴깍 삼키면서 짜장면을 열심히 비볐다. 그리고 한 입 먹으려고 젓가락으로 빠르게 면을 감는 순간, 그것보다 더 빠른 손이 내 입 앞에 도착했다. 탕수육을 싣고 말이다.

"자- 아-"

팀장님이 이것을 입에 넣어 주실 모양이었다.

이런 경험은 해 본 적 없어 괜히 본능적으로 눈알을 굴려 주변을 살폈다. 살짝 손이 오그라드는 것 같았고.

"아니, 괜찮아요."

나는 민망함에 눈을 가늘게 뜨고 살짝 손사래를 치며 작은 목소리로 말했다.

"자- 자- 팔 떨어진다."

"아휴, 참- 아-"

마지못해 입을 벌리자 그가 발그레 웃었다.

내 팔짱이 아무래도 나에게 다가오는 그에게 크나큰 자신감을 심어 준 것 같았다.

사실, 나도 마찬가지라는 건 부정할 수 없는 사실이었다. 말을 안 해서 그렇지, 지금 두 볼이 열이라도 나는 듯 뜨뜻하다고!

그나저나 이 많은 요리를 시킬 거면 곱빼기를 빼든가. 이거 다 어떡하면 좋을지 참 곤란했다.

"좋다-"

이런 마음을 아는지 모르는지 오빠가 갑자기 뜬금없는 이야기를 내뱉었다.

얼굴엔 한껏 행복함을 묻히고.

"뭐가요?"

짜장면을 크게 떠서 입에 넣으려다 말고 물었다.

"함께 있는 거."

"아……."

먹기 바쁜 나는 오빠가 이야기하는 것에 맞춰 살짝 눈을 찡그리며 웃었다.

"너무 보고 싶었어요."

짜장면을 입 안에 가득 넣은 채로 심장이 떨려 본 사람은 이 세상에 나밖에 없을 거란 생각이 들었다. 말 한마디로 짜장면의 단맛이 최고로 끌어올려지는 순간이었다.

나만 바라보느라 먹는 것은 뒷전인 사람의 입에서 나온 이런 설레는 말이라니.

아니, 근데 이럴 거면 이 많은 걸 왜 시켰냐고요! 심장은 콩콩 뛰는데 앞에 놓은 음식의 향연에도 눈을 뗄 수 없는 상황이었다.

"그리고 더 확실해졌어요."

그가 급기야 젓가락을 내려놓고 사뭇 진지한 태도로 눈썹을 한 번 위로 치켜떴다 내렸다. 그리고 무엇이 확실해졌는지 눈빛으로 말했다.

그의 마음 그리고 나의 마음이 이제 서로 닿은 걸까.

후- 나는 얼굴이 또 화끈거려 물을 한잔 들이켰다. 얼굴에 있는 난로는 꺼질 줄 모르는 첨단 난방 시스템이 분명했다.

"아니, 얼른 드시고요. 좀. 이런 식으로 먹다가는 저만 돼지 되겠네요."

"훗- 알겠어요."

반도 넘게 남겼지만, 맛있는 식사를 마치고 우리는 함께 홍대 거리를 누볐다.

"오빠- 저거."

"아이스크림? 그렇게 먹고 또 먹을 수 있겠어요?"

그의 얼굴에 진심 어린 걱정이 서렸다.

"네. 여기 오면 저건 꼭 먹어야 하는 거라서요. 딸기 맛 아이스크림."

"훗- 그럼 꼭 먹어야지. 딸기 하나, 초코 하나 주세요."

"넵!"

"어라, 초코 맛은 전에 없었는데……."

오빠의 손에 초콜릿 아이스크림이 올려 있자 맛이 궁금해졌다.

"오빠, 맛있어요?"

"응. 완전 달콤해요."

"음- 제 딸기 맛 아이스크림 한 입 맛보실래요?"

"훗- 여기 내 거 먼저 맛봐요. 자-"

들켰다……! 그러거나 말거나 크게 한입 베어 물었다. 순식간에 강탈당한 한 움큼의 아이스크림 때문에 오빠의 동공이 세차게 흔들리거나 말거나.

"꺄~ 진짜 맛있다……! 오빠, 우리 바꿔 먹을래요?"

"훗- 딸기 맛 한번 맛보고 생각해 보죠. 아-"

결국 아이스크림을 바꿔 들고 우리는 거리를 활보했다.

"오빠- 저거."

"땅콩과자? 먹을 수 있겠어요?"

"보니까 또 먹고 싶어서요."

"자- 아-"

"오빠도 아-"

우린 서로를 먹여 주기 바빴다. 원래부터 각자의 손이 서로를 위해 존재하는 것처럼.

땅콩과자까지 다 먹고 나자 어느새 팔짱으로 엮였던 우리 사이는 깍지 낀 손으로 새롭게 이어져 있었다.

"돌아갈 곳이 같다는 게 새삼 너무 좋다."

어둑해져서야 집으로 돌아가는 길. 오빠의 말에 내 심장이 다시 두근거렸다.

★

오늘도 날씨가 좋을 모양이었다.

잠에서 깼는데, 실눈을 뜨고 바라본 방 안에 커튼 사이로 햇빛이 새어 들어왔다.

이런 느낌, 내가 좋아하는 느낌.

아침이 밝았으나 포근한 이불 속에서의 행복을 놓치고 싶지 않아 일어날 수가 없는 상황이었다.

그런데 뭔가 묵직한 이 느낌은 뭐지?

어맛.

이불 속에서 그가 내 품에 안겨 있었다. 이건, 그가 안은 게 아니라 내가 안은 모양새. 나는 순간 놀라고 당황했지만, 이내 코 자고 있는 그를 한참 바라보았다.

키다리 오빠가 내 품에 들어와 있는 모양이 귀여웠다.

더 꼭 안아 주고 싶었다.

나도 모르게 눈을 감고 그의 입술에 입을 살며시 맞추고 말았다.

뭐, 어쩔 수 없었다. 나도 모르게 입을 맞춰 버렸지만, 알고 난 후에도 돌이킬 수 없었다.

어제 오후에 느꼈던 것보다 더욱 향긋한 꽃향기가 방 안에 감돌고, 부암동 언저리 우거진 어느 나무 틈에 앉아 있는 새들이 노래를 불렀다.

암막커튼 사이사이로 비치는 햇살이 이리지리 리듬을 탔다.

어느새 익숙해진 이불이 홑껍데기 같은 내 잠옷 위로 부드럽게 닿아 포근히 나를 감싸고 있었다.

그리고 내 옆에서 쌔근거리는 오빠.

깜깜한 밤보다 푹 잘 자고 난 이른 아침, 기분 좋은 햇살에 온몸의 세포들이 하나하나 살아 있음을 느끼며 더욱 몸과 영혼에 감성이 도는 나였다.

게다가 강아지처럼 내 품에 안겨 있는 귀여운 이 남자.

심지어 어제 우리는 제법 연인처럼 데이트를 즐겼다.

그것이 내게 용기를 불러일으켰는지 모르겠다.

오늘의 햇살도 내 마음도 이미 사랑인 거라고 내게 속삭이는 이 아침.

'에라- 모르겠다. 엄마고 언니고.'

아버지가 돌아가시고 난 후, 지금까지 몇 번의 자살을 시도했던 엄마와 철부지 언니를 지켜야 한다는 일념으로 살아온 나였다.

그러나 오늘의 나는 좀 달랐다.

이제야 나를 찾은 것일까, 아니면 좀 이기적인 것일까?

아, 모르겠다.

어쨌든, 더 오래 생각할 것도 없었다. 할 수도 없었다.

나, 지금 그냥 이 사람이 좋거든.

처음으로 내게 설렘을 안겨 준 사람.

우연이라고 생각했지만, 오랜 인연의 끈으로 이어졌던 사람.

옆에 있는 것만으로도 벅찬 이 사람.

엄마가 품에 안겨 있는 아기에게 하듯, 강아지 엄마가 강아지에게 하듯 한, 그저 사랑스러워 죽겠네와 같은 입맞춤.

어쩌지? 오빠가 너무 좋아. 귀여워.

시작은 그랬다. 앞으로 어떤 일이 일어날지 모른 채.

그런데 눈을 뜨지 않는 오빠의 심장 소리가 나에게까지 전달되었다.

만성 두통은 있으나, 심장만큼은 너무나 건강한 남자임에 분명했다.

'어… 어……?'

살짝 그의 입술을 터치하고 뒤로 물러난 나에게 예상치 못한 순간이 찾아왔다. 그가 스르륵 다가온 것.

깊이 잠든 줄 알았는데……. 장거리 여행을 하고 온 그가 아니었던가. 나라면 며칠을 푹 자도 여독이 풀릴까 말까인데! 벌써 깼어? 내가 깨운 건가? 이런, 예민한 남자!

"같이 있는 게 너무 좋아."

그는 내 품에서 얼굴을 비벼 댔다.

풉, 진짜 강아지 같아. 그의 머리를 부드럽게 쓰다듬었다. 그러자 그가 내 손을 잡았다.

"나 말야."

다른 팔로 나를 감싸던 그가 내 귓가에 부드러운 입술을 대었다.

"진짜 지우 남편 하면 안 될까."

뜨거운 입김과 함께 더 뜨거운 고백이 이어졌다.

"오빠……."

심장이 하늘에서 땅까지 떨어지는 느낌이었다.

"지우야… 너의 짐, 너의 아픔, 너의 슬픔, 너의 모든 것… 다 나와 나누었으면 좋겠는데……."

그가 계속해서 나긋한 목소리로 내게 속삭였다.

침을 꼴깍 삼켰다. 이 말은 내 온몸에 퍼지는 위로였다. 그리고 그가 전한 진심이었다. 심장이 또 한 번 쿵 내려앉았다.

그가 다시 다가왔다. 그리고 두 손으로 내 머리를 감싸며 입을 맞췄다.

살짝 맞췄던 입맞춤은 더욱 깊어졌다. 그리고 좀 전까지 잠의 세계에 머물러 있던 우리의 잠잠한 감각들을 일깨웠다.

막 잠에서 깨어 부스스한 모습 그대로 웅크린 모습 그대로 나누는 황홀한 입맞춤은 서로의 날것을 사랑하는 진심을 서로에게 전해 주었다.

내 머리를 어루만지던 그의 손이 홑껍데기 같은 내 잠옷 사이로 들어왔고, 이내 천천히 온몸을 어루만졌다. 그 감각이 전신을 스치자 온몸의 털이 쭈뼛 서는 느낌이 들었고, 깊숙한 곳에서부터 몸이 따갑도록 뜨거워지는 것 같았다.

어쩌면 이게 불타오른다는 것인가 보다 싶었다. 처음 느끼는 낯설고 생경한 느낌들이 결코 싫지 않았다.

그의 입술이 온몸을 훑기 시작하면서부터는 정신을 차릴 수가 없어 그의 팔을 잡고 있던 내 손아귀에 한껏 힘을 주었다.

"괜찮아-"

그가 내 등을 쓰다듬었다.

"세상에서 가장 소중한 사람인걸."

귓가에 스치는 그의 말끝의 거친 숨소리가 나를 더욱 혼미하게 만들고 있었다. 어리둥절하고, 뭔가 어설픈 나였지만, 분명한 건 그가 만드는 세계에 흠뻑 취하고 있다는 것이었다.

부드럽게 그리고 점점 세게.

제대로 크레셴도.

마침내 그가 온몸의 구석구석을 섬세히 어루만지며 다가올 때는, 살갗을 통해 느껴지는 짜릿함에 몸이 한껏 움츠러들었다.

미로처럼 이어져 끝을 알 수 없는 그 세계는 생각보다 아름다웠다. 아마도 이제는 인정해 버린 사랑이라서 그런 걸까.

무언가 마음 놓고 서로를 사랑해도 된다는 암묵적인 동의가 우리를 더욱 뜨겁게 만들었을까.

새로 만난 세상에서 한참을 노닐던 오빠와 나는 마침내 숨가쁘게 달려 미로의 끝으로 내달렸다.

하…….

오빠…….

아찔한 느낌이 온몸에 퍼져 나갔다.

결국 나는 그의 품에 털썩 안기고 말았다.

그는 내가 이 낯선 세상에 놀라지 않도록 꼭 안아 주었다.

그리고 말했다.

나를 정말 사랑한다고.

"오빠! 으악! 늦겠어요!"

잠시 잠이 들었다 깬 나는 시간을 확인하고 화들짝 놀랐다. 지난번에도 지각했는데 이번엔 절대 안 된다고, 몸을 일으켜 세우려던 참이었다.

"아함- 오늘은 건너뛸까?"

팔자가 주말처럼 늘어진 오빠는 여전히 흐트러진 자세였다.

"뭘요?"

건너뛰긴 뭘?

"출근-"

악- 몸만 흐트러진 게 아니라 마음까지 해이해졌네!

"헐- 저는 막 팀장님처럼 그렇게 믿는 구석이 있지 않다고요."

"나. 나 믿으면 되잖아."

사람이 금세 아주 능구렁이처럼 변했네!

"흐음, 그걸 마음껏 드러낼 수 있는 상황이 아니지 않습니까. 저는 일어날게요."

나는 몸을 반쯤 일으켜 세웠다.

"잠시만- 조금만 더 안고 있자, 우리."

그가 내 팔을 잡고 다시 침대에 눕혔다.

"늦는다니까요."

"지우야… 5분만… 아니 1분만이라도……."

그러면… 자꾸 이러면… 내가 또 이성을 잃을까 봐 그래요!

매일 만나는 새로운 모습이 낯설기도 하지만, 매일 더 급속도로 가까워지고 있는 건 분명한 것 같다. 오빠와 나.

 신혼여행에서 돌아온 혜성은 지우와 함께할 날들이 참 기대가 되었다. 이제 매일 볼 수 있으니까. 매일 같은 침대에서 눈뜰 수 있으니까.
 사실, 회사에서도 괜히 한마디라도 더 붙여 보고 싶고, 같이 밥도 먹고 싶은데 그러기가 쉽지 않았다.
 비밀 결혼의 약속을 지켜야 할 의무가 있었지만, 혜성은 언제든 지우만 준비가 된다면 당장이라도 공개하고 싶은 심정이었다.
 내 아내, 내가 사랑하는 서지우라고.
 혜성은 아무튼 옆에 붙어서 재잘대는 최준영 사원도 마음에 걸리고, 지우 멘토 이 과장도 불필요하게 지우에게 관심을 보이고 있는 것 같아 신경 쓰이고, 지우도 보고 싶으니까 그냥 사무실을 아예 5층으로 옮겨 버렸다.
 지우를 향한 마음이 조금씩 커져 가면서 그것은 이제 더 이상 혜성의 마음 안에 가두어 놓을 수 없는 것이 되었다.
 그래서 고백을 해 버렸다.
 내가 너를 좋아한다.

우리 그냥 진짜 부부 하면 안 될까.

혜성은 본가에서 지우 손에 들려 보낸 장어와 주꾸미를 먹다가 고백을 해 버렸다.

그가 그녀의 호적상 잠시 남편이 아니라 진짜 남편이 되고픈 마음은 결혼을 시작하기 전부터 지금까지 단 한순간도 변한 적이 없었다.

그러나 지우를 위해 그녀의 마음을 알기 전에 먼저 고백하는 게 같은 집에 사는 사람으로서 많이 불편하고 실례가 될까 봐 참고 기다려 왔던 혜성이었다.

그는 지우와 발코니 테이블에 먹을거리들을 차려 놓고 함께 저녁을 먹으니 정말 부부 같은 느낌이 들었다. 그리고 맛있게 음식을 먹는 지우의 모습이 너무 사랑스러웠다.

혜성은 엄마의 이야기를 전하며 우리 사이를 오해하고 계시다는 이야기를 하는 지우의 모습을 보며 더 이상 기다릴 수는 없겠다는 마음이 들었다.

그래서 혜성은 그녀를 좋아한다고, 지켜 주겠다고 고백을 해 버렸다.

지우가 당황한 건 어쩔 수 없는 일이었다. 이미 예상했던 일.

그러나 혜성의 속은 정말 묵은 체증이 내려가듯 시원했다.

그저 고맙다는 지우의 이야기만 듣고, 더 이상의 이야기는 들을 수 없어 아쉬웠지만.

혜성은 그날 쉽사리 잠자리에 들지 못했다. 몸이 열을 발산

하듯 더웠고, 정신은 너무 말짱했다.

지우가 아마 장어 때문일 거라는 이야기를 하니, 그제야 좀 자신의 상태가 이해가 갔다.

'후… 오늘 잠은 다 잤네…….'

혜성은 고백은 해 버렸고, 대답은 듣지 못했고, 몸은 더워져 상당히 곤란해졌지만, 어느덧 밤의 이끌림에 잠이 들고 말았다.

문제는 그다음이었다. 고백 이후 생각보다 훨씬 어색해하고 불편해하는 그녀 때문에 고백이 섣불렀나 싶어 혜성의 마음이 좋지 않았다.

다행히 며칠간 프로젝트 때문에 일본 출장이 잡혀 어색한 기운을 서로 뺄 수 있는 기간이 있지 않을까 기대했다. 서로의 얼굴을 대하지 못한 일주일이라는 시간은 그와 그녀에게 서로의 마음을 확인하는 좋은 기회가 되었던 것일까.

그리고 출장에서 돌아오는 날, 나름 용기를 내 지우에게 데리러 와 달라는 메시지를 보냈다. 진짜, 너무 보고 싶었기 때문에.

지우도 혜성이 없는 동안 그를 그리워했던 눈치였다. 출장으로 인해 많이 피곤한 상태였지만, 사랑스러운 지우와 함께 제법 데이트다운 데이트를 즐기고 같이 집으로 돌아갔다.

지우는 전보다 혜성을 친근하게 대했고, 자신의 감정을 좀 더 적극적으로 표현하기 시작했다. 그녀가 혜성의 팔에 팔짱을 끼던 그 순간, 지우의 마음이 더 가까이 와 닿았다.

혜성의 마음에 어쩌면 지우가 자신과 같은 감정일 수 있겠다는 희망이 용솟음쳤다.

그날 달콤했던 데이트는 더욱 그 마음에 확신을 안겼다.

다음 날 새벽녘, 아직 잠이 덜 깬 혜성은 생경한 느낌을 받았다.

작고 부드러운 것이 입술에 맞닿은 느낌.

'응? 무슨 꿈이 이렇게 달콤하지?'

혜성은 잠이 채 깨기도 전에 맛본 달달한 맛이 지우의 입술이라는 것을 알고, 그녀가 자신을 진짜 받아들였음을 알아차렸다.

'고마워… 지우야……'

지우의 대답을 이렇게 들은 혜성은 더 이상 자신의 감정을 숨길 필요가 없었다. 다시 만난 그녀를 사랑하기 시작한 건 결혼을 결심하기도 전이었으니까.

이른 아침을 깨우는 빨간 지붕 이층집에 감도는 감미로운 산새들의 노랫소리를 들으며 두 사람은 사랑에 빠졌다.

깊이 그리고 진심을 다해.

"서지우, 멍 때리냐?"

아침부터 팀장님이랑 꽁냥꽁냥거리다 겨우 지각을 모면할

시간에 가까스로 회사에 도착했다. 가방도 풀지 않은 채 품에 안고 멍하니 모니터를 바라보고 앉아 있는 내 팔을 준영이 옆에서 툭 쳤다.

"어? 어······."

"흠··· 요즘 뭔가 좀 수상하단 말야?"

준영이 눈을 흘기며 나를 바라보았다.

"어? 뭐··· 뭐가?"

"다이어트 하냐? 살도 많이 빠진 것 같고······."

다이어트는 아니지만 아침부터 칼로리 소모가 꽤 크긴 했지.

"요즘 이상하게 배가 안 고프더라고······."

"웬일이셔? 먹는 낙으로 사는 서지우가······."

그게··· 팀장님만 보면 밥을 안 먹어도 배가 부른 느낌이야.

"큭, 그러게······."

"먹고 싶은 거 생각나면 이 오빠한테 꼭 말해라. 아니, 그러지 말고 오늘 같이 점심?"

준영이 점심이라는 이야기를 하는데 팀장님이 옆을 쓱 지나갔다.

"그래. 이제 프로젝트 막바지라 좀 여유가 있네. 같이 먹지, 뭐."

"오케이. 얼마 만이냐, 우리."

요즘 각자 일이 너무 많고 바쁘기도 했고, 출장도 잦아서 같은 팀인데도 준영과 같이 밥 먹는 것이 쉽지 않았었다.

　오늘은 같이 밥 먹자, 친구!

　이제 정신을 차리고 업무를 시작하려는데 문득, 아침에 있었던 일이 생각났다. 그리고 나도 모르게 붉어지는 얼굴.

　나는 손가락을 올려 입술을 쓱 만져 보았다.

　오늘은 절대 잊을 수 없는 날이 되겠지……

　바쁘게 일하는 중간에도 자꾸 아침에 있었던 일이 떠올라 혼났다. 그럴 때마다 살짝 뒤를 돌아 팀장님 방을 유리 너머로 보곤 했다.

　늘 회사에서 그렇듯 심각한 얼굴로 일하고 있었다. 그 모습을 보고 있자니 아침에 보았던 사람과는 너무 딴판이라 저절로 고개가 좌우로 흔들어졌다.

　후… 팀장님은 회사에서 내 생각 안 하는 것 같은데, 나도 얼른 일이나 하자… 일이나…….

　오전 시간은 쏜살같이 흘렀고, 점심시간이 되었다.

　하나둘 식사하러 나가고 나도 준영과 함께 나갈 참이었다.

"준영 씨!"

　갑자기 팀장님 방문이 스르륵 열리더니 다급하게 준영을 부르는 팀장님.

"넵, 팀장님."

"오늘 점심 같이 먹죠. 그동안 내가 너무 못 챙겨 준 것 같아서."

으잉? 이건 또 무슨 상황이지?

"네? 저를요?"

"네. 그래서 오늘 내가 맛있는 거 사겠습니다. 가죠."

준영의 얼굴은 당황한 기색이 역력했다. 평소에 늘 외부 손님들과 식사를 하는 팀장님이어서 사내 직원과 따로 밥 먹는 경우는 거의 없었기 때문이었다.

준영과 반대로 팀장님은 뭔가 여유 넘치는 모습.

"팀장님, 오늘 지우 씨랑 밥 먹기로……."

"아? 그래요? 그럼 같이 합시다, 뭐. 괜찮아요. 나는."

팀장님은 입가에 미소까지 띠며 준영을 바라보았다.

뭐야…….

갑자기 준영이는 왜 챙기시는 거지?

나도 알쏭달쏭한 마음으로 사무실을 나섰다.

우리가 도착한 곳은 프렌치 레스토랑이었다. 고급스러운 외관이 팀장님과 참 잘 어울리는 곳이었다.

"두 분이 기획1팀에서 잘 적응해 줘서 고맙습니다."

팀장님이 먼저 이야기를 꺼냈다.

"워낙 팀원 분들이 다 좋아서요. 참, '아침을 부탁해' 프로젝트는 다음 주에 정식 론칭되는 거죠?"

준영이 눈을 크게 뜨고 물었다.

"네. 이변이 없는 한 그럴 겁니다."

프렌치 요리들이 차례차례 화려한 자태를 드러내고 있었

고, 그것을 맛보던 팀장님이 천천히 대답했다.

암, 이변은 없어야지. 팀장님이랑 나랑 얼마나 열심히 했는데…….

"와, 진짜 너무 수고 많으셨어요, 팀장님."

"다 팀원들 덕분이죠……."

"서지우 씨, 왜 이렇게 오늘 말이 없어요?"

준영이 갑자기 내 팔을 툭 건들며 말했다.

"어? 아… 네? 아니, 저는 먹을 땐 말을 아끼거든요, 최준영 씨. 하하."

괜히 배시시 웃으며 그를 바라보았다.

"천천히 드세요, 지우 씨. 그러다 탈 나겠습니다."

팀장님이 허겁지겁 먹어 대는 나를 보고 일침을 가했다.

"얘가, 아니 서지우 씨는 원래 새로운 음식은 잘 도전 안 하는데, 오늘은 의외네요. 사 주신 음식이 입에 잘 맞나 봐요."

준영이 급기야 내 머리를 흐트러뜨렸다. 자꾸 친근감 있게 대하는데, 평소에는 아무렇지 않던 그의 행동이 괜히 신경이 쓰였다.

팀장님의 얼굴을 보니 눈에서 불꽃이 튀는 듯했다.

점심시간이 다 되도록 나는 팀장님에게 제대로 말도 못 붙여 본 채 식사를 끝냈다. 괜히 도둑이 제 발 저린 심정으로 말실수라도 할까 봐 최대한 말을 아낀 것.

후…….

"서지우, 밥 먹으러 가서 왜 그렇게 꿀 먹은 벙어리처럼 있었냐?"

불편했던 식사를 마치고 회사로 돌아와 휴게실에서 커피를 뽑던 준영이 내게 그것을 건네며 물었다.

"어? 그냥… 뭐 특별히 할 말이 있어야지."

"같은 프로젝트 진행하느라 자주 보는데 아직 안 친해진 거야?"

"그러엄. 그럴 리가. 팀장님 성격 모르냐."

거짓말이 쑥쑥 느는구나. 미안해, 친구. 하지만 나도 괴롭다.

휴…….

"흠… 글쎄……."

"얼른 들어가서 일이나 하자."

다음 주에 론칭되는 도시락 프로젝트 때문에 일이 보통 많은 것이 아니었다.

준영이랑 같이 먹다가 남은 커피를 원샷으로 들이켠 나는 곧 거의 모니터에 빨려 들어가다시피 일에 몰두했다.

"후- 이제야 할 만하네!"

점심을 먹고 났더니 오히려 머리가 맑아진 느낌이었다. 현실 세계로 확실히 돌아온 느낌. 오전 내내 아침에 있었던 그 엄청난 일 때문에 정신을 못 차렸지만 이제는 상념이 어느 정도 사라져 일할 맛이 났다.

"보자, 포장 디자인 수정 시안 먼저 보내고… 그다음 공장에 준비 상황 한번 체크하고……."

해야 할 업무를 챙기고 있는데 갑자기 휴대폰이 울려서 보니 메시지가 도착해 있었다.

[나만 보고 웃어 줬음 하네요.]

엥?

이게 무슨 메시지인가 한참을 생각했다. 그러다 아까 준영이랑 함께 밥 먹을 때 그를 보고 웃은 사실을 기억해 냈다.

뭐야. 이 질투쟁이.

[봐서요. 큭.]

내 마음이 온전히 당신 것인데 뭐가 그리 질투할 일인지. 괜히 장난처럼 회신을 보냈다.

[이런… 각오하세요. 더 사랑해 줄 거니까.]

다시 도착한 그의 메시지를 보고 두 손으로 눈을 가려 버렸다. 기분은 좋은데 오글거리는 이런 느낌이라니. 이런 게 사랑하는 건가 보다 싶었다.

노닥거리는 메시지를 끝내고 이제 쏟아지는 업무를 하나하나 해 나갔다. 해야 할 일들이 너무 많아 남은 오후가 어떻게 지나가는지도 모를 정도였다.

"후… 아직 한참 남았는데, 벌써 퇴근 시간이네."

팀장님 방을 힐끔 본 나는 휴대폰을 들었다.

[오빠, 오늘 야근해야 할 것 같아요. 먼저 들어가세요.]

[나도 일 많은데, 같이 가죠.]

[아니에요. 지난번에 보니까 버스 타고 갈 만해서요. 사람들 눈도 있고 그게 나을 것 같아요.]

[그래요. 그럼.]

그를 먼저 보내고, 일을 마저 하고 들어갈 생각이었다. 근데 '그래요. 그럼.'이라니 좀 서운한데? 아니라고 하면 더 곤란할 일이겠지만 괜히 입을 비쭉여 보았다.

"먼저 들어가겠습니다. 다들 퇴근하시죠."

일이 많다더니 나와 메시지를 다 주고받기 무섭게 퇴근을 하는 팀장님이었다.

저렇게 휘리릭 가 버리니 또 괜히 퇴근하고 싶은 마음이 동했다.

얼른 마치고 가야겠다······.

까만 밤이 돼서야 일이 끝났다. 회사 밖으로 나가 버스를 타고 한참을 가다 내려 마을버스로 갈아타고 신혼집으로 향했다.

일이 재밌어서 시간 가는 줄 모르고 했지만, 버스를 타니 피곤이 몰려와 하염없이 하품이 나왔다.

"하-암."

하품을 하며 집 근처 정류장에서 내렸다.

"서지우--"

누군가 내 이름을 부르는 소리에 얼른 눈을 비볐다. 하품 때문에 눈물이 나 흐릿했던 시야가 뚜렷해지고······.

어두운 정류장을 밝히는 한 남자. 트레이닝복을 입어도 깔끔 단정한 모습에 트렌디함을 갖춘 차혜성 팀장님. 바로 우리 오빠였다.

"어? 설마 나 기다린 거예요?"

"조깅하다 보니 내가 여기 와 있네요. 우연히도. 훗-"

드디어 차혜성 팀장님에서 다시 돌아온 아침에 만난 그 오빠였다.

"아. 네, 네. 우연히 우리 집에 가는 방향도 같네요? 큭큭."

우연을 빙자한 오빠의 마중이 참 좋았다. 퇴근 후 누가 정류장으로 마중을 나온다는 건 생각도 못 하고 살아왔던 나였기에.

그와 결혼하기 전 엄마, 언니와 함께 지내던 그 집에서는 언제나 어둠만이 나를 반겼으니까.

"여름인데도 밤바람이 왜 이렇게 추운 거야."

나는 눈을 옆으로 가늘게 뜨며 그의 팔에 슬쩍 팔짱을 꼈다.

그가 기분 좋은 미소를 내게 보냈다.

우리가 걷는 길 위에는 반짝이는 별이 떠 총총 떠 있었다. 이곳은 서울임에도 다른 곳에 비해 별이 참 잘 보이는 동네였다.

그와 나란히 걸어 우리 집으로 향하는 길.

아무도 없는 골목길, 아무리 깜깜해도 하늘엔 별이 있고, 내 옆엔 또 다른 별이 있어서 무섭지 않았다. 가파른 오르막 길조차 힘들지 않았다.

때마침, 기분 좋은 바람도 코를 간질였다.

그가 내 어깨에 손을 올렸다.

그리고 우리는 서로를 바라보며 웃었다.

나는 그의 허리에 내 팔을 둘렀다.

이곳에선 우리를 알아볼 사람이 없을 테니까.

우리 두 사람 사이의 거리는 이제 '0'.

가만히 생각하면 그와 이렇게 가까이 있는 것이 어색할 법도 한데, 어쩐지 아무렇지 않았다. 딱 붙어 있는 이 상황이 우리에게 너무나 자연스러웠다.

어린 시절 친하게 지냈다는 그 기운이 아직 남아서일까?

어쨌든 좋았다. 다른 어떤 생각도 떠올리고 싶지 않을 만큼 함께하는 순간들이 좋았다.

"H푸드 너무한 거 아닙니까? 이렇게 신입을 혹사시키고."

"훗, 아주 다른 회사인 것처럼 말하시네요? 이 정도 야근이 별건가요. 큭. 전 일하는 게 재밌어요. 아직까진."

워낙 여러 일을 해 봤던 터라, 이 정도는 껌이죠. 게다가 꿈의 직장이거든. H푸드는.

"와… 진짜?"

"그으럼요! 제가 한번 꽂히면 완전 열심인데, 일에 꽂혔거든요."

그리고 오빠한테도 꽂혔잖아요.

"지우 얘기 들으니까 뭔가 새롭네. 사실, 난 어쩔 수 없이 일을 하는 거였거든요."

"왜요?"

"태어날 때부터 주어진 운명이죠. 할아버지와 아버지가 갈고닦은 길을 지켜야 할 운명. 선택권 자체가 없었어요. 누구든 내가 이 일을 하는 걸 당연히 여겼으니까. 순응해야 했죠."

"어휴… 그랬군요……. 낙하산이라고 다 좋은 것만은 아니네요."

"맞아요. 너무 무거운 낙하산이야."

"근데, 또 일을 잘하시니까 더 기대가 크시겠어요. 힘들겠네. 우리 오빠."

"괜찮아요, 이제. H푸드가 사람 하나를 기가 막히게 뽑아서 요즘은 회사 갈 맛이 납니다."

그가 내 머리를 흐트러트리며 만졌다.

"아, 참. 준영 씨가 지우 머리 막 이렇게 만지고 그러더라?"

"네?"

그가 갑자기 어깨에 올린 팔을 풀고 멈춰 서서 뭔가 따지듯이 물었다.

뭐야. 이런 삐침 행동.

"막, 점심 같이 먹자고 그러고."

"헐, 설마 그래서 오늘 점심?"

이마를 탁! 칠 일이었다. 내가 눈치도 참 없었네.

"하… 이제 임자 있는 몸인데, 신경 좀 쓰세요."

"아… 오빠, 준영이는 진짜 절친이에요. 진짜 저스트 남자 사람 친구."

난 눈살까지 찌푸리며 이야기를 했다.

"그래도… 준영 씨도 남자라고……."

그가 눈을 살며시 흘겼다. 이 남자 이제 봤더니 질투가 심하고만!

하긴 나도 팀장님 방에 들어가는 여직원들이 신경 쓰였던 것은 사실이니, 이 정도는 이해해 주자 싶었다.

"알겠어요……."

마지못해 내가 대답하자 그제야 다시 내 어깨에 손을 올리고 미소를 짓는 그다.

아구, 귀여운 내 강아지.

오빠 머리를 내가 쓰담쓰담 하고픈데, 당최 키가 커도 너무 커서 포기…….

빨간 지붕 이층집으로 이어진 길은 원래도 아름답고 향기로웠다.

그런데, 오늘은 더했다.

아마도 내 옆에 있는 이 사람 때문이리라.

나는 별안간 팔을 쭉 뻗어 그의 볼을 살짝 꼬집었다.

"아얏! 왜 이래요?"

기습 공격에 오빠가 당황했다.

"혹시 그냥 허깨비인가 싶어서요."

오빠가 만지면 톡 하고 사라지는 허깨비는 아닌지 문득 궁금해졌었다.

그렇다면 너무 슬플 것 같아서.

다행이었다. 사라지지 않아서.

"걱정 말아요."

"네……?"

"어디 안 가요."

"네… 헷."

"나, 이제 서지우 겁니다."

"헛."

괜히 낯이 간지러웠다. 분명 몸에 차가운 피가 흐르는 사람인 줄 알았는데 알수록 반전이다.

H푸드 사람들은 상상도 못 할 일이다.

역시 사랑을 하고 볼 일이었다.

한 사람의 가장 특별하고도 새로운 모습을 만날 수 있으니.

이야기를 나누는 사이 어느덧 집에 도착했다.

"어?"

갑자기 엄습하는 불길한 기운 때문에 내가 뒤를 확 돌았다.

"왜 그래요?"

"누가 우릴 쫓아오고 있는 것 같아요."

"응? 아무도 없는데……."

"하… 이상하다……."

"오늘 일을 너무 과하게 했네. 얼른 들어가서 쉬는 게 좋을 것 같군."

그가 내 어깨를 감쌌고, 우리는 대문을 열고 집으로 들어갔다.

14.
보고 있어도 보고 싶으니까

빨간 지붕 이층집을 바라보니 하루 동안 긴장했던 몸이 풀어지는 기분이었다.

이 집은 정말 최고다.

할아버지들께서 주신 선물 중 두 번째로 맘에 드는 것이었다.

물론, 첫 번째는 차혜성 오빠.

얼른 집에 들어가 씻은 후 편안 옷으로 갈아입고 케렌시아 방으로 들어갔다.

그런데 그 방에 오빠가 먼저 와 있었다.

"와, 근데 이게 다 뭐예요?"

2인용 소파 앞 테이블에 눈이 휘둥그레질 정도로 예쁜 조각 케이크 몇 개가 놓여 있었다.

"내가 먹으려고 샀는데 보니까 너무 많아서 나눠 먹으려고요."

나 주려고 산 거 다 알거든?

그는 오디오에 음악을 플레이하고 내게 포크를 건넸다.

경쾌하고 신나는 음악이 흘러나오자 괜히 기분이 좋아졌다. 맛있는 디저트도 있으니까 기분 최고!

포크를 집어 들고 푹신한 소파에 풀썩 앉았다. 그리고 어떤 것부터 먹을까 고민하며 케이크를 바라보고 있었다.

"음… 이거 무슨 맛 케이크인지 맞혀 볼래요?"

그가 케이크 하나의 귀퉁이를 잘라 내게 내밀었다.

"당근 케이크?"

"오~~ 절대 미각인데?"

"하하하하! 여기 당근 보이잖아요. 킄킄킄……."

뭐 그리 웃기는 이야기도 아닌데, 난 혼자 배꼽을 잡았다.

"그럼… 이거는?"

그가 제법 진지한 얼굴로 다른 케이크의 맛을 보여 주었다.

"까망베르 치즈?"

"대박. 이건 진짜 어려운 건데……."

"오빠… 풉. 이거 우리 회사 디저트죠? 이거 내가 제일 좋아하는 거야… 하하."

나는 너무 웃겨서 눈물이 다 날 정도였다.

"들켰네······. 헤헤. 그럼 마지막으로 이거는?"

이번에는 좀 생소한 모양의 케이크였다. 먹어 보니 하얀 생크림 아래 폭신한 시폰 사이에 차갑고 아주 깔끔한 바닐라 아이스크림이 딱.

"어머, 아이스크림 케이크네요? 대박. 너무 맛있어요."

"진짜 잘 맞힌다."

"아니, 이건 누구나 다 맞힐 수 있는 거 같은데. 하하하. 근데 진짜 진짜 맛있네요, 이거."

조각 케이크를 먹는 내내 웃음이 떠나질 않았다.

그가 그런 나를 가만히 바라보았다.

"평생 이렇게 내 옆에서 웃게 해 줄게. 마음··· 놓아요."

평···생?

평생이라는 말에 나는 눈빛이 살짝 흔들렸다.

이 고마운 말을 듣는데 왜 갑자기 애써 밀어냈던 엄마의 얼굴이 떠오르는 걸까.

후······.

그러나 난 오빠와 막 사랑에 빠져 버렸다.

과연 이 사랑의 결말이 어떻게 될지 아직 알고 싶지 않다.

생각은 좀 더 뒤로 미뤄야 할 것 같다.

아직은, 아니 조금 더 행복해질 권리가 내게 있을 거야······.

남은 케이크를 마저 먹고 도란도란 이야기를 나누며 우린 하루의 피로를 씻어 냈다.

내가 꿈꾸던 결혼.

나의 안식처.

그리고 이런 소소한 행복.

참 고마운 사람.

그가 나를 꼭 안았다. 그리고 바닐라 아이스크림 맛 입맞춤.

오늘은 잠들기 전에 이 달콤한 입맞춤을 떠올릴 거야. 저장해 두자…….

그럼 결코 악몽 따윈 없으리.

뭐, 이미 꾼 지 오래되기도 했지만.

"참, 결혼을 하면… 음… 진짜 사랑하는 사람이 생기면 하고 싶었던 거 있어요?"

침대로 자리를 옮겼는데, 잠을 청하려다 말고 그가 물었다.

"글쎄요. 사실, 결혼은 정말 먼 미래의 일이라고 생각했던 거라서… 그다지 바랐던 게 없네요. 음… 오빠는요? 내가 다 들어줄게요."

분위기에 휩쓸려 말을 내뱉고 나서 살짝 걱정이 됐다.

어마무시한 게 있으면 어쩌지, 하는?

아직 난 가진 게 없어서…….

"나는 되게 많은데……. 같이 집에서 맛있는 거 시켜 먹으면서 하루 종일 뒹굴뒹굴하기, 맛집 투어하기, 놀이동산 가기, 등산하기, 여행 가기… 아, 맞다. 운동! 취미를 같이 갖는 거 그거 되게 좋거든."

다행히 재벌 3세의 바람치고는 소박하군요…….

"운동이요? 50층 거기서 하는 헬스?"

이건 내게 참 생소한 단어였다. 자고로 헬스는 돈 많고 시간 많은 사람들의 향유물 아닌가. 나처럼 분초로 일하던 사람에게 그런 여유는 없었다.

"물론 짐에서 할 수도 있지만, 요즘은 집에서도 간단하게 할 수 있거든요. 돈 많고 시간 많은 사람들만 운동한다는 생각은 아주 옛날 사람 사고거든."

헛, 오빠보다 두 살이나 어린데, 나 옛날 사람?

"아… 네……."

속으로 참으로 민망했다.

"아무래도 우리가 건강하게 오래오래 같이 살려면 지우도 운동을 해야 할 것 같아. 잠깐 일어나 봐요."

그가 급히 이불을 들추고 밖으로 나와 섰다.

나는 얼떨결에 침대에서 나와 오빠를 마주 보고 섰다.

그가 하나, 둘 숫자를 세며 제대로 스쿼트 시범을 보였다. 입술까지 앙다물고.

큭큭. 갑자기 뜬금없이 운동을 하는 모습이 너무 웃겼다. 분명 50층에서 봤을 때는 모델 뺨쳤었는데, 오늘은 개그맨이네.

헛-!

스쿼트를 몇 번 하던 그가 땀이 나는지 윗옷을 벗어 젖혔다.

아흑! 팀장님 왜 이러세요!

갑자기 상의를 벗는 그의 모습에 민망함이 물밀듯이 밀려와 볼이 발그레해졌다.

"자, 따라 해 봐요."

그는 아무렇지 않게 운동에 집중하고 있었다. 므흣한 생각은 나 혼자만 한 걸 거야!

바지만 입고 스쿼트를 막 하는 키다리 오빠의 모습이 너무 웃겨 눈가에 묻은 눈물을 닦으며 손사래를 쳤다.

"얼른~~ 다 들어준다면서."

아, 잊고 있었다. 이 남자가 얼마나 저돌적인 사람인지. 결혼을 결정할 때도 그랬었다. 생각할 틈을 안 주고 닦달했었지.

후…….

나는 마지못해 오빠를 따라 했다.

"읍- 차! 이렇게요? 맞아요?"

"그렇지! 잘하네!"

이거야말로 진정한 달밤의 체조.

힘든데, 웃음이 터졌다.

이 남자, 정말 별일로도 나를 웃기는 사람이었다.

"하… 오늘은 그만해야겠어요. 운동하는 모습도 예뻐서 안 되겠네. 몸짱 되면 뭇 남자들이 또 들이댈 테고. 이제 그만!"

 몇 번의 스쿼트를 힘겹게 이어 가고 있었는데 다행히 그만하잔다.

 살짝 땀이 나 씻고 싶었지만, 그가 나를 이끌었다. 운동에 집중하던 눈빛은 어느새 변해 있었다.

"지우야."

 아마 아까 했던 내 생각이 나만의 착각이 아니라는 것이 드러났다.

 그는 아무것도 입지 않은 상체를 내게 들이밀었다. 나는 눈을 질끈 감았다.

 우리는 운동을 막 마친 터라 터질 것 같은 심장을 가지고 입을 맞췄다. 겹쳐진 몸에선 서로의 심장 비트가 고스란히 전해졌다.

 하아… 이 남자 고수야. 진짜! 겨우 시작일 뿐이었는데 우리의 몸은 이미 뜨거울 대로 뜨거운 상황이었다. 앞으로의 상황을 어떻게 감당할지.

 아직은 모든 게 서툰 나였지만, 그가 이끌어 주는 대로라면 이 시간이 두렵지 않았다.

 밤이라는 것이 오늘로 끝인 것처럼 우리는 그렇게 사랑을 나눴다.

"고마워- 지우야."

"나도."

"사랑해-"

"나두… 히익……."

오롯이 둘만의 아름다운 밤이 흐르고 있었다. 한참이 지났지만, 함께하는 것 외에 중요한 것은 없었다. 그저 서로가 서로에게 모든 것이었다.

깊은 밤 어디쯤에서 우리는 두 겹의 이불을 덮었다.

나를 꼭 안고 자는 오빠의 품, 그리고 그 위에 진짜 이불.

어미 날개를 덮은 아기 새가 이런 느낌이겠구나…….

따뜻함 그리고 편안함.

이제 잠이 솔솔 온다.

"내일은 우리 종일 뒹굴뒹굴합시다……. 주말이니까……."

"좋아요."

"오셨습니까, 팀장님."

인천공항을 빠져나오는 태성을 이우연 과장이 반겼다. 막 H푸드 미국 지사 장기 출장을 마치고 오는 길이었다.

"네. 회사로 바로 가죠."

따뜻한 인사 한마디 없이 태성은 이 과장과 함께 회사로 향했다.

"그러니까, 그 일은 차질 없이 잘 진행되고 있는 거로 알고 있습니다……."

 회사가 비어 있는 주말, H푸드 기획2팀 팀장실에 태성, 이 과장, 박 변호사가 모였다. 박 변호사는 최 변호사와 함께 H푸드 법무팀에 몸을 담고 있는 사람이었다.

"네. 염려하지 않으셔도 됩니다."

 이 과장이 태성의 물음에 답했다.

"그리고… 조만간 할아버지의 H푸드홀딩스 주식이 혜성이에게 승계된다는 거는 어떻게 된 일입니까."

 태성이 박 변호사를 바라보았다.

"네. 아마 유언을 남기신 거로 보입니다. 워낙 최 변이 보안을 철저히 하고 있어 서류를 보지는 못했습니다만……."

 박 변호사가 말을 이었다.

"그렇군요. 그러고도 남으실 분이세요. 워낙 혜성이를 각별하게 대하셨으니……. 그렇다고 그냥 주지는 않았을 텐데……. 아무튼 좀 더 자세히 알아보세요. 최대한 빨리."

 태성이 못마땅한 얼굴로 박 변호사에게 말했다.

"알겠습니다."

 박 변호사는 태성에게 머리를 조아렸다.

'H푸드가 네 것인 양 굴면서 혼자 승승장구하는 거 언제까지 하나 보자고…….'

 태성의 날카로운 눈빛이 창밖을 응시했다.

*

결혼 전에 오빠를 만날 때는 그렇게도 비가 자주 내리더니, 요즘은 늘 햇빛 쨍한 날의 연속이었다.

오늘도 어김없이.

내가 제일 좋아하는 날씨.

눈이 부시게 비치는 햇살을 맞으며 그가 나를 끌어안았다.

잠결에 눈을 비비고 바라보니 햇살이 그의 얼굴을 어루만지고 있었다.

그 얼굴 나만 어루만질 수 있는 건네…….

어쨌든 그리하여, 자연 조명을 달고 빛나는 얼굴.

이 사람이 진짜 내 남편인 거야?

아침마다 나는 매일 이것이 현실인지 의문을 품게 된다.

어쩌면 빨간 지붕 이층집은 마법의 집이 아닐까.

오빠와 내가 실바니안으로 변해 동화 같은 사랑을 나누는 집. 빨간 지붕 이층집이 있는 한 깨지 않을 행복한 꿈을 꾸는 것 같다.

할아버지, 고마워요…….

처음에 원망했던 거 진짜 죄송하고요…….

내 등 전체를 두르는 오빠의 팔 느낌이 참 좋았다. 나를 꼭 안아 주는 그 느낌이 나의 마음을 평화로운 호수처럼 잔잔하게 만들었다.

"우리 뽀뽀할까요?"

그가 부스스하기 짝이 없을 내 얼굴을 두 손으로 감싸 쥐고 내 눈을 바라보았다.

"으응으응~"

이건 예스가 아니라 고개를 도리도리하는 노였다.

"으응?"

그가 익살스러운 표정을 지으며 다시 물었다.

"뽀뽀 말고."

어맛.

서지우, 너 웬일이니. 네 안에 감춰진 건 여우구나.

"홋-"

그가 입꼬리를 올렸다.

저기… 진심인데요. 나도 내가 이런 여자인 줄 몰랐답니다. 오빠가 나를 이렇게 만들었어요. 책임 전가합니다……. 이게 늦게 배운 도둑질에 시간 가는 줄 모르는 걸까요. 게다가 어젯밤엔 정말 너무 황홀했잖아요.

이렇게 변명할 시간이 없었다.

그가 내 숨결처럼 가깝게 다가왔거든.

그래서 나는 스르르 눈을 감고 그의 숨결을 느껴 보려 했다.

여전히 오빠는 나를 세게 만지면 부러질 것 같은 꽃가지처럼 조심조심 대했다.

난, 그 느낌이 좋았다.

소중한 여자가 된 느낌, 나를 지켜 주는 사람이라는 믿음을 주는 느낌.

그래서 좋았다.

어……?

그러면서도 나를 정복하려는 남성의 본성은 숨길 수 없는 것 같았다.

부드럽고 강하게.

야하게 그리고 세게.

그는 나와 함께 하나가 되어 아름나운 음악을 연주하는 듯했다.

이 연주는 여러 악장으로 이루어진 소나타였다.

곡의 전주부가 연주되는 오랜 시간 동안 우리는 흥미로운 그 세계를 노닐었다.

이 곡은 절정으로 치달으며 격렬해졌고, 우리 두 사람의 숨은 가빠졌다.

그 연주는 눈물이 나도록 아름다웠다.

또 듣고 싶고, 또 연주하고 싶을 만큼.

빨간 지붕 이층집에는 우리의 세상이고, 우리의 세계였다.

우리를 바라보는 것은 따스한 햇살, 오랜 세월 동안 이 동네를 지켜 온 아름드리나무, 잠시 이곳에 머물렀다 가는 바람뿐이었다.

우리의 사랑을 방해할 그 아무도 없는 세상.

신경 쓸 것이라곤 단 하나도 없는 세상.

오로지 우리 둘만의 세상.

케렌시아는… 옆방이 아니었다.

오빠였다.

오빠…….

주말이 이렇게 좋은 거였구나…….

우리는 한차례 낮잠을 더 즐겼다.

새벽녘에 일어나 가야 할 알바도 없었고, 프로젝트도 준비가 되었기 때문에 주말 근무를 불사할 일도 없었다.

완전 좋아!

침대 밖으로 한 발도 나가지 않았는데, 뒹굴뒹굴하다 보니 해가 하늘 가운데쯤 온 시간이 된 것 같았다. 지금까지 아무것도 먹지 않았으니 이제 허기가 질 때도 되었다.

배고프다는 생각을 하고 있는데 그가 1층 주방으로 내려갔다.

나도 슬슬 씻어 볼까.

2층에서 샤워를 하려는데, 문득 그가 보고 싶었다. 겨우 1층으로 갔을 뿐인데.

부스스하고 긴 파마머리와 낡은 잠옷이 침대 밖에서 보이는 내 몰골을 흉측하게 만들겠지만, 딱 한 번만 몰래 보고 다시 와서 씻어야겠다 싶었다.

잠옷을 벗으려다 말고 살금살금 1층으로 내려갔다.

계단을 몇 개 남겨 두고 얼굴을 옆으로 돌려 주방을 바라보았다.

그곳에 열심히 요리를 하고 있는 오빠가 있었다.

딱 벌어진 어깨, 긴 다리. 뭔지 모를 그냥 멋짐. 뒷모습이 이렇게 근사한 사람은 내 스물여섯 인생에 처음이었다.

인기척을 느꼈는지 그가 뒤를 돌아보았다.

그런 뒷모습에 심지어 반전 없을 앞모습.

나는 부끄러워져 얼굴이 발그레해졌다.

"왜 벌써 나왔어요?"

그가 부드러운 목소리와 함께 내가 있는 쪽으로 다가왔다.

"좀 더 쉬어도 되는데."

계단 몇 개 위에 서 있어서인지 그와 같은 키가 되었다.

말을 끝내며 그가 내 입술에 쪽.

흐미.

날 보며 이렇게 꿀을 떨어뜨리는 남자.

사랑하고, 사랑받는 일이 이렇게나 가슴 설레는 일이었구나.

심장이 콩닥콩닥거렸다.

"아니, 맛있는 냄새가 솔솔 나잖아요."

그가 보고 싶어서 내려왔다는 말은 못 하고 궁금하지도 않은 메뉴를 물었다.

"차모닝 준비 중입니다. 요리가 완벽히 세팅되기 전에 누가 와서 보는 거 질색이라. 다 되면 부를게요."

"너무 맛있는 냄새가 나는데 어떡해요!"

그가 기어코 나를 밀어 2층으로 올려 보냈다.

다 씻고 나와 보니 주방 테이블엔 근사한 브런치가 차려졌다. 폭신폭신한 핫케이크, 보들보들한 에그 스크램블, 아삭아삭한 샐러드, 상큼한 오렌지 주스까지.

그리고 언제 씻었는지 말끔한 얼굴에 촉촉하게 젖은 머리의 오빠가 앉아 있었다. 꽃보다 남자가 아니라 근사한 브런치보다 오빠.

먹지 않아도 이미 배부른 나였다.

"와- 요리도 하는 남잔 줄 몰랐네요."

그가 정성을 쏟은 아침상을 보며 감탄을 했다.

"한국에서는 아침을 차릴 일이 아예 없지만, 유학 시절에는 혼자 이렇게 아침을 해 먹곤 했어요. 그때 해 본 걸 이럴 때 써먹을 줄 몰랐네. 훗."

아아.

그렇게 웃지 마요. 이 심장 폭격기!

"아… 저는 먹는 건 좋아하는데, 요리랑은 거리가 멀어요. 바빠서 뭐, 늘 H푸드 간편 수프가 제 아침을 책임졌었죠……."

그랬던 내가 그 수프를 기획한 남자와 그가 막 만들어 준 아침을 먹게 됐네요.

"그랬구나……. 그럴 줄 알았으면 좀 더 맛있고, 건강하게 만들 걸 그랬네요."

"네?"

"우리 수프요."

"아……. 훗, 설마 이상한 거라도 넣어서 파신 건 아닐 테죠……."

"그럼, H푸드의 생명은 안심할 수 있는 재료에서 시작해 맛있는 것으로 끝납니다. 몰라요?"

"크크, 알죠. 왜 모르겠어요."

암요. H푸드에 입사해서 지금까지 귀에 딱지가 생기도록 들었는걸. 누가 H푸드 팀장님 아니랄까 봐.

"아- 해 봐요."

그가 핫케이크를 잘라 한 조각을 나에게 내밀었다.

"아-"

시럽을 많이 뿌린 걸까, 사랑 가루를 많이 뿌린 걸까.

"맛있어요. 와……."

"내 요리 남기는 거 딱 질색이라 이거 다 먹어야 됩니다."

질색하는 게 참 많기도 하네!

"맛있다니까요."

"이것도. 아-"

"아-"

"누가 먹는 것도 이렇게 예쁘랍니까. 참 곤란하네."

"으응으응!"

오빠는 두 눈에 나를 담아 몇 번이고 바라보았다.

몇 시인지도 모르겠지만, 불을 켜지 않아도 밝은 주방에서 오빠와 나의 아침 식사 시간이 이렇게 달콤하게 흘러갔다.

"아침 먹고 우리 뭐 할까요?"

오늘의 목표는 뒹굴뒹굴인데, 계획을 묻는 게 좀 우습지만.

"발코니에서 영화 보고… 또 좀 쉬다가… 저녁 시켜서 정원에서 먹으면서… 이야기 나누고……?"

"오오 - 좋아요!"

"아, 왜 신이 하루를 24시간으로 만들었답니까. 오늘 하루만 예외를 두면 좋겠네요. 100시간쯤으로."

오늘의 계획을 브리핑하던 오빠가 눈살을 찡그렸다.

"어후~ 우리 매일 볼 수 있잖아요. 진짜 극성이시네."

"보고 있어도, 보고 싶으니까… 같이 있어도 더 같이 있고 싶고… 안고 있어도 더 안고 싶고……."

발코니에 차려진 둘만의 영화관에선 우리처럼 달달한 사랑 영화가 상영되었다.

주인공들이 손을 잡으면 우리도 손을 잡고, 그들이 마주 보고 웃으면 우리도 마주 보고 웃었다. 그리고 그들이 키스를 하면 우리도 키스를 나눴다. 그야말로 영화 속 주인공 따라 하기 놀이.

그러다 배가 고파지면 같이 머리를 맞대고 휴대폰을 보며 맛있어 보이는 음식을 주문해서 먹고, 틈만 나면 그곳이 정원이든 주방이든 거실이든 사랑을 나눴다. 마치 꿈을 꾸듯 행복한 시간들이었다.

꿀같이 달콤한 주말은 순식간에 지나가 버리고, 아쉽게도 분주한 일상이 시작될 차례였다.

내일은 입사 이래 오빠와 함께 공을 들인 '아침을 부탁해'가 론칭되는 날이었다. 그렇다 보니 오늘은 정말 중요하고도 바쁠 날.

아침 식사를 할 때 보니 오빠가 다른 날보다 긴장한 모습이 보였다.

"드디어 내일이네요. 지우의 번뜩이는 아이디어가 반영된 도시락 출시. 어때요, 기분이?"

본인의 긴장한 모습을 숨기고, 나에게 여유롭게 말을 건네는 그였다.

"헷, 소비자들 반응이 기대되면서도 걱정도 되고 그러네요. 오빠야말로 식사도 잘 못 하시는 거 같은데……."

"나도 조금 긴장은 되네요. 워낙 특별한 제품이라."

그가 내 머리를 쓰담쓰담 해 주었다. 다 잘될 거라고 오빠를 쓰담 해 주고 싶은 사람은 나인데…….

사실 여유로웠던 주말을 보냈지만, 오빠는 월요일을 앞두고 밤에 깊이 잠들지 못한 것 같았다. 워낙 예민하고 민감한 남자이기에 중요한 일을 앞두고는 신경이 곤두서는 것 같았다.

'내일은 페퍼민트를 진하게 타 드려야겠다…….'

어젯밤 다짐하며 잠을 청했던 나였다.
월요일 아침, 도시락 론칭 디데이 하루를 앞두고 회사 분위기가 왠지 어수선했다.
출근하자마자 컴퓨터를 켜고 업계 동향을 살펴보는데, '해피 모닝'이라는 검색어가 포털을 뜨겁게 달구었다. 뭔가 예감이 좋지 않았다.
뭐지…….
'해피 모닝'을 누르자마자 나는 손으로 입을 막을 수밖에 없었다.
그것이 H푸드의 경쟁업체인 그린푸드에서 론칭한 아침 도시락이었기 때문이었다. 클릭해 자세히 살펴보니, '해피 모닝'에 쏟아부은 우리의 비밀 병기들이 고스란히 담겨 있었다.
레시피는 물론 포장 디자인까지도 너무나 닮은꼴이었다. 이 상태에서 우리가 내일 론칭했다가는 짝퉁이라는 소리를 들을 판이었다.

이건 정말 말도 안 되는 일이었다.

당장 내일 출시 예정인 '아침을 부탁해'는 회사의 특급 보안 사항이었다.

게다가 자잘한 아침 도시락 업체들을 뒤로하고 대기업에서 아침 배달 도시락을 론칭하는 경우는 최초라고 자부했던 우리였다. 그런데 이게 무슨 일이란 말인가. 상상하지도 못했던 일이었다.

이건 딱 보아도 우리의 정보가 누출된 상황이 분명했다.

눈을 비비고 다시 한번 '해피 모닝'을 살펴보았다.

론칭하자마자 검색어 1위에 오르고 SNS 이벤트에 삽시간으로 제품이 홍보되고 있는 중이었다. 제대로 칼을 갈고 나온 느낌이었다.

서로의 인기 제품을 유사하게 만들어 파는 관례는 이 업계에서 특별한 일은 아니었다. 하지만, 언제나 맨 먼저 자리를 잡은 제품의 인지도를 따라가지는 못하는 징크스가 있지 않은가.

언제나 아류라는 꼬리표가 붙기 때문이었다. 그렇기에 이번 상황은 더욱 비상이었다.

이건 이번 제품의 총책임자인 오빠에게 책임이 전가될 것이 분명했다.

벌렁벌렁거리는 심장을 부여잡고, 침을 꼴깍 삼킨 다음, 뒤를 돌아 팀장님 방을 힐끔 보았다.

유리 너머에 보이는 그곳엔 팀장님과 윤 과장님을 비롯해 몇몇 분들이 이야기를 나누고 계셨다.

팀장님의 표정이 좋지 않았다. 그리고 계속해서 텀블러에 있는 페퍼민트 차를 들이켰다.

아무래도 이 소식이 전해진 모양이었다.

어떡해…….

나는 일단 발을 동동 구르는 것 말고 다른 방법이 없었다.

"야, 서지우! 이거 뭐야. 뉴스 봤어?"

손톱을 물어뜯고 있는 나에게 준영이 다급하게 말을 걸었다.

"어… 아무래도 정보가 유출된 것 같아…….'"

준영에게 말을 한 순간, 섬뜩한 생각이 스쳤다.

설마… 이 과장님?

아무래도 관계가 있어 보였다. 나는 고개를 돌려 이 과장님 자리를 슬쩍 보았다. 아직 출근 전인지 자리가 비어 있었다.

"아니, '아침을 부탁해' 프로젝트에 대해서 세세히 알고 있는 사람은 팀장님이랑 지우 씨뿐 아니야? 기밀은 둘만 공유했잖아."

멍하니 이 과장님 자리를 바라보는데 옆자리 박 대리님이 한마디를 했다.

"그러게. 팀장님이야 H푸드 사람인데, 이런 일을 하실 리 없고…….."

이 대리님도 박 대리님 말에 맞장구를 쳤다.

"이 대리님, 저도 H푸드 사람이에요."

나를 의심하는 듯한 그들의 말에 약간 울분이 섞인 말로 토로했다.

"그게… 팀장님한테 우리 회사는 가업이잖아. 그거 말하는 거지… 뭘 또 그렇게 욱해, 지우 씨."

박 대리님까지 이렇게 말하니 나는 순간 누구보다 팀을 좋아했던 사람으로서 서운함이 밀려왔다.

"제가 얼마나 우리 회사에 애정 있는지 잘 아시잖아요."

나도 모르게 조금 날카롭게 대꾸를 하고 말았다. 내가 꿈의 기업이었다고 백번도 넘게 말해 지겹다고 했었잖아!

"그럼요. 박 대리님, 지우 애사심 하나는 끝내주는 거 우리가 다 아는데. 뭔가 마음먹고 달려든 사람이 있지 않을까 싶어요."

준영이 옆에서 나를 감쌌다.

"준영 씨 비켜 봐. 지우 씨 말이 까칠하네? 지금 우리도 다 엄청난 피해 보고 있는 상황이야. 지금까지 일한 거 다 도루묵 되게 생겼다고. 그리고 상사한테 그런 식으로 말하는 거 아니다?"

박 대리님의 말에 까칠함이 한가득 묻어났다.

하… 시작을 누가 먼저 했는데…….

"지금 우리 팀 전체가 의심받고 있는 상황이라고……. 우리야 뒤치다꺼리만 했지. 팀장님이랑 지우 씨랑 둘이 다 한 거를 가지고. 내 참, 나……. 입사 이래 이런 엄한 수모는 처음이네."

이 대리가 급기야 책상에 있던 서류를 탁 내리치며 말했다.

"기분 나쁘셨다면 죄송한데요. 지금 이래저래 가장 억울한 사람은 저랑 팀장님인 거 같거든요. 아무튼 이 사건 제가 팝니다. 그냥 못 넘어가요."

나도 더는 참을 수 없어 강하게 나왔다. 참, 내. 화기애애한 팀 분위기가 이렇게 순식간에 깨질 수 있는 것인가. 사회생활이란 이렇게 냉정한 것인가 순간 별의별 생각이 다 떠올랐다. 가뜩이나 중요한 문제는 따로 있는데.

"지우야, 일단 진정해."

준영의 말에 순간 다시 이 과장님이 생각났다. 과장님 자리를 돌아보니 여전히 출근 전.

"준영아, 이 과장님 아직 출근 안 하신 거야?"

"어? 어… 오늘 연차 쓰셨다는 것 같아……."

어라, 이 엄청난 날을 예견하고 먼저 선수를 치신 걸까. 나는 찝찝한 마음을 거둘 수 없었다.

이번 사건이 그와 관련된 것이 분명하다는 생각이 들었다.

"안녕하세요."

"오셨습니까."

여기저기에서 사무실로 들어오는 일행을 향해 인사를 했다.

누구지…….

궁금해하는 가운데 준영을 힐끔 쳐다보니, 그가 입 모양으로 '기획2팀 팀장님'이라고 소리 없이 말했다.

기획2팀 팀장님 일행은 팀장님의 방으로 들어갔고, 더욱 그 안의 공기는 어두워 보였다.

가슴이 답답했다. 그리고 마음이 무거웠다.

팀장님 방에서 사람들이 우수수 나온 다음 우리 팀은 사내 메신저를 통해 '아짐을 부탁해'의 론칭을 유보한다는 메시지를 접했다.

예상했던 바였다. 일단, 이것이 최선의 방법이었을 것이다.

방에서 나온 팀장님의 얼굴이 백지장처럼 창백했다. 급히 어디론가 향했는데, 그곳이 옥상이라는 것쯤은 눈치로 알 수 있었다.

아플 테니까…….

머리가… 가슴이…….

따라갈 수 없어 안타까웠고, 뭔가 비통한 마음이 북받쳤다.

나는 차근히 지금 상황을 돌아보았다.

지난주만 해도 보이지 않던 사람, 회사의 비상 상황, 그리고 갑자기 나타난 이 사람. 그리고 수상한 이 과장.

이 모든 것이 뭔가 찜찜했다. 어쩌면 그날 밤이 시작인지 모르겠다. 내 책상에 있던 이 과장을 목격한 날.

사내 정보 유출이 얼마나 큰 해고 사유가 되며 법적 책임이 있는지 알게 되시겠지…….

나는 일단, 이 과장의 꼬리를 밟아 팀 내 분열을 염두에 두고서라도 이번 일의 전말을 알아내야겠다는 마음을 품었다.

내가 할 수 있는 일이 있다면 이것이리라.

"지우야, 괜…찮아?"

책상에 머리를 박은 내 모습을 본 준영이 다가와 어깨를 짚었다.

"아니, 안 괜찮아. 억울해서 죽을 것 같아."

"후… 입사한 지 얼마나 됐다고 이런 일이 터지는지. 어쨌든 우리 선에서 할 수 있는 일이 아니야."

"아니. 나 짚이는 데가 있어."

"지우야… 네가 나서지 않아도 다 위에서 알……."

"참을 수가 없다고. 나랑 우리 팀장님 억울하게 만든 인간 잡는다고."

나는 덜덜 떨리는 손으로 휴대폰을 들었다.

[이 과장님, 쉬시는데 죄송하지만, 이따 저녁에 잠깐 뵐 수 있을까요.]

나는 이 과장님께 메시지를 보냈다. 일단, 몇 개월 전 밤에 있었던 사건부터 확인해야겠다는 생각이 들었다.

내가 그때 왜 그 일을 그냥 지나쳤을까, 설마 사람 좋으신 이 과장님이시기에 별일 아니겠지, 하고 넘겼던 것이 너무 안타까웠다.

아… 시간을 되돌릴 수 있다면 좋을 텐데.

[그러죠.]

이 과장님의 회신은 생각보다 신속하게 도착했다.

답장을 보고 나니 심장이 더욱 벌렁벌렁거렸다.

'go on' 카페.

퇴근 시간이 훨씬 지난 늦은 밤, 이 과장님과 내가 한 테이블에 마주 보고 앉았다.

"휴가신데 만나자고 해서 죄송해요."

시작은 일단 정중하게 할 생각이었다.

"아니에요. 근데 무슨 일로……."

대꾸하는 그의 모습이 어쩐지 어제와 다른 모습이라는 것이 느껴졌다.

"사실… 두 달 전쯤 밤에 제가 사무실에 뭐를 놓고 와서 가지러 가는 길에 과장님이 제 책상에 계신 걸 봤어요."

"……."

나는 손이 떨리고, 심장이 두근거렸지만 또박또박 말을 이어 나갔다.

"경황이 없어서 그때는 말씀도 못 드렸는데… 오늘 일이 터지고 나니 아무래도 그 일이 마음에 걸려서요."

"그랬군요······. 그래서?"

순간, 살짝 당황했던 그의 눈빛이 이내 사나워졌다.

"그날 무슨 일로 제 책상에 계셨던 거죠?"

"서지우 씨··· 그랬던 적이 있긴 했었죠······. 그런데, 지금 나를 의심하는 겁니까? 산업 스파이쯤으로?"

입사해서 이 과장님을 처음 봤을 때, 참 인상이 좋다고 여겼었다. 정말 순하고 착해 보인다고 생각했는데.

아무래도 나는 누군가를 첫인상으로 파악하는 데 서툰, 어린 사람이었다.

오늘 이 과장님의 눈빛은 누구보다 섬뜩했다.

"꼭 그런 건 아니지만, 제가 이번 프로젝트의 중요한 문서들을 많이 가지고 있었으니까요."

"음··· 그렇다면, 이건 내가 의심받아야 할 일이 아니라, 내가 의심할 일인 것 같은데요?"

"네? 그게 무슨 말씀······."

"아마도 회사에서는 수사에 나설 겁니다. 이번 사건의 유출자가 누군지 색출하겠죠. 그럼 제일 의심 가는 사람은 내가 아니라 프로젝트 기밀을 알고 있는 서지우 씨가 용의 선상에 올라오지 않을까요?"

"뭐라고요? 지금 저를 의심하시는 건가요?"

"지금 서지우 씨가 말한 상황이라면 누가 봐도 당신을 의심할 것 같은데요. 아무리 제가 그날 서지우 씨 책상에 있었다 해도 그냥 자리에서 전화하다가 메모할 것을 찾았을 수도 있는데 너무 비약이 심하네요."

나는 더욱 경악을 금치 못했다. 무슨 이런 인간이 다 있지?

"그리고 알고 있습니다. 차혜성 팀장님과의 계약 결혼."

제대로 뒤통수를 치는 그녀였다.

"그게 과장님과 무슨 상관인지 모르겠습니다만."

"얌전한 고양이 부뚜막에 먼저 올라간다더니 팀장님과의 계약 결혼을 빌미로 사원 직급으로 큰 프로젝트 맡은 거 아닌가요? 이렇게 백 써서 자기 몫 벌써부터 챙기고. 지우 씨 그렇게 안 봤는데 아주 대단한 사람이더군요."

"이 과장님!"

순간 나도 모르게 소리를 지르고 말았다. 주방 저 너머에서 우리를 바라보고 있던 사장님도 눈은 동그랗게 뜬 채 두 손으로 입을 막았다.

"아무튼, 서지우 씨가 자의로 파기하든, 타의로 파기하든 어떻게 처신하느냐에 따라 앞으로 일이 재밌게 돌아갈 겁니다. 볼일 끝났으면 나는 이만 가 보도록 하지요. 내일 회사에서 봅시다."

"제 일이 어떻게 이 과장님께 재밌게 흘러갈지 저도 궁금하네요. 제가 사람을 잘못 봐도 한참 잘못 봤네요. 물론 이 과장님도 마찬가지시고요."

자기 할 말만 하고 나가는 그의 뒤통수에 대고 큰 소리로 말했다.

"하, 진짜 쓰레기네!"

그간 멘토랍시고 맛있는 거 사 주고 이것저것 얘기해 준 게 사람 간 본 건가? 배신감을 넘어 분노가 차올랐다. 나는 이 과장과의 관계가 참으로 허탈해 한동안 넋 나간 사람처럼 멍하니 앉아 있었다.

"지우야, 괜찮아?"

사장님이 내 어깨에 손을 얹었다.

"사장님……."

"이게 무슨 일이라니……."

그녀가 내 옆에 앉아 나를 토닥였다.

"저, 너무 무섭네요……."

"집에 갈 수 있겠어? 혜성 씨 불러 줄까?"

"아니, 아니에요. 혼자 갈 수 있어요……."

"무슨 일인지 자세히는 모르지만, 아무튼 저분 다시 봤다. 지난번에는 인상이 그리도 곱더니……."

사장님이 고개를 절래 흔들었다.

"사실, 저… 이제는 계약 결혼 아니고 싶은데……."

"응?"

"오빠 진짜 좋아하거든요……."

토닥이는 사장님에게 누구에게도 말하지 못한 진심을 토

해 버렸다.

"어머, 오빠? 세상에······."

사장님이 많이 놀라신 듯 말끝을 흐렸다.

"근데, 어쩌면 좋을까요."

"어쩌긴, 밀어붙여야지."

그녀가 내 손을 꼭 잡았다.

"후··· 그러고 싶은데······."

카페에서 넋 나간 몸뚱이를 이끌고 나와 빨간 지붕 이층 집에 도착했다.

여전히 시원한 바람이 살랑거리는 이곳.

그동안 이곳에서 꿈을 꾸는 것처럼 행복했는데, 과연 오늘도 동화 같은 꿈을 꿀 수 있을까.

아무래도 현실 세계에서 겪은 혹독한 일이 다 잊히지는 않겠지.

그래도······.

그래도······.

집에 들어서 보니 1층 화장실에서 무슨 소리가 들렸다.

우웩, 웩-

뭐지······.

화장실로 달려가 보니 오빠가 괴로운 듯 가슴을 치고 있었다.

"오빠…….."

나는 오빠의 등을 힘껏 두드렸다.

그는 이내 그곳에 털썩 주저앉았다.

"지우야……."

결혼 후, 한 번도 두통을 앓지 않아 신기하다고 생각하던 터였는데, 결국 엄청난 일 앞에 오빠도 의연하긴 힘들었던 것 같았다.

그나저나 오늘 이 과장과 있었던 일에 대해 상의를 하려고 했는데, 오빠의 상태가 이러하니 이야기는 내일로 미뤄야 할 것 같았다.

나는 그를 간신히 부축해 2층 안방으로 데리고 갔다.

그는 힘없이 창백한 얼굴을 하고는 내 품에 안겨 버렸다.

회사에서는 그토록 강해 보이는 사람이었는데, 실상은 이렇게 약한 사람이었다. 온몸으로 모든 스트레스를 받고, 혼자 힘들어하는 사람.

그의 눈이 천천히 떴다 감았다를 반복하다 스르르 감겼다.

나는 오빠를 안고 등을 토닥토닥거렸다.

괜찮아…….

괜찮겠지? 우리……?

괜찮을 거라고 믿어 볼래…….

오빠가 언젠가 나에게 해 주었던 것처럼… 내게 기대요, 오빠.

지금 거칠고 성난 파도가 다가오고 있지만, 나는 성큼 걸어갈 테니까.

★

새가 지저귀는 소리에 잠에서 깼다. 오빠는 벌써 일어났는지, 침대 위에 없었다.

'어디 갔지……?'

나는 벌떡 일어나 여기저기 집 안을 살폈다.

"오빠? 혜성 오빠?"

소리를 높여 그를 찾았지만, 어디서도 그의 모습이 보이지 않았다.

거실 중앙에서 허탈하게 서 있는데, 그때 막 현관문을 열고 들어오는 그의 모습이 보였다.

트레이닝복에 커다란 블루투스 헤드폰을 낀 모습으로 가쁜 숨을 쉬며, 이마엔 송골송골 맺힌 땀이 볼을 타고 흘러내리고 있었다.

조깅하고 왔나?

그가 나를 향해 싱그러운 미소를 지어 보였다. 그리고 내 곁에 다가와 자신의 헤드폰을 내 귀에 씌워 주었다.

그러고는 나를 지그시 바라보았다.

곧 귓가에 밝고 경쾌한 노랫소리가 흘러들었다.

이제 막 일어나 그가 사라진 상황에 정신을 차리지 못하고 있던 내게 음악 소리가 몸과 마음을 깨웠다.

"오빠… 괜찮아요?"

나는 어제 봤던 오빠의 창백했던 모습이 잊히지 않아 헤드폰을 낀 채 그의 상태를 살폈다.

"으응. 괜찮아요. 지우가 꼭 안고 재워 줘서 이제 괜찮아."

"네?"

노랫소리가 하도 커서 뭐라고 하는지 잘 들리지가 않았다.

"괜찮다고."

그가 헤드폰을 살짝 떼고 내 귀에 속삭였다. 그러고 나서 내 볼을 살짝 잡고 흔들며 볼에 입을 맞췄다. 이런 애교쟁이…….

"오빠…….'

"고마워."

그가 내 이마에 또 쪽 입을 맞추고는 씻으러 들어갔다.

어제 그 일이 터지고 오빠와 제대로 말 한마디도 섞어 보지 못했던 터라, 이야기를 나누고 싶은 마음이 급했지만 자꾸 타이밍이 빗나갔다.

각자 출근 준비를 마치고 함께 주방 테이블에 앉아 아침을 먹으며 비로소 나는 어제 있었던, 그리고 몇 달 전에 있었던 일을 그에게 꺼내 놓으려 했다. 그때 갑자기 오빠의 휴대폰이 요란하게 울렸다.

"미안한데, 먼저 가 봐야 할 것 같아. 아직 시간 여유가 있으니까 괜찮겠지?"

통화를 마친 오빠가 심각한 표정으로 출근을 서둘렀다.

"네. 그럼요. 얼른 가 보세요."

나는 급히 나가는 그의 뒷모습을 한참 바라보았다.

"후······."

홀로 남겨진 후, 남은 아침을 채 다 먹을 수 없어 뒷정리를 한 다음 슬슬 출근길에 나섰다.

"어? 엄…마?"

대문을 열고 밖으로 나가려는데 내 눈이 휘둥그레졌다. 우리 집으로 걸어오는 엄마의 모습이 보였기 때문이었다.

엄마가? 왜 여기?

"지우야······."

엄마가 내게 손을 흔들며 다가왔다.

"엄마, 무슨 일이야?"

"어. 할 얘기가 좀 있어."

일찍 나온 터라 아직 출근까지는 여유가 있었다.

"어. 엄마. 들어와요."

나는 발걸음을 되돌려 다시 집으로 들어왔다.

"예쁘게 잘해 놨네······."

집을 둘러보던 엄마가 말했다.

"엄마, 이쪽에 좀 앉으세요."

"으응……."

"근데, 아침부터 무슨 할 말?"

마실 것을 좀 내오며 엄마에게 물었다.

"그게… 어제 우리 집에 H푸드에서 사람이 왔었어……."

"어? 누구?"

나는 엄마의 말에 귀를 쫑긋했다. 이건 또 무슨 일인지.

"혜성이 사촌이라고 하더라. 결혼이 주식 때문에 가짜로 한 거 다 알고 있다면서… 어차피 결혼 무효 소송을 낼 건데… 우리가 먼저 그 사실을 말해 주면… H푸드홀딩스 주식에 맞먹는 보상을 해 주겠다고……."

15.

사랑까지 희생할 수는 없잖아

"뭐라고? 결혼 무효 소송이라니!"

결혼 무효 소송이라니, 이건 정말 태어나서 처음 들어 본 말이었다.

"가짜인 거 다 들통나면 어차피 주식은 못 받는 건데, 차라리 이 사람들의 말에 따르는 게 낫지 않을까……."

나는 갑자기 가슴이 답답하고 귀가 꽉 막힌 느낌이 들었다. 엄마에게 어떻게 얘기해야 좋을지 아주 잠시만 생각하기로 했다.

"처음부터 좀 찜찜하긴 했지만, 일이 이렇게 꼬일 줄은 몰랐네. 그래도 더 엮이지 않고 이쯤에서 우리는 발을 빼는 게 어떻겠니."

엄마가 난색을 표했다. 난 이미 알고 있었다. 엄마는 내 의사를 물으러 온 것이 아니라는 걸. 그저 엄마의 의견대로 하자고 온 것이라는 걸. 하지만……

"엄마……"

나지막한 목소리로 엄마를 불렀다.

"나, 결혼 무효 안 해. 그리고 1년 뒤에 하겠다고 한 이혼… 그것도 안 할 거야."

"응? 뭐?"

엄마는 무슨 큰일이라도 난 듯 충격을 받은 표정이었다.

"나 혜성 오빠 좋아해. 진심으로."

"지우야……!"

"H푸드홀딩스 주식도 그거랑 맞먹는 그 무언가도 다 필요 없어. 나 혜성 오빠만 있으면 되거든."

"하… 이것이 결국……!"

최대한 담담하게 말을 한다고 했지만, 그래도 살짝 격양된 목소리로 엄마에게 내 의사를 전했다.

가뜩이나 산업 스파이로 누명을 쓸 마당에 엄마에게 이런 소리를 들으니 감정이 격해진 것 같았다.

"지우 너… 우리 가족 책임진다고 했잖아. 네가 아빠 대신이라고 했잖아. 그런데 이렇게 나오면 엄마가 어쩌니……"

엄마는 내 태도에 짐짓 당황해했다. 하긴 내가 이런 모습을 보인 적이 없었으니까. 언제나 엄마와 언니의 일에 관한

한 나는 늘 절대적인 그들 편이었다.

엄마는 아버지 죽음을 이유로 시도 때도 없이 자살을 무기 삼아 나의 마음을 억눌렀고, 언니는 그런 엄마 옆에 꼭 붙어 나를 채근하는 사람이었다.

그리고 더 옛날… 내가 어릴 적… 그 일…….

아무튼, 그래도 내 가족이니까, 그래도 내 유일한 피붙이들이니까 모든 것을 다 감당하려고 했었다.

때로 힘이 들었지만, 그래도 그것이 내 운명이라면 운명이라고 여기며 살아왔었다.

하지만, 엄마.

내가 사랑하는 사람이 생겨 버렸어.

사랑… 그것까지 희생할 수는 없잖아.

그 정도는 엄마도 이해해 줄 수 있잖아…….

아니야?

"내가 혜성 오빠를 진심을 사랑한다고, 엄마."

다시 한번 말했지만, 나를 바라보는 엄마의 눈빛이 참 차가웠다.

"엄마, 이제 아버지가 돌아가신 지 5년이 다 되어 가……. 난, 아직 엄마가 자기의 삶을 살아갈 수 있을 만큼 젊다고 생각해. 그리고 언니도 일을 하고 있고……. 근데, 우리에게 그 큰돈이 꼭 필요한 거야?"

최대한 침착한 목소리로 의사를 전했지만, 엄마는 내 얘기가 들리지 않는 것 같았다.

"이것아, 그 큰돈을 이런 기회가 아니면 언제 우리가 가져 봐? 조이제과 그렇게 되고 우리가 얼마나 힘들었는지 잊었어? 엄마는 더는 이렇게 구질구질하게 살고 싶지 않아. 너 가만히 있다가 죽도 밥도 안 될 거야? 정신을 똑바로 차려야지!"

"제발… 그래서 내가 지금껏 힘들게 벌어서 보탰잖아. 엄마 이제 나 좀 놔줘. 이렇게 내 앞에서 돈 돈 거리는 거, 나 너무 싫어. 엄마!"

나는 울기 일보 직전이었다.

"뭐어? 지우 너 착각하지 말고 정신 똑바로 차려! 혜성이도 너를 그렇게 좋아하는 줄 알아? 그 잘난 것이 네가 뭐가 좋다고……. 나중에 더 상처 안 받으려면 엄마 얘기 들어! 다 너 위해서 하는 얘기라고."

"뭐? 엄마… 어떻게… 어떻게 나한테 말을 그렇게 해? 엄마가 오빠랑 얘기라도 해 봤어? 그리고 단 한 번, 단 한 번이라도 내 행복을 빌어 준 적이 있었어? 진심으로?"

막 눈물이 쏟아질 것 같은 눈으로 엄마에게 묻자, 엄마는 내 질문에 대답할 말이 없는 건지 기가 막힌 건지 무서운 눈으로 뚫어져라 나를 바라볼 뿐이었다.

"나 이제 출근해야 돼. 돌아가세요."

평소답지 않은 냉정한 말투로 엄마에게 이야기한 다음 가방을 들었다.

 아무래도 더 이상의 대화는 무리였다. 하지만 이번만큼은 나도 내 의사를 굽힐 생각이 없었다.

 "다시 오마……."

 엄마는 듣고 싶지 않은 말을 남기고 돌아갔다.

 "후……."

 안 좋은 일은 항상 겹쳐서 오는 걸까. 어디까지 버티는지 한번 보겠다는 심보가 들어 있는지, 끝도 없는 나락으로 사람을 보내듯 말이다.

 한동안 달콤한 꿈에 젖어있었다. 깨고 싶지 않던 꿈. 그런데 이제 어두운 터널을 건널 차례가 왔나 보다.

 빛 하나 들어오지 않는 칠흑 터널을 지나면, 다시금 빛나는 세상을 마주할 수 있을까.

 그 희망마저 없다면, 견디기 힘들 것이다.

 "지우야, 괜찮아?"

 준영이 막 출근하는 나를 걱정 어린 눈빛으로 바라보았다.

 "어? 어……."

 "얼굴이 너무 안 좋아 보여. 어디 아픈 건 아니고?"

 "응. 괜찮아."

 "어제 일로 너무 충격받아서 그런 거지? 어떻게든 위엣 분들이 잘 해결하시겠지……. 너무 걱정하지 마."

"응."

"안 되겠다. 너 아침도 안 먹었지? 잠깐 이리 와 봐."

"나, 아침 조금 먹……."

준영이 내 대답도 듣지 않고 팔을 이끌고 1층 로비로 끌고 가 버렸다.

그곳에 있는 H푸드 베이커리에서 달달한 빵과 초콜릿 몇 개에 커피까지 더해 친절히 계산까지 마치더니 다시 나를 끌고 휴게실로 왔다.

준영이 등쌀에 못 이겨 같이 빵과 커피를 먹고 있는데, 이 과장님이 지나갔다.

"캑, 쿠웩, 캑."

그 모습을 보다가 괜히 사레가 들려 버렸다. 아침부터 재수가 없어도 상당히 없다.

"이 과장님, 안녕하세요. 지우야, 괜찮아? 여기 물……."

준영은 인사하랴 나 챙기랴 바빴다. 이 과장님은 이쪽을 건성으로 쓱 보고는 간단히 묵례만 하고 지나갔다.

그리고 또 빠르게 이곳을 스쳐 가는 한 명의 남자.

오빠였다.

하필이면, 준영이 내 곁에 바짝 와 고개를 숙여 내 얼굴을 마주 대하고 빵 파편을 닦아 주려 티슈를 건네는 타이밍이었다.

"준영아, 나 괜찮아. 오늘 왜 이러셔."

팀장님이 지나간 줄도 모르는 준영이 자꾸 친절을 베풀자 신경이 쓰여 괜히 그를 살짝 밀쳤다.

후… 미안하다, 최준영. 저분이 워낙 질투쟁이셔서…….

"자꾸 걱정되게 하잖아. 네가……."

준영의 말을 들었는지 오빠가 가던 길을 멈추고 잠시 섰다가 다시 앞을 향해 걸어갔다.

"으응… 미안……."

"아무래도 요즘 우리가 좀 멀어진 기분이야. 매일 나한테 재잘대더니… 통 안 그러고……."

"바빴잖아……."

"그래도 그렇지. 암튼, 이번 일 터진 것 때문에 많이 속상하겠지만, 그럴수록 우리가 더 뭉쳐야지……."

"어? 어……."

오빠가 보이지 않을 만큼 멀어지자 나는 다시 털썩 주저앉아 준영이 사 온 빵조각을 입에 넣었다.

"하, 근데 진짜 '해피 밀' 이름은 넘 유치하지 않냐? 어디서 많이 들어 본 것도 같고……."

고급 정보를 가져갔으면 제대로 이름도 지어 줄 것이지 아주 유치해서 못 봐주겠다.

"'해피 밀' 아니고 '해피 모닝'이겠지."

"아, 맞다. 암튼 그것도."

"풉. 서지우, 어디 안 갔네. 암튼 진짜 겪어 보니 이 세계가

장난이 아니다. 그니까 좋은 경험했다고 쳐……."

 휴, 좋은 경험이라고 치부하기에는 내가 넘어야 할 산이 많거든. 어쨌든 고맙다, 친구.

 준영과 나는 다시 사무실로 돌아갔다.

"서지우 씨, 법무팀에서 잠깐 보자고 하시네요. 올라가 봐요."

 자리에 앉자마자 윤 과장님이 내게 말씀하셨다. 드디어 올 것이 왔다. 시작해 보자! 서지우!

 예상과 달리 법무팀에서는 아주 기본적인 질문들만 했다. 나를 용의자로 지목하고 무언가를 추궁하는 기세는 보였지만, 아직 구체적이진 않았다. 아무래도 수사 초기이기 때문인 것 같았다.

 긴장을 얼마나 했는지 배가 사르르 아팠다. 사무실로 돌아가기 전에 잠시 화장실에 들렀다.

"진짜 이번 일로 1팀장님 이미지 완전 바닥……."

"그러게… 예산을 그렇게 써 대고는 그린푸드에 발리다니……."

"아마 이사회에서 징계 얘기도 나오고 있대……."

"헐. 그럼 이제 당분간 승진도 못 하는 거 아냐?"

"2팀장은 미국 지사에서 일 대박 내고 왔다는데… 이제 대세는 2팀장님인가 봐."

"그니까, 이사들도 줄서기 다시 한다던데……. 암튼, 이번 일이 타격이 너무 커서 1팀장님 신뢰 회복하긴… 쯧쯧……."

"1팀장님 요즘 옛날 같지 않은 건 확실해."

"맞아. 연애하나?"

"연애하다 일은 뒷전 된 거 아냐?"

"암튼 2팀장님한테 잘 보여야겠어. 이제 인사이동 시즌인데……."

"큭큭."

볼일을 보는 사이 여직원들의 대화가 귀에 들어왔다.

정확히 말하자면 연애 아니고 결혼이에요.

하지만, 그렇다고 일을 그렇게 할 분이 아니라는 거 여태껏 겪어 보고도 모르나?

간사한 인간들아.

문을 박차고 나가서 한마디 해 주고 싶었지만, 나갈 수 없었다.

"2팀장님이 개쓰레기라는 소문이 있던데… 거기 발붙였다가는 토사구팽당하기 일쑤랍니다!"

안타깝게도 볼일이 다 안 끝난 관계로 제자리에서 자체 음성 변조를 해 한마디를 쏘아붙였다.

1팀장님, 1팀장님 하며 알랑거릴 때는 언제고 연애니 뭐니 들먹이며 이미지를 운운하다니. 그러면서 2팀장한테 붙으려는 사람들의 꼬락서니를 보니 괜히 머리가 부글부글 끓

어올랐다.

우리 팀장님 이미지는 내가 지킨다!

얼른 자리로 돌아가 그간 수집해 놓은 자료들을 추슬렀다. 그리고 의심이 드는 그날의 CCTV를 돌려보기 위해 건물 보안팀을 찾았다.

"이런… 제가 이날 분명 회사에 들렀었거든요. 근데 저조차 안 나오네요……. 아주 치밀했네."

몇 달 전 CCTV를 확인해 보았지만, 이 과장이 치밀하게 가리고 한 일이라 증거로 내세울 만한 장면이 없었다.

그렇다면 차선은 내 휴대폰 사진이 될 것이다. 내가 그 와중에 덜덜 떨리는 손으로 찍어 놓은 사진 몇 장이 있었기 때문이었다.

그리고 지난번 'go on' 카페에서 했던 얘기들도 다 녹음을 해 놓은 상태.

게다가 엄마에게 사주한 그 팀장 놈이 우리 집을 방문했다고 하니 빌라 CCTV도 다 뒤져서 자료를 준비해 놓을 생각이었다.

아무리 생각해도 H푸드 경영권 싸움 때문에 우리 자료를 경쟁사에 넘긴 건 해도 해도 너무하다 싶었다. 자기도 H푸드 사람이면서 어찌 그런 행동을 할 수 있을까.

아무래도 세상엔 내 생각보다 상식 이하이며 악질인 사람들이 많은 것 같았다.

어제 나와 만난 적이 없다는 듯 태연하게 앉아서 일을 하고 있는 저 뻔뻔한 이 과장님도 그중 하나이시겠지.

"서지우! 점심 먹으러 가자."

"어? 준영아, 나 오늘은 좀 생각이 없어서……. 아까 늦게 빵이랑 이것저것 먹었더니……."

"그래도… 서지우 하면 밥심인데… 괜찮겠어?"

"으응. 맛있게 먹고 와."

"뭐 사다 줄까?"

"아냐. 괜찮아."

친절한 준영 씨, 요즘은 장난도 많이 안 하고 그저 나를 바라보는 눈빛이 참 애잔하다. 내가 그리 불쌍하더냐. 흑흑.

사실, 난 너에게 말하지 못한 비밀을 품고 있어 늘 마음이 걸리는 상태란다. 그나저나 언제 얘기할 수 있을까. 소중한 내 절친 최준영…….

나는 준영을 보내고 'go on' 카페로 향했다.

아무래도 어제 그렇게 나와서 사장님 걱정이 이만저만 아닐 터였다. 나도 마음의 안식을 찾고.

"사장님-"

"어! 지우야! 너 어제 잘 들어간 거야?"

사장님이 주방에서 나와 걱정 어린 눈빛으로 내 팔을 잡았다.

"네에. 걱정 많으셨죠."

"그럼……. 도대체 상황이 어떻게 돌아가는 거야? 속 시원히 얘기 좀 해 봐."

우리는 안쪽 테이블에 마주 앉아 이야기를 시작했다.

"후… 사장님 말이 맞있어요."

"내 얘기? 뭐?"

"팀장님이랑 한방에서 지내다 보니……."

"어머어머……."

나는 그간 오빠와 있었던 일, 그리고 현재 회사의 비상 상황에 대해 이야기를 털어놓았다. 역시 사장님한테 다 얘기하는 게 제일 후련했다. 뭔가 해결책도 좀 나오는 것 같고…….

"제대로 드라마네. 아니, 드라마보다 더 흥미진진해!"

사장님이 감탄해 마지않았다.

"아무튼, 그래서 상황이 많이 복잡해요."

"그러네……. 진짜 뭐 그런 사람들이 다 있냐. 조선시대 왕자의 난도 아니고… 참, 내…….."

사장님이 팔짱을 끼고 의자에 등을 기대며 말했다.

"그러게요. 오빠가 그동안 왜 두통을 달고 살았는지 조금 이해가 되더라고요."

"그랬구나……. 어휴, 있는 사람들이 더하다, 진짜. 왜 그런다니. 좀 지혜롭게 나눠서 해먹지. 뭘 그렇게 독식하려 드는 거야. 인생 뭐 있다고."

"그러게요. 아무튼 뭔가 이번 일을 해결하는 데 도움이 되고 싶은데……."

"나한테 좋은 아이디어가 있어."

눈을 반짝이며 말하는 사장님이었다.

"어떤 거요?"

사장님은 누가 들을세라 얼굴을 가까이하고, 모기만 한 소리로 무언가를 이야기했다. 그 이야기를 들은 나의 눈도 반짝거렸다.

역시.

연륜은 무시하기 힘든 것.

그리고 실전과 드라마로 연애를 배운 사람의 조언은 꿀 팁임이 분명했다.

이제 필요한 건, 행동으로 옮기는 것이다.

회사로 돌아온 난 매우 분주했다.

아무래도 이미 출시된 그린푸드의 '해피 모닝' 때문에 '아침을 부탁해'를 포기할 수는 없었다.

기밀 유출자 징계는 징계고, 신제품 론칭도 예상대로 해야 할 것이었다. 그래서 전면 수정할 기획안을 준비할 생각이었다.

고심 끝에 내놓은 레시피들이지만, 우리에겐 비상 상황을 대비해 준비해 놓은 플랜 B도 있으니까 조금만 더 손보면 될 것 같았다.

그리고 더 보충할 아이디어는 늘 머리에 차고 넘치니까.

이게 다 오빠가 만들어 준 케렌시아 방 덕분이다.

그곳에서 쉬고 놀다 보면 아이디어가 샘솟았고, 그것을 다 문서화해 놓고 있었다. 언젠가 쓰일 데가 있겠지 하면서.

팀장님이 오시면 이 모든 일을 상의해야 하는데 어쩐지 하루 종일 사무실을 비우는 탓에 속절없이 시간만 흘렀다.

팀 분위기는 연일 암울했고 더욱이 서로 도끼눈을 뜨고 바라보는 이 과장님과 나 사이는 더욱 냉기가 흘렀다.

정신없이 일을 하다 보니 어느덧 퇴근 시간이 되었다. 퇴근 시간이 조금 지나 이 과장님이 퇴근 준비를 하시는 것이 보였다. 그의 모습을 힐끔 쳐다본 나도 모니터에 열린 창들을 닫으며 소리 없이 퇴근 준비를 했다.

오케이.

나도 퇴근한다.

당신 뒤를 내가 밟아 주겠어. 아주.

나는 분주한 사람들 사이에 껴 퇴근을 했고, 눈에 띄지 않게 이 과장님의 뒤를 밟았다.

열일 모드에서 탐정 모드로 전환!

선글라스도 껴 주시고 머리에 스카프도 둘러 주시고. 샤샤삭 바람처럼 뒤를 쫓겠다. 각오하십쇼, 이 과장님.

이 과장님은 집으로 향하는 척하더니 인적이 드물어지는 곳에서 택시를 잡고 다른 곳으로 향했다.

"아저씨! 저기. 저 택시 따라가 주세요!"

나도 얼른 택시를 잡고 계속해서 이 과장님을 따라갔다.

아, 이 과장님이라고 부르기도 싫은데?

나는 이 과장을 따라갔다.

이 과장이라는 교활한 놈은 강남의 모 재즈바로 들어갔다. 아무래도 일부러 좀 시끄러운 곳에서 누군가를 만나는 것이 유리하게 여겨진 모양이지?

나도 시간차를 두고 그곳에 따라 들어갔다.

대충 이 과장이 앉은 곳을 파악하고는 눈에 띄지 않을 만한 근처로 자리를 잡았다.

대체 누굴 기다리는 거지?

그는 연신 휴대폰으로 시간을 확인하고 입구 쪽을 계속 주시했다.

30분쯤 지난 시각, 누군가 이 과장 앞에 앉았다. 그 역시도 조심스레 이곳을 찾은 느낌이었는데, 건물의 기둥으로 교묘히 얼굴이 가려져 누군지 알 수가 없었다.

살짝 자세를 바꿔 바라보니 가려졌던 그의 얼굴이 드러났다.

어라? 어디서 봤던 인물인데? 누구더라?

어쩐지 낯이 익은 그의 얼굴을 다시 쳐다보니, 얼마 전 팀장님 방으로 들어가던 사람과 이미지가 겹쳐졌다.

기획2팀 차태성 팀장이었다.

이런! 둘이 한통속이었어……!

그리고 잠시 뒤 한 사람이 더 들어왔다. 법무팀 박 변호사였다. 그는 H푸드 법무팀 변호사로 최 변호사와 쌍벽을 이루는 사람이라는 이야기를 들은 적이 있다.

어럽쇼?

저 셋이 한패라 이거지?

그들의 대화를 엿듣기 위해 귀를 쫑긋 세웠지만, 홀 안에 가득한 음악 소리 때문에 잘 들리지 않았다.

아무래도 자리를 그들과 더 가까운 쪽으로 이동해야겠다 싶어서 몸을 숙이고 잦은걸음으로 자리를 옮기려는 중이었다.

"서지우 씨."

낯익은 목소리가 나를 불렀다. 고개를 들어 보니 이 과장의 섬뜩한 눈빛이 나를 내려다보았다.

역시 사람은 겪어 봐야 안다.

우리 오빠는 그토록 차가운 인상이었는데, 얼마나 따뜻한 사람인지.

처음 이 과장을 신뢰하고 착하다 여겼던 지난날이 참 바보같이 느껴졌다.

첫인상 따위는 아롱이에게나 줘 버릴까 보다.

"이 과장님……."

헐, 이 과장님이라니. 님과 놈 사이에서 방황하던 나의 혀가 희한한 소리를 냈다.

"지금 여기서 뭐 하는 겁니까."

이 과장은 상당히 불쾌한 얼굴로 나를 쏘아보았다.

"새파랗게 어린 신입이 어르신들 얘기하는 자리에는 왜 오셨을까. 후훗."

그리고 그 옆에 있는 차태성 팀장은 몸을 의자 뒤로 더 젖힌 다음 나를 느끼한 눈빛으로 바라보며 재밌다는 듯 비웃었다.

고작 몇 살 더 많으면서 어르신이라니. 어르신이면 어르신답게 행동해라. 회사 정보나 갖다 팔지 말고, 이렇게 작당모의 하지 말고!

이왕 이렇게 된 거 단도직입적으로 할 말을 해야겠네요.

"지금 여기 모여 계신 이유를 제가 알 것 같아서 말입니다."

보여요? 내 눈에 불 켜진 거?

그때였다.

"지우야!"

오빠의 목소리였다. 소리 나는 쪽을 바라보니 그가 맞았다. 순간 머릿속이 어지러웠다.

여긴 어떻게…….

갑자기 그가 등장하는 바람에 내가 지금 어떻게 처신해야 할지 고민이 되었다.

지금 내 모습은 딱 뒤를 밟다가 걸린 꼴인데, 어떤 말이 이 상황의 나를 정당화시켜 줄 수 있을지.

헉-

그런데 나를 일으켜 세운 오빠가 긴 팔로 내 등과 팔을 감쌌다.

"내가 여기로 불렀어. 우리 와이프. 근데 무슨 문제 있나?"

"뭐? 와이프? 친척들 몰래 결혼이라도 했냐?"

잠시 당황했던 2팀장이 이내 거드름을 피우며 이야기를 했다. 당최 어떻게 이야기가 전개될지 알 수 없어 손에 진땀이 났다.

"응. 했다. 결혼. 굳이 알리지 않았을 뿐이야. 재벌 간 결혼이 아니라서. 우리 와이프 부담스러울까 봐."

"오호, 여자를 몰라도 한참 모르네. 어느 여자가 한 번뿐인 결혼식을 알리지 않으려 할까. 오히려 이렇게 재벌 아들이랑 결혼한다고 떵떵거리며 알리고 싶었을 텐데? 굳이 부담스러울 일이 도대체 뭘까 말이지……."

2팀장은 몸을 당겨 팔을 괴고는 우리 오빠를 바라보았다. 이렇게 해서, 우리의 결혼이 밝혀지는 건가? 나는 가슴이 두근두근거렸다.

차태성, 이 과장, 박 변호사, 우리 오빠, 나는 테이블에 빙 둘러앉았다.

"그 얘기가 궁금해서 오늘 나를 부른 거야?"

오빠가 2팀장 대신 몸을 뒤로 젖히며 말했다.

"이 비상시국을 어떻게 헤쳐 나가는지 같은 팀장으로서 서로 얘기 좀 나눠 볼까 했지. 그런데, 생각보다 얘기가 쉽겠는걸. 결혼이라… 후……. 먼저 술술 이야기를 풀어내다니……."

2팀장은 입꼬리를 올리고 눈에 힘을 주었다. 그 모습이 정말 꼴사나웠다. 세상에, 친척인데도 어쩜 이렇게 다르게 생겼는지.

역시 나이가 들수록 평소 성격이 얼굴에 나오지. 곱게 늙어야겠다는 교훈을 주는 얼굴이었다.

"그나저나 이 과장님이 태성이 사람인 줄은 정말 몰랐네요."

오빠가 이번에는 차태성이 아닌 이 과장을 바라보았다.

"아… 팀장님… 아니, 저는 그저……."

이 과장이 우리 오빠 앞에서 우물쭈물했다. 아무래도 차태성 팀장에게 이곳에 오빠가 온다는 이야기를 못 들은 모양이었다.

차태성이 그렇게 배려심 넘치는 사람은 아닌 듯 보이니까. 그러게 왜 그쪽으로 줄을 섰답니까.

꼴좋네… 배신자.

"나 때문에 자꾸 우리 지우한테 접근했던 거예요? 난 또 그런 줄도 모르고 질투했잖아."

오빠가 핀잔을 주듯 이야기했다. 듣고 보니 어쩌면 나를 멘토로 하겠다는 것도 다 계획된 것일 수도 있겠다는 생각이 들었다. 섬뜩한 일이다.

"팀장님……."

이 과장은 몸 둘 바를 몰라 했다.

"이거 팔고 얼마 먹었어요?"

오빠가 이 과장님을 향해 단도직입적으로 물었다.

"그건……."

이 과장이 고개를 숙이고 말을 흐렸다.

"그러는 거 아닙니다. 제가 이 과장님을 얼마나 신뢰했는데……."

이 과장을 향한 오빠의 말에 진심으로 서운한 마음이 묻어났다.

"야, 야, 우리 이 과장한테 그러면 안 되지. 이제 내가 키울 사람인데. 충성심이 보통이 아니거든. 이분이."

차태성이 이제 와서 자기 사람이라고 감싸는 발언을 했다. 온기도 하나 없이. 그저 형식적인 말투.

뭐 때문에 이런 사람의 심복이 된 건지. 보는 눈도 정말 없는 이 과장이었다. 어쨌든 충성심에 더불어 연기력이 아주 뛰어난 것은 틀림없었다.

"아무튼, 네가 듣고 싶어 하는 이야기가 어떤 건지는 몰라도 이번 일은 좀 심했다는 생각 안 들어?"

오빠가 이번에는 차태성 팀장을 바라보았다.

"나, 미국에서 왔잖아. 오랜만에 신고식은 제대로 해야지. 네가 재밌는 걸 벌여 놨기에 내가 초를 좀 쳤지. 그래야 우리 아버지랑 내가 품고 있는 몇 겹의 한을 조금이라도 풀 거 아냐."

"역시… 심증만 있고 물증은 없어서 넘겨짚었는데, 네가 한 짓 맞구나?"

오빠의 말에 차태성 팀장의 동공이 살짝 흔들렸다.

"물증 있어요."

잠자코 듣고 있던 내가 드디어 입을 열었다.

"지우야?"

오빠가 깜짝 놀라 나를 바라보았다.

"법무팀이 밝힌 정보 유출일에 여기 앉아 계신 분들의 행동을 입증할 만한 사진, 동영상, 그 외 여러 가지. 지금 다 말씀드리긴 아까워서 말이죠."

"그 말을 우리가 믿을 것 같아?"

"훗- 안 믿으셔도 상관없어요. 저는 곧 법무팀, 아니 경찰서에 이번 사내 기밀 유출 건의 용의자와 관련된 증거 자료를 제출할 생각이니까요."

내가 이야기를 마치자 차태성이 박 변을 쳐다보았다. 박 변의 표정이 심각하자 차태성은 기분 나쁘다는 듯이 이야기했다. 이 과장은 몹시 당황한 얼굴로 나를 응시했다.

오빠가 테이블 밑에서 내 손을 꼭 잡았다.

그 손이 '대체 이런 걸 언제 준비하고 있었던 거야?'라는 말을 하고 있는 것 같았다.

'제가 덜렁대 보여도 한 철저 하거든요.'라는 말을 담아 오빠 손을 마주 꼭 잡았다.

"이 사실이 알려지면, 주주총회에서 태성이 너 무사하진 못할 것 같다. 나 하나 물 먹이려고 정보나 팔아먹는 널 H푸드의 수장이 될 자격이 있다고 생각하는 사람이 몇이나 되겠어?"

"뭐야?"

차태성이 오빠를 노려보았다.

"너는 항상 이게 문제야. 완벽하게 철저하지가 못해요. 사람이……."

오빠가 차태성을 향해 비아냥거리자 그의 얼굴은 더욱 분노에 찼다. 이대로 두었다가는 오빠를 한 대 칠 기세였다.

나는 괜히 오빠 옆에 바짝 붙어 섰다.

우리 오빠 털끝 하나라도 건들면 죽는다.

"그럼, H푸드홀딩스 주식 때문에 비공개 가짜 결혼까지 감행한 너는 뭐 주주들이 좋게 볼 줄 알아?"

차태성이 갑자기 우리의 결혼을 물고 늘어졌다. 어제 엄마 집에도 왔다더니.

"역시……. 그 얘긴 또 어디서 들었냐. 재주도 좋아요. 그런데 잘못 짚었어. 우리 가짜 아냐."

오빠는 그들 앞에서 내 손을 잡아 자신의 가슴께로 가져갔다.

'헉… 오빠…….'

그의 행동에 괜히 심장이 쿵 내려앉았다.

"흐흣, 차혜성, 너 H푸드 기획이 아니라 연기자 해도 되겠다. 진짜 너무 리얼 같아서 당황스럽네. 나도 물증이 있거든."

물증이라는 말에 오빠의 미간이 구겨졌다. 나도 이건 무슨 일인가 싶었다.

"귀여운 가짜 형수님이 재밌는 카드를 내놨으니 나는 더 재밌는 카드를 내놔야지. 이대로 끝나기엔 너무 허무하잖아?"

태성이 볼펜 한 자루를 꺼냈다.

-사촌이라고 하시니까… 얘기드리는 거지만, 1년 동안 결혼한 것처럼 보여 주고 이혼하면 H푸드 명예회장님 유언대로 H푸드홀딩스 주식을 준다고 했어요. 근데 비밀로 하자고 하더라고요. 차혜성 팀장이 직접 와서 이야기를…….

'어… 엄마… 이런…….'

볼펜은 녹음기였다. 버튼을 누르자 그것에서 엄마의 목소리가 흘러나왔다. 아마 녹음하는 줄 모르고 사촌이라는 말에 줄줄이 다 이야기를 한 모양이었다.

나와 오빠는 제대로 반격을 받아 심각한 얼굴이 되었다.

"뭐, 이건 물증 중 한 가지에 불과하지. 나도 이 자리에서 다 보여 줄 수 없어 아쉽네……."

차태성의 말에 오빠도 적잖이 당황한 것 같았다.

"내가 주주총회에서 이걸 틀면 어떻게 될까? 누구의 말도 아닌 네 와이프라는 사람의 엄마다 이거야……. 사내는 물론 사회적으로 너의 이미지는? H푸드의 이미지는? 너야말로 수단과 방법을 가리지 않고 H푸드 승계에만 관심 있는 비열한 인간 되는 건 한순간이라고……. 아, 맞다. 그래서 우리가 준비를 하고 있다 이 말이지. 그 결혼 무효 소송을 말이야."

차태성 이 인간…….

우리 오빠한테 고마해라.

나 더는 못 참는다.

"차태성 팀장님, 제가 말씀드리죠. 비공개 결혼한 건 저의 요구 때문이었습니다. 제가 입사하자마자 팀장님과의 결혼으로 사람들 입방아에 오르내리는 게 싫어서요. 그리고 팀장님이 뭐라고 앞에서 이런 말씀 드리기 뭐하지만, 저희 정말 사랑하는 진짜 부부 맞아요."

나는 벌떡 일어나서 사람들 앞에서 웅변하듯 이야기를 해 버렸다.

모두들 당황한 얼굴로 나를 바라보았다. 내 모습이 약간 부끄러운지 주변의 시선도 신경을 쓰는 것 같았다.

"오빠."

나는 이야기를 마치고 오빠를 불렀다. 여전히 일어선 채로.

"우리 진짜 부부 맞지?"

"그럼. 우리 서로 죽고 못 사는 진짜 부부… 웁."

오빠가 채 말을 마치기도 전에 나는 그의 얼굴을 잡고 기습 키스를 감행했다. 어떻게든 우리 사이가 진짜라는 것을 보여 주고 싶은 마음에 생각한 행동이었다.

잠시 여러분의 눈꼴을 좀 사납게 하겠어요.

마침, 사람들이 분주히 오가는 재즈바에 끈적끈적한 음악이 흘렀다. 오빠도 그 음악에 몸을 맡긴 듯 나의 유치한 제안을 기꺼이 받아 주었다.

"우리 이제 모든 걸 다 접어 두고 집에 갈까?"

키스를 마친 오빠가 내 귀에 속삭였다.

그러고 나서 나를 바라보는 하트 눈동자.

나는 고개를 끄덕였다.

이미 이곳에 있는 사람들은 우리에게 잊혀졌다.

이 구정물에 더 있어 봤자 무엇 하겠는가.

"더 할 말 있으면 회사에서 하자고, 기획2팀 차태성 팀장님."

혜성은 꿈같은 며칠을 보내고, 얼마 뒤, 청천벽력 같은 소식을 들었다.

경쟁업체가 몇 달간 고심해서 만든 아침 도시락을 똑같이 카피해 론칭을 며칠 앞둔 시점에 터트린 것이었다.

이 프로젝트가 진행되면서 별다른 낌새가 없었기 때문에 그에겐 당황스러운 일이었다.

그런데, 날짜를 기가 막히게 맞춘 차태성의 귀국 소식을 들었다.

'출처를 더 이상 알아볼 것도 없네. 차태성……'

혜성은 일이 터지자 제품 출시를 위해 스탠바이하고 있던 공장 일을 수습하고, 오늘 배포한 언론 보도 자료들을 스톱 시키고 정신없는 시간을 보냈다.

자신을 찾을 거라 여겼던 태성이 오히려 몸이 달았다. 급한 사람이 우물을 파듯 먼저 혜성과 시간 약속을 잡은 그였다.

그런데, 혜성은 태성을 만나기로 한 강남 재즈바에 자신보다 먼저 와 있는 지우를 발견했다. 그리고 그녀를 무섭게 바라보는 이 과장의 모습을 보았다.

'감히, 내 여자한테?'

혜성은 그들 무리에게 다가갔다. 어차피 태성이 쪽에서 터트릴 이 결혼, 내 입으로 이야기해 주겠다는 마음을 품고.

"내가 불렀어. 우리 와이프. 무슨 문제 있나?"

모습을 드러낸 혜성의 첫마디에 그 자리에 있던 모든 사람들이 당황했다. 뻔한 사건의 전말을 듣는 것도 지겨운데, 갑자기 지우가 우리 진짜 부부 맞다며 내게 입을 맞춰 왔다.

'서지우… 대단한데?'

그녀의 용기에 감동받은 혜성이 지우의 제안에 뜨겁게 답했다.

그리고 며칠간 터진 일을 수습하느라 지칠 대로 지친 몸이었지만, 지우와 함께 있을 때면 새로운 에너지가 나오는 느낌이었다.

태성의 계획은 이미 혜성의 머리에 다 들어왔고, 이젠 제대로 반격을 보여 줄 차례였다.

"오늘 하루 종일 사무실에 안 보여서 걱정했어요."

빨간 지붕 이층집을 향해 가는 길, 오빠의 차 안에서 나는 참았던 이야기를 털어놓았다.

"아… 아무래도 '아침을 부탁해' 론칭을 미루면서 여러 문제들이 제동이 걸려 해결할 일이 많아서."

"그랬구나……. 오늘 제가 수정안 작업을 좀 했는데……."

내가 말을 하고 있는데 그가 손가락으로 내 입을 막았다.

"오늘은……."

"응?"

말은 못 하고 눈빛으로 무슨 얘기야? 하고 묻고 있었다.

"오늘은 그냥 좀……."

"……?"

"퇴근했으니까. 회사 일은 잠시 뒤로 두자고."

"후… 그럴까요……."

간신히 그의 손가락을 젖히고 대답했다.

며칠간 숨 막히는 시간들을 보내 왔다. 일이 터지고 오빠가 좀 아프기도 했고, 일을 수습하느라 바쁘기도 했으니까.

그래요. 우리 오늘 밤은 잠시 잊기로 해요.

우리는 집으로 향하는 차 안에서 꼭 잡은 손을 놓지 않았다.

사실, 아직 제대로 해결된 일은 없었다. 차태성 팀장과 사실 관계를 확인하는 이야기만 오갔을 뿐, 이제 제대로 꼬인 문제들을 하나하나 풀어 가야 할 테지…….

앗, 잠시 잊기로 했지.

나는 옆에 있는 오빠를 보고 입술을 꾹 닫은 채 미소를 지었다.

오늘은 잠시 쉬어 가는 타이밍으로.

서로의 안식처가 되어 주기로 해요. 우리.

후드득후드득.

오빠의 차가 드디어 빨간 지붕 이층집에 다다른 순간 비가 내리기 시작했다.

"잠시만."

문을 열고 나가려는데, 그가 잠시 기다리라고 했다.

차고지에서 현관까지 가는 고작 몇 미터의 길 정도의 비는 맞을 만한데…….

매너가 차고 넘치는 남자 같으니.

그가 굳이 트렁크에서 우산을 꺼내 보조석으로 다가왔다.

톡톡-

창문을 두드리는 오빠의 신호에 따라 나는 차에서 내렸다.

비는 순식간에 굵어져 우산에 떨어지는 소리가 제법 컸다.

이렇게 굵은 빗방울이 내려오고 있지만, 그가 씌워 준 우산 덕분에 나는 비를 맞지 않았다.

오빠는 이런 사람이었다.

나에게 우산 같은 사람.

우리 둘은 나란히 빗속을 걸어 현관 앞에 닿았다.

그가 우산을 접어야 해서 내가 문을 열려 했는데, 오빠가 내 손을 강하게 잡았다.

"응?"

내가 고개를 돌려 뒤에 있는 오빠를 향해 몸을 돌리자, 그가 눈을 감고 내 입술로 다가왔다.

읍-

갑자기 감행한 키스에 심장이 제멋대로 날뛰는 중이었다.

오빠 손에 들려 있던 우산은 접히지 않은 채 마당으로 뒹굴어졌다.

우리는 집을 두고 들어가지도 못한 채, 문 앞에서 이러고 있었다.

 세찬 비가 배경음악이 되어 주는 이 순간에 왠지 격해지는 감정들이 뜨거운 입맞춤에 담겼다.

 다 잘될 거야……. 이렇게 비가 내려도 우리의 사랑이 멈추지 않듯이.

 어제까지 맡지 못했던 아카시아 향이 비에도 감춰지지 않은 채 바람을 타고 와 코끝에 스쳤다.

 으음… 향기가 너무 좋다.

 그리고 빗소리가 이렇게 아름다웠던가?

 오빠, 나 이제 비 오는 날이 좋아질 것 같아.

 현관문 밖에서 시간 가는 줄 모르고 하던 진한 입맞춤은 잠시 내렸던 소나기가 멈춘 뒤 그대로 우리의 방까지 이어졌다.

 우리를 둘러싼 어지러운 상황들을 서로 잊자고 말했지만, 잊힐 리 없었다. 하지만 그것이 떠오르면 떠오를수록 우리의 입맞춤은 더욱 깊어졌다.

 늘 회사에서 외로운 사투를 끊임없이 해야 했던 오빠, 그리고 그냥 삶 자체가 힘겨운 싸움이었던 나.

 우리 두 사람은 이렇게 서로에게 기대고 있는 중이었다.

 세상에서 하나뿐인 빨간 지붕 이층집, 우리만의 세상에서.

"혜성 오빠……."

"지우야……."

숨을 고르기 위해 잠시 멈췄을 때, 우리 둘의 입에서 서로의 이름이 터져 나왔다.

소중한 사람의 이름은 그저 불리기만 해도 가슴이 뭉클하고 따뜻해지는 것.

어느새 바깥은 어둠이 더욱 짙어졌고, 모두들 잠들어 말이 없는 밤이었다.

우리도 말을 잊고 그저 서로의 얼굴을 쓰다듬고, 서로의 눈빛을 바라보다 침묵의 밤이 손짓하는 세계로 서서히 빠져들었다.

이른 새벽 새가 지저귀는 소리에 눈을 떴다.

빨간 지붕 이층집에선 언제나 새의 노래가 알람이 되어 주었다.

어제 아침에는 일찍 일어나 조깅을 다녀오던 오빠가 오늘은 아직도 깊은 잠에 빠져 있는 듯 쌔근거리며 코 자고 있었다.

나는 이불 속에서 팔을 꺼내 천천히 오빠를 관찰하기 시작했다.

음… 머리는 반곱슬인 내가 제일 부러워하는 직모.

눈썹은 숱이 많고 갈매기 모양에 속눈썹은 정말 반칙이야. 님아, 제발 이렇게 눈썹 길지 마오. 너무 부럽단 말야.

코는 매끈하고 오뚝해 매력이 철철 넘친다.

차근차근 시선을 내리다 이제 오빠의 입술에 닿았다.

꿈에서 맛있는 거라도 먹는지 오물거리는 오빠의 입술이 참 귀여웠다.

내 눈에, 내 마음에, 내 머릿속에 오빠의 모습을 꾹꾹 담아 둘 거야. 언제든 보고 싶을 때 선명하게 기억나도록…….

아무래도 며칠간의 피로가 제대로 쌓였는지, 여전히 일어날 기색이 없는 오빠를 다시 한번 바라본 다음 방을 나왔다.

"아, 시원해."

발코니 문을 여니 상쾌한 아침 공기가 온몸에 다가왔다.

어제 빗속에서 맡았던 아카시아 향기도 여전했다.

'오늘은 좋은 일만 있으면 좋겠다.'

나도 모르게 주문을 외우게 되는 아침이었다.

이제 1층 주방으로 내려가 볼까.

어제 오빠가 차모닝을 차려 줬으니까, 오늘은 내가 뭔가를 해 보고 싶은 생각에 냉장고를 열었다.

냉장고에는 각종 반찬들이 잔뜩 들어 있었고, 시식을 위해 넣어 둔 우리 회사 제품도 잔뜩 들어 있었다.

'흠… 뭐로 할까…….'

나는 잠시 고민한 뒤 결심을 하고 최근 출시된 우리 제품을 꺼냈다.

품명은 'H-삼계탕'.

'기력 보충엔 이만한 것이 없지. 끓이기 편한 것에도 이만한 것이 없지. 큭큭.'

혼자 빙구 웃음을 지으며 냄비에 제품을 부었다. 서지우, 애사심 하나만은 인정!

삼계탕이 폴폴 끓는 동안 출근 준비를 마쳤다. 사실, 오늘 좀 서둘러 집을 나서야 할 이유가 있었기 때문이었다.

씻고 나와 보니, 주방에서 광채가 났다.

뭐지?

잠에서 깬 오빠가 커피를 내려 마시고 있는 중이었다. 그 뒤로 비치는 아침 햇살.

잠시 넋을 잃고 그 모습을 바라보았다.

내가 주방으로 다가가자 그가 나를 바라보며 커피 잔을 들어 보였다. '너도 마실래?' 이러는 듯?

오랜만에 보는 화보였다.

'하아… 내가 전생에 나라를 구했나 봐.'

나는 그에게 괜찮다는 눈빛을 보냈다.

우리는 아침을 먹기 위해 테이블에 마주 앉았다. 'H-삼계탕'을 바라보는 그의 눈빛이 참 뿌듯해 보였다.

"근데, 왜 이렇게 일찍 일어나서 준비한 거예요?"

그가 삼계탕 국물을 한 숟갈 뜨고는 내게 물었다.

"아, 오늘 출근 전에 준영이랑 만나기로 했어요."

내가 준영의 이름을 꺼내자 그가 얼굴을 우스꽝스럽게 일그러뜨렸다.

으구, 질투쟁이.

"아무래도… 일이 터지기 전에 먼저 말해야 할 것 같아서요."

나는 단단한 눈빛으로 오빠를 바라보았다.

"아… 절친이라고 했죠. 준영 씨랑. 흠, 오늘 회사 가면 난리 나겠군요."

우리의 결혼이 차태성에게 발각당한 이상, 언제까지 비밀일 수는 없었다. 아마 오늘부터 무차별 공격을 해 대겠지.

"아무래도 그렇겠죠……."

"괜찮겠어요?"

"저는… 음… 괜찮아요. 오빠는요?"

"나? 좀 걱정되긴 해요."

"네?"

"우리의 사랑이 거짓으로 비춰지는 거. 그거 사실이 아니니까."

"그래서 말인데요."

이제 엊그제 'go on' 사장님의 꿀 팁을 공개할 때가 되었다.

"응?"

그가 나를 바라보며 눈을 동그랗게 떴다.

"제대로 반격해요. 우리."

"응?"

"진짜 결혼인 거 우리가 보여 주면 되잖아요."

"아……."

그의 눈빛이 내 이야기에 무슨 깨달음이라도 얻은 듯 반짝였다. 그리고 내 머리를 흩트리며 웃었다.

"시작해 볼까요?"

나는 밥을 먹다 말고 핸드폰을 꺼냈다.

우리의 테이블엔 'H-삼계탕'과 예쁘게 담은 밑반찬, 두 개의 밥그릇, 두 벌의 수저와 젓가락이 있었다.

나는 테이블을 사진으로 찍고, 오빠와 나의 행복한 표정을 한 장 더 찍었다.

"후훗."

오빠가 재밌다는 듯 웃었다.

"이 사진 오빠한테 전송해 드릴게요. 적당한 타이밍에 쓰세요."

"오케이……."

H푸드 기획1팀장 차혜성의 SNS는 파급력이 상당했다. 오빠가 우리의 제품에 스토리를 담아 매일 올렸고 팔로우들과 소통했기 때문이었다.

"아마 이거 하나 가지고 반격하긴 힘들겠죠. 제대로 달달한 모습 많이 보여 주자고요."

"좋은데? 훗."

우리 이렇게 이겨 내 봐요. 어떤 파도가 와도. 우리만의 방식으로.

"근데… 어쨌든 결혼 사실이 알려지면 지우가 걱정했던 것처럼 회사 생활이 좀 힘들 수도 있는데, 괜찮겠어요?"

그가 갑자기 진지한 얼굴로 내게 물었다.

"이제 괜찮아요. 왜냐면, 오빠를 내가 진짜 사랑하고 있다는 걸 알았으니까. 이보다 더 중요한 건 없어요."

"…고마워."

그가 내 손을 맞잡았다.

"참! 어제 태성이한테 말한 물증이라는 거 그거 어떤 거예요?"

"아. 오빠, 기억하실지 모르겠지만, 몇 달 전에 제가 USB 놓고 왔던 날, 사무실에서 이 과장이 제 책상 앞에 있는 걸 봤어요. 그 당시 상황을 제가 사진으로 찍어 놨거든요. 중요 정보가 1차적으로 유출된 날과 딱 맞아떨어지는 날이에요."

"아… 난 그때 나를 보고 놀란 줄 알았는데……."

"그리고 제주도에서 오빠 휴대폰 분실한 날이 중요 정보 2차 유출된 날이라는 것도 확인했어요."

"우리 지우 대단한데?"

"또 제가 이 과장을 따로 만났거든요. 유출 관련돼서 본인이 한 말을 녹음해 놨고, 어제 상황도 녹음했어요. 또……."
"와- 그 정도면 충분히 혐의가 입증될 수 있을 것 같은데?"

평소 출근 시간을 한 시간 정도 앞두고 'go on'에서 준영과 만났다.
"서지우, 무슨 일 있어? 뭐야? 응?"
이른 아침에 불러낸 게 뭔가 큰일이라도 나서 그런 것처럼 준영이 한껏 심각한 표정으로 물었다.
큰일은 큰일이지. 제대로 큰일.
"준영아, 일단, 숨 좀 고르고……."
"뭔데? 뭔데 이렇게 뜸을 들이는 거야."
준영은 뭔가 불안한 눈빛이었다.
"이제 와서 이야기해서 정말 미안한데……."
"응? 뭐야. 사람 불안하게……."
그의 눈동자가 사정없이 흔들렸다.
"준영아, 있지……."
"뭐야. 나 여기 있으니까 빨리 말해."
"나, 결혼했어."
"뭐?"
지구의 종말 소식이라도 들은 듯 깜짝 놀란 준영이 허탈한 표정을 짓고는 한동안 말을 잇지 못했다.
"미안해. 언제나 너에겐 뭐든지 다 얘기했는데……."

"……."

"충격받았어? 많이?"

난 일그러진 얼굴로 준영에게 물었다.

정말 미안하고도 미안했다. 친한 친구 사이에 이런 소식 듣는 게 얼마나 배신감이 들지…….

"어. 지구의 종말 소식이라도 들은 것처럼 충격적이다."

준영이 비로소 입을 열었다.

"미안……."

"근데, 중요한 게 빠졌잖아. 누구랑 한 건데, 그 결혼?"

그가 정신을 추스르고 다시 물었다. 대답을 앞두고 나는 더 마음이 무거웠다.

"후……. 네가 아는 사람이야."

"뭐?"

"팀장님. 차혜성 팀장님."

나는 눈을 꼭 감고 말했고, 준영은 눈을 자기가 뜰 수 있는 한 가장 크게 뜬 것 같았다.

"헐, 지구의 종말 소식이라도 이처럼 충격적이진 않을 거야."

"미안……."

아무래도 그렇겠지, 우리 팀 팀장님인데…….

"언제, 어디서, 왜 하게 된 건데?"

준영은 정신을 차리고 질문 세례를 퍼부었다.

나는 준영에게 결혼의 전말에 대해 간략하게 이야기를 했다. 이것이 오늘 어떻게 터질지에 대해서도.

준영은 시종일관 진지한 태도로 나의 이야기를 들었다.

"그래서 진짜 행복한 거야? 너?"

질문을 하는 녀석의 눈빛이 슬픈 듯한 건 기분 탓인가? 괜히 더 미안하네……

"응… 행복해……. 근데, 팀장님이 상처받지 않고 일이 잘 끝나야 안심할 것 같아. 그게 더 중요하거든. 내 행복보다."

"서지우… 너… 진짜 좋아하는구나. 팀장님…….."

나는 대답 대신 손가락 두 개를 맞부딪히며 부끄러운 표정을 지었다.

"그래… 그럼 됐어. 후… 출근하자."

준영이 시간을 확인하려고 폰을 바라보다가 짐짓 놀란 표정을 지었다.

"서지우… 어쨌든, 각오 단단히 해야 할 것 같다."

"응?"

"그쪽에서 움직이기 시작한 것 같아."

준영의 말에 핸드폰을 열어 보니 포털 메인 인기 검색어에 '모기업 재벌 3세의 가짜 결혼'이 실시간 검색어에 올라 있었다.

"헐……."

생각했던 일이 터졌다. 관련 기사에는 어제 차태성과 나눈

이야기들이 고스란히 들어가 있었고, 어떤 곳에서는 더 부풀려져서 이야기가 풀어져 있었다.

각오했던 일이지만, 갑자기 출근하는 게 조금 두렵기도 했다.

"내 도움이 필요하면 언제든 얘기해. 뭐, 팀장님보다야 모든 면에서 안 되겠지만, 그래도."

"야아, 네가 왜……. 아무튼 이해해 줘서 고마워, 준영아."

다시 한번 휴대폰을 확인하고 일어서려는데, 알림 하나가 떴다.

오빠의 SNS였다.

16.

작전 개시

「오늘 저의 아침입니다. 한 주의 중간, 기력이 떨어져 갈 즈음, H-삼계탕으로 아침을 차려 보세요. 좋은 환경에서 자란 닭 한 마리가 통째로 들어가고, 닭과 궁합이 좋은 한방 재료들이 들어가 있어 지친 몸에 기운을 불어넣어 줄 것입니다. 사랑하는 사람을 위해 H-삼계탕 한 그릇 어떠세요? 저처럼 사랑하는 사람과 함께한다면 더욱 좋겠죠?

#H-삼계탕, #아침에_제격, #사랑까지_듬뿍, #삼계탕이_달달해, #내_사랑_내_하나뿐인_와이프_서지우 #러브_스토리&러브_레시피_곧_공개!」

오빠의 사랑스런 SNS는 내 얼굴을 붉게 만들었다. 내가 찍은 사진임에도 불구하고 오빠의 코멘트가 더해지고, 게다가 서지우가 와이프라는 태그까지…….

흡!

이 엄청난 글이 부끄럽기도 하고, 기분이 묘하기도 하고, 내심 걱정되기도 하는데… 은근히 기분 좋은 것 같은… 이 오만 가지 기분 상태는 뭐지?

후……. 팀장님이 내 남편이라는 것이 만천하에 밝혀지는 순간이라니.

꺄- 나, 어떡해! 오늘 출근 가능은 할까?

"오늘 아침에 찍은 거야?"

팀장님의 SNS를 보던 준영이 물었다.

"어……."

나는 괜히 부끄러워하며 조그맣게 대답했다.

"서지우… 너 진짜 서지우 맞냐? 이런 표정은 난생처음이네. 쩝……."

"흐훗."

"몇 달째 신혼집에서 출퇴근을 한 건데, 내가 눈치를 못 챘다니……. 너에 관해서만큼은 모든 것이 예민하다고 생각했는데… 얼마나 완벽하게 숨긴 거야, 대체. 덜렁이가… 후……."

"어?"

"근데… 노파심에 묻는 건데, 너만큼이나 팀장님이 너 좋아하는 거 맞지?"

"어? 어… 아마도……?"

나는 눈썹을 위로 뜨고 대답했다.

"후… 늦겠다. 얼른 출근하자."

내 대답을 들은 준영이 출근을 채근했다.

"으응……."

나는 준영과 함께 출근길에 나섰다.

우리는 금세 걸어 언제나 꿈의 기업이었던 'H푸드'의 직원이 되었다는 사실을 실감나게 해 주는 사옥 1층 커다란 회전문의 코앞에 다가왔다.

"자… 잠시만, 준영아. 나 심호흡 좀. 후… 후… 후……."

"어, 그래……."

면접을 보러 왔을 때만큼이나, 아니 그때보다 더 떨리는 마음이었다.

드디어 끊임없이 돌아가는 회전문 사이에 몸을 끼워 넣었다. 천천히 걸어 H푸드 밖에서 H푸드 안의 세상으로 들어왔다.

1층엔 아주 넓은 프런트와 브랜드 역사관 그리고 H푸드 브랜드숍들이 여러 개 있어 언제나 오가는 사람들로 북적였다.

그런데, 아니나 다를까.

내가 들어선 순간 1층을 돌아다니는 모든 사람들이 나를 주목하는 것이 느껴졌다.

"어머, 저 여자가 기획팀 서지우야? 대박, 완전 평범. 가짜 결혼이라도… 쯧쯧."
"와, 얌전한 고양이가 부뚜막에 먼저 올라간다더니."
"혹시 낙하산 아냐? 팀장님 약점 잡고 들어온?"
"기가 찬다. 저 얼굴로… 대체. 가짠지, 진짠지 어떻게 둘이 엮인 거야……."
"저런 애랑 엮이다가 예산 다 털어먹고 사업 망치고… 헐……."

단순한 관심에 의한 주목이 아니었다.
욕 그리고 욕, 또 욕, 그냥 욕.
"쳇, 지들은 뭐 얼마나 이쁘고 특별해서 저러냐. 신경 꺼, 서지우. 네가 백배 예쁘고 특별하니까."
"어… 나, 괜찮아. 준영아, 얼른 가자."
각오했던 일이었다. 저들 눈에는 내가 하루아침에 신분 상승한 콩쥐나 신데렐라 대리인쯤으로 보였겠지. 아… 그 정도로만 알아줘도 어딘가.
콩쥐와 신데렐라가 얼마나 착하고 열심히 살던 아이들인데…….
내가 지금 신경 쓸 데는 이런 비난이 아니라, 나의 일 그리고 수습할 일뿐이었다.

나와 오빠를 위해서.

"안녕하십니까."

준영과 내가 출근을 알리는 인사를 하고 5층에 들어서니 팀원들도 나를 바라보는 눈빛이 평소와 달랐다.

"어? 어… 왔어……."

윤 과장님이 대답을 했고, 이 과장은 오늘도 역시 자리를 비웠다. 이 대리님과 박 대리님도 나를 어떻게 대해야 할지 우물쭈물할 뿐이었다.

역시나, 밝혀지면 이럴 줄 알았어.

이런 상황들이 벌어질까 봐 끝내 비밀로 하려던 것이었는데…….

나는 입술을 꾹 깨물었다.

"저기, 지우 씨."

"네?"

평소 팀장님에게 관심이 많았던 박리나 대리가 약간의 시간을 두고 나에게 슬슬 다가왔다.

"팀장님 SNS 보고 알았어……. 웬일이야. 진짜 감쪽같았다."

"많이 놀라셨죠?"

"많이 정도가 아냐. 어마어마하게 놀랐다고. 근데, 왜 이렇게 갑자기 터트린 거야?"

박 대리님의 눈에 호기심이 가득했다. 팀장님과 내 사이가 정말 궁금한 것 같았다. 하긴 뭐, 가짜인지 진짜인지 모두들 촉각을 곤두세우고 있으니까.
 얼마 전까지 나를 기밀 유출자로 의심을 품고 있던 터라 충격을 받을 만도 했다.
 "아… 그게… 좀 사정이 있었어요."
 "근데 혹시 아침에 터진 '모기업 재벌 3세의 가짜 결혼'과 관계있는 거야?"
 "아. 네……. 뭔가 오해가 생길 상황이 돼 버려서 팀장님과 상의하에 아예 공개하게 된 거예요."
 "진즉 얘기했으면 지우 씨 오해하는 일은 없었을 텐데… 괜히 미안하게 됐잖아."
 "아, 그땐 정말 서운했어요, 대리님. 뭐, 다들 마음이 어려울 때였으니까요. 지금은 괜찮아요."
 "그리고 뭐, 팀장님 버스 떠난 건 아쉽게 되었지만, 프로젝트 진행하면서 보니까 두 사람 은근 잘 어울리더라고……. 나는 응원할게, 지우 씨."
 "감사해요, 대리님."
 박 대리님께 서운한 것은 많았지만, 그래도 다른 직원들과 달리 이 결혼을 진짜라고 믿는 것 같아 조금 고마운 마음이 들었다.
 '그래, 이렇게 된 게 뭐 욕만 들을 일은 아닌가 보다…….'

조금 위로가 되었다.

대충 박 대리님과의 대화를 끝내고, 인터넷을 켜 보니 정말 가관도 아니었다.

'모기업 재벌 3세 가짜 결혼'에는 오빠를 암시하는 글이 끝도 없이 달려 있었고, 오빠의 SNS에는 멋있다는 의견 극소수, 쇼윈도 아니냐는 의견, 사랑을 운운하면서도 제품 홍보를 한다는 등의 의견이 대다수인 상태였다.

한마디로 난리도 아니었다.

"좋은 아침입니다."

팀장님이 밝은 표정으로 사무실에 들어섰다. 자신을 바라보던 시선들도 따가웠을 텐데 오히려 더 홀가분한 모습이었다.

그런 그가 사람들의 눈을 피해 재밌는 표정으로 내게 찡긋 윙크를 했다.

태풍이 거셀수록 그 눈은 고요한 법, 나라 밖이 시끄러울수록 나라 안은 더 똘똘 뭉쳐 위기를 이겨 내는 법. 그래요, 오빠. 우리 둘은 똘똘똘똘.

어찌 되었든 내 사랑, 더 애틋한 마음입니다.

"회의하겠습니다. 다들 제 방으로 모여 주세요."

출근한 지 얼마 되지 않아 오빠가 팀원들을 불러 모았다.

"'아침을 부탁해'는 원래 론칭일보다 일주일 뒤인 다음 주 목요일에 출시될 예정입니다. 근데, 브랜드 명이 바뀌었습니다."

팀원들이 자리에 앉자 오빠가 새로운 소식을 전했다. 다들 진지한 얼굴로 오빠를 주목했다.

"'로맨틱 모닝'으로. 사랑을 불러일으키는 도시락, 사랑하는 사람과 함께하는 도시락이 될 겁니다."

"우와, 느낌 너무 좋아요, 팀장님. 대박 날 거 같아요."

새로운 품명이 소개되자 박 대리님이 물개박수를 쳤다.

"아, 그래서 샐러드드레싱을 향수 케이스처럼 바꾸신 거군요. 와……."

이 대리님의 반응도 좋았다.

"팀장님 아이디어신가요?"

윤 과장님이 궁금한 듯 물었다.

"아뇨. 서지우 사원 아이디어입니다. 이번에 급하게 수정을 하면서 오히려 좋은 아이디어들이 더 많이 나왔습니다."

"역시……."

윤 과장님이 고개를 끄덕였다.

"저희는 지라시 안 믿습니다, 팀장님. 팀장님이랑 서지우 씨를 그래도 회사 내에서는 누구보다 저희가 잘 아니까요."

"하… 고맙습니다."

갑자기 그가 울컥한 목소리로 말했다. 내내 밝은 표정을 지었지만, 이렇게 품고 있던 감정들…….

"으헷. 고마워요, 과장님."

팀장님의 말과 팀원들의 고마운 말에 내 마음도 뭉클했다. 이제야 좀 기획1팀의 이전 분위기를 찾나 싶었다. 이 과장만 빼고.

"한 가지 궁금한 게 있는데 외람된 거지만… 여쭤도 될까요?"

이번에는 이 대리님이 팀장님을 향해 물었다.

"그럼요. 얼마든지요."

그가 표정을 풀며 말했다.

"지우 씨랑 언제부터……."

괜히 혼자 부끄러운 듯 검지 두 개를 마주치며 말을 흐리는 이 대리님이었다.

"아… 음… 서지우 사원 다섯 살, 차혜성 일곱 살 때부터요. 얘기하자면 너무 긴데… 이런 얘긴 사석에서 나누죠. 어수선한 일들이 정리되면 정식으로 집들이하겠습니다."

"헐, 팀장님, 그런 건 저랑 먼저 상의를 하셔야죠!"

저런 건 보통 아내들한테 허락 맡고 하는 거 아닌가요? 그의 말에 나도 모르게 발끈해 버렸다.

말하고 나자 이상한 기운을 눈치챈 나는 깜짝 놀라 오빠를 한 번 보고 팀원들 얼굴을 한 번 보았다.

"와, 대박. 이제야 실감나네요. 두 분 결혼하신 거."

이 대리님이 웃으며 말했다.

평소 웃음기 하나 없던 팀장님이 씩 웃기까지 했으니 사람들은 큰 뉴스거리라도 되는 것처럼 우리 둘을 바라보았다.

"어쨌든, 그간 여러분들이 수고해 줘서 금방 일을 수습할 수 있게 되었네요. 아무래도 '해피 모닝' 때문에 타격이 없진 않겠지만, 마케팅 차별화에 총력을 기울이도록 합시다."

팀장님이 이 과장이 빠져 있는 기획1팀 팀원들을 독려하고, 앞으로 해야 할 스케줄에 대해 이야기를 전했다.

"참, 이번 사내 기밀 유출 건은 제가 법무팀조차 신뢰할 수 없어 따로 외부 법무팀을 꾸렸습니다. 조만간 결과가 나올 겁니다."

아… 듣던 중 정말 반가운 소리였다. 법무팀 박 변호사가 2팀장과 한패라는 게 다 드러났으니 말이다.

이 얘기를 이 과장님이 들었어야 하는데… 참, 아쉽게 되었다.

"자, 그럼 맡은 일들 끝까지 잘해 주시고요. 뭐 더 이야기할 거 있나요?"

회의가 마무리되는 타이밍이었다.

"앗."

내 입에서 외마디 소리가 튀어나왔다.

테이블 밑 은밀한 세계에서 오빠의 다리가 내 다리를 꽉 조이는 바람에 깜짝 놀란 나머지 소리를 낸 것.

"팀장님, 지우 씨가 할 이야기가 있나 본데요?"

내 소리를 들은 윤 과장님의 말이었다.

아니, 그게 아닌데······.

"서지우 사원, 뭐죠?"

팀장님은 재밌다는 듯 웃음을 삼키며 물었다.

"아······. 야마도라이콘은 진행이 잘되고 있습니다."

"야마도라이콘?"

모두들 이건 무슨 외계어냐는 듯 나를 바라보았다.

"아니, 아니. '로맨틱 모닝' 도시락 이모티콘이요. 하··· 죄송해요."

며칠 전 준영이 선물한 야마도라이콘이라는 이모티콘 때문이었다. 하도 인기가 많다고 얘기를 들었더니, 나도 모르게 인이 박혀 이모티콘을 생각하다가 엉뚱하게 튀어나온 말이었다.

준영이를 힐끔 쳐다보니 배꼽을 잡고 소리 없이 웃고 있었다.

그러고 보니 다른 팀원들도 웃음을 참느라 괴로운 표정이었다. 쥐구멍이라도 있다면 도망가고 싶은 심정이지만, 갈 수 없었다. 오빠가 아무도 모르게 내 다리를 꼭 끼고 있어서······.

"이번 도시락 이모티콘은 정말 참신했어요. 마케팅 효과가 클 것 같아 기대가 됩니다. 잘 진행되고 있다고 하니 다행이네요. 그럼 이만 마치죠."

팀장님이 회의를 마무리 지었다. 그제야 내 다리가 풀렸다.

후…….

진땀나는 회의였다. 여러모로.

회의가 끝나고 자리에 앉는데, 사내 메신저에 메시지 하나가 떴다.

[자꾸 매력 흘리기 있기 없기?]

오빠였다.

[네? 뭐가…….]

나는 어리둥절해 답 메시지를 보냈다.

[자꾸 그렇게 말실수하면서 귀여우면 내가 불안합니다.]

[엥? 그나저나 회사에서 자꾸 그런 짓 하시면 안 돼요.]

[뭐?]

뭐라니, 이 냥반. 모르는 척하시넹. 애정 행각은 집에서만 합시다.

라고 썼다가 지웠다.

[암튼, 하지 마라.]

헉, '요' 자가 쓰이지 않은 채로 메시지가 보내졌다. 이거 실수예요. 실수!

[넵.]

뜨헉. 오타라고 다시 써서 보내기도 전에 답 메시지가 도착하고 말았다.

그때였다. 차태성이 거만한 발걸음으로 팀장님의 방에 노크도 없이 들어갔다.

또 왜 온 거야… 무슨 말을 하려고…….

두 사람은 한참 동안 이야기를 나눴다. 그러는 사이 내 핸드폰으로 모르는 번호로 문자가 하나 도착했다.

[서지우 씨, 쿨데일리 정만복 기자입니다. '모기업 재벌 3세의 가짜 결혼'에 대해 인터뷰를 하고 싶은데요. 시간 되실 때 연락 주시면 감사하겠습니다.]

헐, 이건 또 뭐야.

아무래도 일이 터진 날이라 각오는 했지만, 정말 어지러운 날임이 분명했다.

대기업 스캔들에 대해 기사에서 몇 번 본 적은 있지만, 정말 동떨어진 세계의 일이라고 생각했었는데, 내가 그런 사건의 주인공이 될 줄이야. 사람 인생 참 모르는 일이다 싶었다.

그래도 '쿨데일리'는 많은 사람들이 신뢰하는 언론기관이긴 했다. 하지만 혼자 결정할 문제는 아니었다. 그래서 답은 잠시 뒤로 미루기로 했다.

차태성은 팀장님 방에 들어갔을 때와 달리 붉으락푸르락한 얼굴로 나왔다. 그러고는 나를 힐끔 째려보고 나갔다.

오케이. 한 방 먹었구나.

아무래도 법무팀 이야기가 오간 게 아닌가 싶었다.

팀장님 방 유리창 너머로 표정을 살피니, 오빠는 아무 일 없다는 듯 일에 열중하고 있었다. 그 모습을 보고 나는 안도의 한숨을 쉬었다.

[오늘부터 퇴근은 같이 해도 되겠네요.]

스펙터클한 시간들을 보내고, 어느새 퇴근 시간. 오빠의 메시지를 받고 나는 살며시 미소를 지었다.

우리의 결혼은 어제까지만 해도 꽁꽁 숨겨야 할 사실이었다. 하지만, 오늘부터는 진짜 결혼을 애써 증명해도 모자라다는 것. 우리 이렇게 사랑합니다. 대놓고 할수록 더욱 좋은 것이었다.

세상에 이런 일이!

퇴근을 준비하려는데 안 그래도 여기저기서 연락을 해 대는 바람에 불티났던 휴대폰이 진중하게 진동을 울렸다.

휴, 또 누구지……. 어? 어머니?

"여보세요."

-응, 아가. 나다.

어머니의 목소리에 살짝 긴장감이 감돌았다.

"네, 어머니. 안녕하셨어요?"

-응. 너희들 괜찮은 거지? 혜성이가 바쁜지 영 통화가 안 되더구나…….

"아, 요즘 오빠가 여러모로 바빠서요. 뉴스로 심란한 소식 전해 드려서 너무 죄송해요, 어머니. 근데, 저희는… 잘 지내고 있어요."

-다행이구나. 으음… 원래 큰일 하는 사람들에겐 적이 많은 법이란다. 나도 뭐 해명하느라 애를 쓰고 있기는 하지만,

일이 잘 해결되길 바라마.

"네, 어머니. 잘 해결될 거예요."

-그럼. 아무렴. 나는 우리 지우를 믿고 있다는 그 얘기 하려고 전화했단다.

"아… 감사해요, 어머니."

어머니의 이야기를 들으니 마음이 울컥해졌다. 이 결혼에서 밀어내려는 우리 엄마, 결혼으로 묶인 우리를 더 단단히 매어 주는 어머니. 두 사람이 참으로 달랐기 때문에.

휴대폰을 만지작거리고 있자 오빠가 방에서 나와 내 앞에 섰다.

"퇴근해야죠?"

오빠는 가방을 툭 내 책상 위에 올리고, 앉아 있는 나를 구부려 바라보며 미소를 지었다. 나는 대답 대신 눈을 살짝 찡끗해 보였다.

아직 퇴근 전인 팀원들, 특히 준영이 우리를 바라보고 있는 눈빛이 느껴졌다. 괜히 낯간지러워 얼른 자리를 털고 일어났다.

오빠와 함께 5층 복도를 지나 엘리베이터를 타러 가는 내내 주변 사람들의 시선이 따가웠다. 곧 지하 주차장으로 가니까 괜찮겠지 싶었는데, 오빠가 1층을 눌러 버렸다.

"오늘은 회사 근처에서 저녁 먹고, 같이 버스…라는 거 타 볼까요?"

"진짜?"

"사람들 앞에서 연애하는 티 좀 내 보려고요."

"와- 완전 굿 아이디언데요? 크."

버스라고는 타 본 적 없는 사람이, 친히 나와 함께 버스를 타겠다고 하셨다. 대중 속에서 연애 좀 해 보겠다는 그 말이 너무 귀여워서 웃음이 새어 나왔다.

내 어깨에 얹은 오빠의 손에서 온기가 느껴졌다. 나를 따뜻하게 감싸 주는 느낌.

이제 이 남자가 내 남자다 이야기해도 되는 이 상황.

하지만, 그러기까지 겪어야 할 일들이 많았다.

1층에 내려 로비를 지나 정문을 통과하면서 마주친 또 이 상황들을 보시라······.

1층엔 대단히 많은 사람들이 우리를 주목하고 있었다. 그리고 정문 밖에는 셔터를 눌러 대는 기자들.

결코 평범치 않은 우리의 결혼이었다.

"고 차주환 명예회장님의 주식을 승계받기 위해 정략결혼을 맺으신 게 사실입니까?"

"서지우 씨의 입사는 정당한 방법을 거쳤습니까?"

"두 분은 어떻게 만나게 되셨습니까."

여기저기서 기자들의 질문들이 쏟아져 나오는데, 오빠는 행여나 내가 다칠까 싶어 그들을 마다하고 마치 보디가드처럼 나를 감싸 그들 사이를 빠져나왔다.

"후… 좀 귀찮긴 하지만 즐겨 봐야죠?"

"그럼요! 저는 아주 속이 다 시원해요."

몇몇은 거리로 나온 우리 뒤를 밟는 것 같았다. 나를 감싸던 오빠의 팔이 내려가고 이제 우리는 손을 맞잡고 거리를 걸었다.

누가 우리를 따라오든 말든, 깍지를 꼭 낀 채 거리를 자유롭게 활보했다.

우리는 회사와 멀지 않은 레스토랑으로 들어갔다. 우리 회사 직원이 많이 있을 법한 곳이었다.

역시나 주변 테이블의 사람들이 우리를 힐끔힐끔 쳐다보며 수군거렸다.

"이 작전 아무리 생각해도 너무 기가 막힙니다."

오빠는 이 모든 상황들을 아랑곳하지 않고 거침없이 나에게 말을 걸었다.

"그러게요. 큭큭큭."

"좋아하는 거 티 내는 게 너무 쉽잖아."

음식을 주문하고 기다리는 동안 그가 테이블 위에서 내 손을 맞잡았다. 난 갑자기 아까 테이블 밑에서 내 다리를 꽉 잡았던 생각이 나서 픽 하고 웃음이 터졌다.

"예쁘네요. 우리 지우."

내 얼굴을 빤히 바라보던 오빠가 이야기했다.

"오빠……"

난 이렇게 밖에서 이런 이야기를 듣는 게 어색하고 괜히 부끄러워져 그냥 웃기만 했다.

"특히 눈. 웃으면 더 예쁘고."

내 눈이?

크지도 않고, 속쌍꺼풀만 있는 눈인데…….

이런 게 콩깍지인가?

그렇다면 그 콩깍지 나도 단단히 씌었지.

오빠가 세상에서 제일 멋있게 보이니까요.

"오빠도 자알~생겼어요. 특히……."

"특히?"

그는 진짜 궁금하다는 듯 얼굴을 바짝 내 쪽으로 내밀었다.

"등 근육?"

사실, 생각 없이 오빠를 따라 내뱉은 '특히'였는데, 오빠가 너무 궁금해하자 괜히 엉뚱한 대답이 하고 싶어서 이야기를 한 것이었다.

"우와, 이거 진짜 극찬인데? 참신하고? 오늘부터 운동 더 열심히 해야겠네요. 훗."

그는 진심으로 천진난만한 아이처럼 좋아했다. 이런 칭찬은 태어나서 처음 들어 봤다나 어쨌다나. 아이, 귀여워.

주변이 의식 안 된다면 거짓말이겠지만, 우리 두 사람은 집이 아닌 곳에서는 무척 조심스러웠던 이전과 달리 조금씩 더 담대하게 사랑을 표현하고 있었다.

"으음~ 맛이 괜찮네요. 이거 먹어 봐요."

주문한 음식이 나오고, 나는 내 음식을 오빠 입에 가져갔다.

"짜장면 아닌데 괜찮아요?"

"뭐 조금 아쉽지만, 괜찮아요. 큭, 농담이고, 정말 맛있어요."

"음- 맛있네. 내 것도 먹어 봐요."

오빠는 내 것을 먹어 보고 엄지를 척 들더니, 자신의 음식도 내게 내밀었다.

"와, 맛있어요!"

나도 역시나 오빠를 향해 엄지를 척 들어 보였다. 음식이 정말 맛있는 것인지, 함께하는 사람 때문에 그렇게 느껴진 것인지 모를 일이었다.

우리는 맛있는 식사가 끝날 때까지 함께 결혼하기 전까지 우리가 만났던 특이한 인연에 대해 이야기를 하며 시간 가는 줄 모르고 웃음꽃을 피웠다.

식사를 다 마치고 나오자 날이 어둑해졌다.

이제는 내가 오빠를 이끌 차례였다. 버스 정류장도 버스 노선도 모르는 그이기 때문에.

이곳에서 버스 정류장까지는 좀 거리가 있었다. 가는 동안 우리는 깍지 손을 끼고 발을 맞춰 걸었다. 한 번씩 마주 보고 웃기도 하며.

아직도 여전히 우리 뒤를 밟는 사람들이 있는 것 같았지만,

신경 쓰지 않고 서로에게 집중하는 우리였다.

그러니 누가 봐도, 우리는 사랑에 빠진 연인일 것이다.

"오빠, 이쪽으로요. 아! 저 버스예요. 지금 안 타면 한참 기다려야 해요. 빨리!"

나는 오빠의 손을 잡고 냅다 뛰었고, 우리는 만원 버스에 간신히 올라탔다.

"후… 만원 버스가 이런 거군요."

사람들 틈에 꽉 끼인 오빠가 나를 감싸 안으며 말했다.

"큭, 참 이색적이시겠네요. 들어만 봤던 거 직접 체험하기."

나는 눈을 휘둥그레 뜬 그의 반응이 너무 웃겼다.

그와 함께라면, 만원 버스도 그저 재밌는 놀이기구처럼 느껴지는 건 왜인지.

버스를 두 번 갈아타고, 드디어 집으로 향하는 골목길에 들어섰다. 이제 우리 뒤를 밟던 기자들도 더 이상은 없는 것 같았다.

그래서 나는 아까부터 궁금했던 것을 물었다.

"근데 아까 차태성 팀장님이 뭐라고 하신 거예요?"

그래도 혹시 모르니, 작은 목소리로 속삭였다.

"아… 지금이라도 가짜 결혼 인정하고 주식 내놓으라고요……."

오빠도 귓속말로 내게 이야기를 전했다.

"하, 왜 이렇게 못 잡아먹어서 안달인지."

"경쟁업체에 정보 넘긴 거 이 과장한테 덮어씌우고 그 업체한테 손해배상 청구 소송을 해 주겠다고 딜을 해 오더라고……."

"헐… 그럼 이 과장은……."

나는 손으로 입을 막아 버렸다.

"그래서 내가 그랬지. 뭘 해도 내가 한다. 더 긁어 부스럼 만들지나 마라. 훗. 녀석이 머리가 좀 나쁜 것 같아."

"그래도… 나갈 때 표정이 심상치 않던데요. 너무 자극하는 기 아닐까요?"

"한번 제대로 당해 봐야 더 이상 이런 치사한 짓 안 할 거예요."

"후… 그렇군요. 이제 제가 수집한 정보를 넘길 때가 됐네요."

"너무 복잡한 일을 겪게 해서 미안해요. 결혼부터 지금까지……."

"겪을 일이 있으면 잘 겪으면 돼요. 전에 제가 알바를 이것저것 많이 해 봤는데요. 제일 힘들게 한 일이 가장 뿌듯하고 보람도 느끼고 그렇더라고요."

최대한 담담하게 이야기를 전하는데 오빠가 나를 빤히 바라보았다.

"난, 가끔 지우가 가족을 지키기 위해 혼자서 너무 강하게 살아온 게 마음 아플 때가 있어요."

오빠는 갑자기 내가 알바 이야기를 꺼내자 잠시 멈춰 나를 지그시 바라보았다.

"아… 난 오빠가 주어진 것을 해내야 하는 운명 앞에 버겁게 서 있는 게 마음 아플 때가 있는데……."

나도 오빠를 지그시 바라보았다. 그리고 우리 두 사람은 서로의 손을 더욱 꼭 잡았다.

사랑은 그런 거니까.

상대의 슬픔을 궁금해하고, 이해하고, 공감하고.

그것마저 사랑하고 싶은 거니까.

"와, 벌써 다 왔네요."

어느새 빨간 지붕 이층집이 우리를 반겼다.

차로 오면 금방이었겠지만, 오빠와 버스를 타고 오다 보니 마치 어딘가 여행하고 집에 돌아온 느낌이었다.

괜히 더 반가운 느낌.

집이 사람을 닮을 수 있다고 한다면, 단언컨대 이 집은 오빠를 닮았다.

따뜻하고, 포근하지. 그래서 무조건 좋거든, 우리 오빠처럼.

집에 오자마자 오빠는 빨간 지붕 앞에서 휴대폰을 들어 현관문 앞에 있는 우리 두 사람의 모습을 찍었다.

「깨 볶으러 갑니다. #오늘의_러브 레시피 #고소한_볶음_참깨 #집이_제일_좋아 #오늘도_신혼」

SNS에 사진을 올리자마자 득달같이 반응이 올라왔다.

「우악, 달달해.」
「이런 식으로 쇼하면 진짜 결혼 되나요? 참, 내…….」
「집 예뻐요. 어디예요?」
「정당한 해명을 원합니다.」

응원과 비난이 공존하는 반응들을 보며 우리는 눈을 한 번 마주친 후 손을 다시 맞잡고 집 안으로 향했다.

금세 어둠이 찾아온 세상, 하루의 끝자락이 피곤할 법도 한데 우리는 여전히 에너지가 넘쳤다.

씻으러 들어가려는데 갑자기 내 팔을 붙잡는 오빠.

"같이 씻을까?"

이 남자, 티 팍팍 내며 연애하는 신혼을 즐기다 보니 엄청나게 대담해진 모양이었다.

"헉. 아직 마음의 준비가……."

내가 검지를 맞부딪히며 부끄러워하자 오빠가 웃음을 터뜨렸다.

"미안, 농담이에요."

나는 볼이 발그레해진 채 재빨리 씻으러 들어갔다.

후…….

밖은 전쟁터인데… 오빠와 나는 그 어느 때보다 달콤한 시간들을 보내고 있다. 어쩌면 더욱 그러려고 발버둥 치는 건지도.

아마, 혼자서 견뎌야 했으면 정말 혹독한 일이었을 것이다. 다행이야.

오빠와 함께여서.

쏴-

시원하게 내리는 물줄기를 맞으며 여전히 나는 오빠 생각 중이었다.

'설마, 이게 꿈은 아니겠지…….'

씻고 나와 두리번거리며 오빠를 찾았다. 그는 케렌시아 방에서 나를 먼저 기다리고 있었다.

"자, 이거."

"오잉? 이게 뭐예요?"

"며칠 전에 뉴욕에 있는 친구가 선물을 보내왔어요. 유학할 때 동기였는데, 지금 잘나가는 속옷 디자이너로 활동하고 있어요. 녀석이 내 결혼 소식을 듣고서 보내온 거."

그러고 보니 그도 그간 못 보던 잠옷을 입고 있었다. 뭘 입어도 귀티가 좔좔 흐르지만, 이런 잠옷마저도 잘 소화시키는 오빠였다.

그가 건넨 잠옷을 좌르륵 펼쳤다가 깜짝 놀랐다.

어깨끈이 달린 실크 원피스와 그 위에 걸쳐 입을 수 있는 가운이었다. 그 촉감이 너무나 부드러워 계속해서 만지고 싶은 느낌인데, 문제는 생각보다 야시시하다는 것.

"이거 입고 자라고요?"

"응. 커플 잠옷."

"아… 좀 부끄러운데."

"품. 그럼 나 먼저 안방에 가 있을게. 조명은 밝지 않은 거 하나만 켜 둘게."

"오빠… 이거 꼭 입어야 돼요?"

나는 얼굴을 좀 찡그리며 곤란하다는 표정을 지었다.

"응. 친구 성의를 생각해서라도……. 이거 되게 촉감이 좋아서 숙면을 취하게 한다나?"

애써 내 표정을 무시하는 오빠였다. 어어, 이 사람 봐라?

"……."

"나도… 지우가 입은 거 보고 싶어서… 헤…….'"

어머, 이 헤벌쭉한 리액션은 뭡니까.

후… 도저히 안 입을 수가 없네요.

거의 나와 한 몸이라고 해도 이상할 것 없는 오래된 홈웨어를 뒤로하고 나는 낯부끄러운 실크 잠옷을 입었다.

우와.

입어 보니 감탄이 절로 나올 만큼 진짜 부드럽고, 편안한 느낌 그 자체였다. 누우면 바로 잠이 올 것만 같은 그런 기분 좋은 편안함.

우리는 천천히 케렌시아 방을 나가 침대 방으로 향했다.

무드등 하나만을 켜 둔 오빠가 침대 방 테이블에 분주하게 무언가를 또 꺼내 놓고 있었다.

"오빠……."

내가 방으로 들어서자 오빠는 내 모습을 보고 헤벌쭉.

이런 표정 나 웨딩드레스 입었을 때도 못 봤는데?

그렇게 좋아요?

그런 오빠의 모습이 조금 웃기기도, 조금 귀엽기도 했다.

테이블 위에는 커플템들이 여러 개 놓여 있었다.

심플한 커플링, 커플 시계, 커플 티, 커플 신발…….

"이게 다 뭐예요?"

"아니, 우리 티를 팍팍 내야 하니까. 내가 골고루 준비를 해 봤어요."

"큭."

"이런 게 은근 사람들 눈에 띌 것 같아서……. 사실, 나도 사랑하는 사람이 생기면 해 보고 싶었던 거기도 하고."

역시 뭐 하나 미션이 생기면 제대로 하는 사람이었다.

누가 기획1팀 팀장님 아니랄까 봐.

부담스러운 결혼반지보다 산뜻한 커플링이 좋을 것 같다며 오빠가 반지를 내 손가락에 끼워 주었다.

심플한 핑크골드에 딱 하나 박혀 있는 다이아가 어둠 속에서도 반짝거렸다.

"예쁘다… 예뻐요. 진짜."

나는 반지에서 눈을 떼지 못했다. 보석이라고는 관심도 없고 볼 줄도 몰랐었는데, 이게 이렇게나 예쁜 거였구나…….

"이제 빼면 안 돼요. 평생."

평생……?

오빠의 말에 나는 선뜻 대답을 하지 못하고, 다음 아이템을 구경하는 척을 했다.

변하지 않는 마음이 얼마나 어려운 것인가를 알고 있었기 때문이었다. 아니, 마음은 변하지 않아도 상황은 언제든 변할 수 있는 것이기에.

우리 두 사람 지금까지 잘 해 오고 있고 잘 해결해 나가겠지만, 어떤 장담을 한다는 것은 어쩐지 내게 좀 두려운 일이었다.

우리는 한참 커플템들을 구경하고, 착용도 해 보고 그러고 나서야 잠들 준비를 했다.

내 실크 잠옷 위로 나를 감싼 오빠의 품과 팔.

기분 좋은 오빠의 향.

그리고 아름다운 밤의 노래가 우리를 간질였다.

「아보카도 샌드위치 - 로맨틱 모닝 패키지 안에 러브 포춘 메시지를 찾아보세요. 오늘의 메시지는 #로맨틱_모닝_드디어_론칭 #든든하고_맛있는_아침 #재미는_덤」

드디어 '로맨틱 모닝'이 출시되는 날.
오빠는 개시를 알리는 도시락을 뜯어 SNS에 올렸다.
"지우야, 마음 단단히 먹어."
"네, 오빠."
그간 우리의 결혼이 이슈가 되고 '로맨틱 모닝' 출시일을 일부러 노출하면서 노이즈 마케팅 효과도 만만치 않았기에 소비자들의 기대가 컸던 것이 사실이었다.
오빠와 출근을 하며 걱정 반, 기대 반인 심정을 가지고 발을 동동 구르며 상황을 지켜봤는데,
이거 웬걸?
반응이 폭발적이었다.
대박.
H푸드 '로맨틱 모닝'이 출시된 지 몇 시간 되지 않아 주문은 매진, 일부 마켓에 푼 도시락은 품절 행렬이었다. 게다가 먹어 본 사람들의 후기가 SNS에 인증샷으로 올라오며 뜨거운 반응이 쏟아졌다.

「이런 거 보려고 도시락 사긴 처음.」
「러브 포춘 메시지 은근 꿀잼, 도시락도 혜자. 내일도 고고!」

「로맨틱 모닝 중독 각.」
「같이 뜯으실 분?」

특히 러브 포춘 메시지에 대한 반응이 대박이었다.
"와, 서지우. 대박 났네."
"훗. 뭐, 이 정도 가지고."
막 출근한 준영이 밝은 미소를 지으며 다가와 말했다.
"팀장님이랑 매일 붙어 있더니, 아주 러블리한 아이디어가 차고 넘쳤나 보다."
"응? 그러게… 헷. 넘 티 나지."
"응. 완전 티 나. 이런데도 안 믿는 사람들은 뭔지……. 뭐, 나도 믿고 싶지는 않은 사실이지만……."
"뭐?"
"아냐. 암튼, 나도 품절 풀리면 주문해 보려고. '로맨틱 모닝'."
"오~~ 그럼 완전 땡큐지……."
제품에 대한 기사 모니터도 해 보니 '로맨틱 모닝'에 대해 이거 기획한 사람이 누구냐는 둥, 사랑꾼이라는 둥, 아침마다 이거 먹으면 기분 좋아질 것 같다는 둥, 맛도 대박인데 포장도 대박이라는 둥, 이 도시락 진짜 재미지다는 둥 기자들과 네티즌의 반응이 굉장히 뜨거웠다.
역시 맛뿐 아니라 감각적으로 패킹한 도시락 용기와 먹기만 하는 심심함을 덜어 줄 러브 포춘 메시지가 그 역할을 톡톡히 했던 모양이었다.

그간 공들인 노력이 있었기에 이런 상황이 그저 감격스러웠다.

게다가 불과 일주일 전에 경쟁업체에서 '해피 모닝'을 들고 나와 참으로 암담한 심정이었는데, 잘 수습이 될 것 같은 느낌이었다.

[오빠, 반응이 정말 좋은데요?]

[후, 그럼 누가 기획한 건데.]

[대박이에요. 진짜 방방 뜨는 기분이 이런 걸까요?]

[큭, 그렇게 좋아? 시작은 좋지만, 계속 지켜봐야 해. 워낙 빠르게 돌아가는 시장이라.]

[네, 네. 그럼요. 오빠 진짜 수고 많았어요.]

[다 지우 덕분이지. 고마워.]

팀장님 방으로 들어간 오빠와 훈훈한 메시지를 주고받고 있는데, 윤 과장님이 이 과장을 찾았다.

"이 과장, 법무팀에서 호출."

"아… 네……."

'로맨틱 모닝'의 긍정적인 시작 때문에 사무실엔 축제 분위기가 감돌았는데, 유독 어깨가 축 처진 이 과장님이 법무팀에 가기 위해 자리를 떴다.

"요즘, 이 과장님 너무 이상해."

박리나 대리가 나를 붙잡고 한 소리를 했다.

"네?"

"아니, 그냥 나사 하나 풀린 사람처럼 괜히 멍하니 있고……."

역시나 사주받고 하는 일이었으나, 상황이 좋지 않게 돌아가고 있음이 분명했다. 차태성이라는 인간이 그리 좋은 사람이 못 되었으니.

괜히 이 과장이 조금 불쌍하다는 생각도 들면서 기분이 찜찜했으나, 어쨌든 모든 것이 사실대로 밝혀지고, 그도 잘못된 것이 있으면 벌을 받아야 하는 문제니까.

그 과정에서 내가 풀어야 할 일이 있다면 어떻게든 풀겠다고 각오하고 있는 참이었다.

차태성이 분명 이렇게 앉아서 당하고만은 있지 않겠지.

하루 종일 세상을 뜨겁게 달군 '로맨틱 모닝' 때문에 잠시 우리의 결혼 진위 여부는 세상의 관심에서 멀어진 듯 보였다.

하지만 그건 '듯'에 불과했다.

이 축제 분위기를 채 하루도 즐기기 전에 빌어먹을 사태가 발생했다.

세상에… 이걸 이렇게 막 공개해도 되는 거야?

「연초 타계한 H푸드의 창업주 고 차주한 명예회장님의 자필 유언이 뒤늦게 공개되었다.

그의 유언장에는 놀랍게도 그의 손자인 H푸드 기획1팀장 차혜성과 수년 전 부도로 사라진 기업 조이제과의 창업주인 고 서동구의 둘째 손녀의 결혼을 명시하고 결혼이 성사되면 차주한 명예회장이 보유한 H푸드홀딩스 주식 40퍼센트 중 30퍼센트를 차혜성에게 10퍼센트를 서지우에게 상속하겠다는 내용이 적혀 있었다. 이는 홀딩스 주식 외 나머지 산재돼 있는 재산은 H푸드 사회공헌재단으로 사회에 환원하겠다는 내용과 함께 법무법인 우신을 통해 공증까지 받은 상태. 이 황당한 유언에 일면식도 없던 차혜성과 서지우는 주식 상속을 목적으로 정략결혼을 한 것으로 알려져 있어 기업 승계를 위해서는 어떤 행위도 불사한다는 차혜성의 기업 승계 야욕이 주주들 간의 공분을 사고 있으며 사실상 고 차주한의 재산이 거의 차혜성에게 가는바, 그의 결혼 무효 소송은 물론 형제의 난을 불사할 재산 분할 소송이 일어날 가능성을 보이고 있다.

나이스 뉴스 김일기 기자」

고 차주한 회장의 유언장 사본 공개로 우리의 결혼은 다시 세간의 도마 위에 올라갔다.

나를 가짜 신데렐라의 비참한 최후로 결말 맺어 놓은 언론사들의 기사를 보며 갑자기 숨이 턱 막히는 것 같았다.

오빠에 관해서는 또 어떠한가.

주식 승계를 위해 허무맹랑한 유언장대로 가짜 결혼을 감행하고, 그것을 진짜 결혼인 것처럼 꾸미는 치졸한 인간으로 묘사되어 있었다.

우리 오빠 그런 사람 아닌데… 진짜 너무하네…….

분위기로 봐서 내일 아침 H푸드 주식은 장 오픈과 동시에 하락세 각이었다.

순식간에 삽시간으로 퍼진 기사들을 보며 새삼 깨닫게 된 것이 있다.

사람들이 물고 뜯고 있는 이 결혼의 시작이, 그들 말대로 오빠와 나의 계약이었던 것.

심시어 계약 결혼을 약속하고 1년 후 이혼한 다음 주식을 받겠다는 공증까지 오빠에게 요구했었더랬다.

사실, 이것은 결혼하자마자 주식을 받는다면 엄마가 분명 금세 탕진할 것이기 때문에, 이혼 후에 받기로 한 것이었다. 그리고 고민 끝에 이 돈을 의미 있는 일에 쓰고 싶었다.

조이제과가 승승장구하던 때에 비해 우리 집의 사정이 좋지 않은 것은 사실이었지만, 그래도 밥 굶고 살 정도는 아니니까.

내가 언제 이렇게 큰돈으로 누군가를 도울 수 있을까 싶었기 때문이었다.

엄마와 언니의 떠밂, 혜성 오빠의 사정 때문에 억지춘향으로 결혼을 했지만, 더는 엄마를 위한 결혼이 아니었음을 그리고 나에게 어떤 의미는 있어야 하지 않을까 생각했던 것이었다.

  나름 가족 안에서 나의 위치나 앞으로 내가 무언가를 하기 위한 전환점이 될 것이라고 생각했었다. 꿈에도 생각 못 한 이 결혼이 말이다.

  그런데 결혼의 시작은 그러했으나, 지금은 상황이 완전히 달라졌다.

  우리는 진짜 부부가 되기로 했으니까. 진짜 사랑에 빠져 버렸으니까. 이혼은 할 수 없는 것.

  아무래도 이 상황들을 종료시킬 무언가가 있어야겠다는 생각이 들었다.

  퇴근 후, 집으로 돌아와 오빠에게 내가 생각했던 바를 고했다.

"오빠, 우리 기자회견이라도 해야 할 것 같아요. 인정할 건 해야죠."

"인정?"

  내가 진지한 표정으로 말을 건네자 오빠가 눈을 크게 뜨고 나를 바라보았다.

"사실 애초에 우리 결혼이 계약 결혼이긴 했잖아요……."

"흠……."

  오빠는 '아'라고 하면서도 알쏭달쏭한 표정을 지었다.

"처음엔 이러이러했지만 이제는 아니다라고 얘기를 하고 끝내야 깔끔하지 않을까요?"

"흠… 글쎄……."

오빠는 뭔가 고민하는 눈치였다.

"언제까지 이렇게 사람들 입방아에 오르며 지낼 수는 없잖아요."

"사실 말야, 나는 처음부터 지우를 진심으로 좋아하는 상태에서 결혼을 시작했거든."

응? 이건 또 무슨 얘기?

"네?"

"'go on' 카페에서 호감 가던 알바생, 나를 위해 몸을 날렸던 계단 청소부, 널렁내지민 명석했던 신입사원 서지우에게 호감이 있었다고. 그러다 점점 마음이 커져 가고 진짜로 지우를 사랑하게 된 거지."

아… 그래서 이런 반응이었던 거야? 처음부터 계약이 아니었구나. 오빠한텐.

"근데…그 얘길 왜 이제야……."

"부담 주기 싫어서. 지우는 그때만 해도 나에 대한 감정이 사랑이 아니었을 거니까."

하… 하긴 그건 맞는 말씀.

"그렇다고 굳이… 나 때문에 계약이라고?"

"그렇게라도 해서 결혼하고 싶었거든. 하루라도 빨리."

오빠의 표정이 익살스럽게 변했다.

"오빠……."

"좋은 걸 어떻게."

"고마워요… 나랑 진짜 결혼하려고 했어서……."

"큭. 지우도 그렇게 될 줄 알았어."

뭐야. 이 자신감은? 훗.

내가 넘어가긴 했지만요.

"그나저나 할아버지들은 왜 우리 둘을 결혼시키려고 했을까요? 정말 선견지명이 있으셨던 걸까요?"

문득 할아버지들의 속사정이 궁금해졌다.

"그러게… 나도 너무 신기해. 분명한 건 옳은 판단이셨다는 것. 후훗."

오빠는 할아버지의 생각은 별로 중요하게 여기지는 않는 것 같았다. 그저 지금이 좋으니 그걸로 됐다는 듯.

"헷. 어쨌든 오빠, 우리는 정면승부를 봐야 할 것 같아요."

"나도 그러는 게 좋겠다는 생각이긴 해. 그 전에 내부 고발자가 공식적으로 밝혀졌으면 좋겠는데… 후……."

"어제 오전에 이 과장이 연루된 걸 증명하는 자료들을 법무팀에 제출하고 왔잖아요. 그래서 아마 이 과장을 소환하셨던 것 같고요. 곧 공식적으로 밝혀질 것 같아요."

"그랬구나……."

"아마 사주한 사람이 차태성이라는 것이 밝혀지는 건 시간문제일 거예요."

"나, 우리 지우 없었으면 어떻게 할 뻔했나?"

오빠가 내 머리를 쓰담 하니 괜히 어깨가 우쭐해졌다.
"이제 우리 잘까?"

매일같이 큰 사건 사고들이 터지다 보니, 내일은 또 어떤 일이 일어날지 걱정도 되고 기대되는 마음으로 잠자리에 들었다.

우리는 잡은 두 손을 놓지 않고, 앞으로 나아가기로 했다.

우리 이렇게 진짜 부부야.

세상이 제대로 몰라줘도 이게 팩트인 걸 어쩌나요.

그나저나 내일은 엄마를 만나야겠어…….

지난번 차태성 손에 들어간 엄마의 녹취 파일이 영 걸렸기 때문에 엄마와도 담판을 지어야겠다는 생각이 들었다.

제발… 내일은 내 이야기를 잘 들어 줬으면 좋겠다.

나는 기도하고 또 기도했다.

"지우야, 어머니가 오셨네?"

출근해서 업무를 보고 있는데, 잠시 나갔다 오던 준영이 내 어깨를 툭 치며 말했다.

"어?"

안 그래도 오늘 퇴근하고 엄마를 보러 가려고 했는데 이렇게 먼저 찾아오시다니, 나보다 발 빠른 엄마였다.

"5층 휴게실에 계셔. 근데, 너 괜찮아?"

괜히 나의 표정을 살피는 준영이었다. 우리 엄마를 잘 아는 녀석이니까.

"어, 그럼."

준영에게 미소를 지어 보이고는 잠시 사무실을 나왔다.

휴게실에 도착하자 짙은 화장을 하고, 입술을 꾹 다문 채 멍하니 무언가를 노려보는 엄마가 보였다.

"엄마!"

내가 엄마를 부르자 엄마는 그제야 나를 돌아보았다.

"어, 지우야."

"엄마, 나가서 얘기하자. 회사에서는 좀……."

"아니, 사위가 H푸드 회장 아들인데 여기서 얘기하는 게 왜?"

엄마가 누구라도 들으라는 듯 큰 소리로 이야기를 해서 몹시 당황스러웠다.

"엄마……."

못마땅해하는 엄마를 간신히 끌고 회사 밖으로 나왔다.

이럴 때는 아무래도 'go on' 카페가 제격이지. 회사 코앞 카페들은 아마 미팅하는 다른 직원들도 분명 있으리라.

엄마와 조금 걸어 카페에 도착했다.

"너는 도대체 생각이 있는 거야, 없는 거야."

하… 자리에 앉자마자 엄마는 나를 다그쳤다.

"어?"

"아니, 유언장까지 다 까발려진 판국에 왜 혜성이 옆에 붙어 있는 거냐고."

"엄마……."

"내가 그냥 그 사촌이 말한 대로 돈 받고 끝내자고 했지. 망신은 망신대로 당하고, 돌아오는 건 하나도 없고 이게 뭐냐고. 엄마가 요즘 밖에 다닐 수가 없어. 아주."

아까 회사 안에서 H푸드 회장 아들이 자기 사위라고 큰소리치던 호기는 어디 가고 또 이런 이야기를 해 대시는 건지 머리기 어지러웠다.

"엄마, 그래서 엄마가 진짜 원하는 게 뭔데?"

눈을 질끈 감고 엄마에게 물었다.

17.

너의 아픔, 너의 슬픔

"뭐? 너 엄마한테 말버릇이……."
엄마는 평소와 다른 나의 말투에 당황하며 되물었다.
"돈이야? 그게 그렇게 갖고 싶어?"
"이것이… 내가 나 좋자고 그래? 너랑 지아랑 나랑 다 좋자고 그러는 거잖아, 이것아."
엄마가 슬슬 흥분하기 시작했다. 흥분하면 목소리가 커지고 숨이 가빠지지. 그리고 그다음은…….
"엄마랑 나랑 지아 언니 좋자고?"
"너, 뭐야. 왜 이렇게 변했어."
내가 눈 하나 깜박하지 않고 이야기하자 엄마는 더욱 언성이 높아졌다.

"너 혼자 사모님 사모님 소리 들어 가면서 재벌가에 들어가 사니까 엄마는 이제 안중에도 없지? 내 그럴 줄 알았다. 지 엄마랑 언니는 어떻게 사는지 관심도 없고."

"뭐? 엄마, 어떻게 나한테 그렇게 말해. 내가 그동안 어떻게……."

엄마랑 언니가 어떻게 사는지 관심도 없다니…….

결혼하고 엄마와 언니를 자주 찾아가지는 않았지만, 여전히 그들의 공과금은 물론이거니와 카드 값은 내 계좌에서 결제되고 있었다. 꼬박꼬박 용돈에 늘 부탁하는 거라면 무엇이든 다 들어주고 있었는데…….

결혼 전, 그동안 두 사람을 떠받들고 사느라 쉬는 날 한 번도 없이 살았던 날들이 떠오르며 갑자기 울컥해져 눈물이 쏟아질 것 같았다.

"나 좋자고는 빼 줘, 엄마. 엄마랑 언니 좋자고겠지. 언제나 내 행복 따위엔 관심도 없었으니까."

"뭐야?"

"내가 말했잖아. 혜성 오빠 진심으로 사랑한다고. 나 이 결혼 포기 안 해. 그리고 이렇게 와서 이런 이야기 하는 엄마, 나 정말 진절머리 나게 싫어."

엄마 얼굴은 새빨개져 금방이라도 터질 것 같았다. 언제는 그렇게 결혼하라더니, 이제는 이렇게 이혼하라는 엄마.

진정, 친엄마 맞아요?

정말 의심하게 만드네.

"그리고 사실, 이혼하고 받겠다고 한 H푸드홀딩스 주식 그 거도 어차피 엄마한테 갈 건 하나도 없어. 이혼 안 하고 받을 그것도. 그건 오빠랑 어떻게 할지 이미 다 이야기 끝내 놓았으니까."

"뭐야? 그 큰돈을 이 엄마랑 한마디 상의도 없이……."

"그리고 미안한데 엄마, 이제 나 찾아오지 마. 엄마랑 언니 내가 계속 도와주기만 하면 평생 두 사람은 아무것도 못해. 그래서 하는 말이니까, 당분간 서로 모르는 척 지내요."

"혜성이가 사람을 다 버려 놨구나……. 뉴스에서 이야기하는 게 하나도 틀린 말이 없네. 내가 기가 막힌다."

엄마에게서 오빠의 이름이 나오고, 어이없는 코멘트가 이어지자 더 참을 수 없었다.

"엄마가 버려 놓은 내 마음 오빠가 보듬어 줬어. 사람 매도하지 마요. 그리고 차태성한테 한 얘기… 다시는 어디 가서 하고 다니지 마시고요. 설사 오빠와의 결혼 시작이 그랬다고 할지라도 지금은 그렇지 않다고 내가 누누이 말했으니까. 엄마가 그럴수록 난 엄마에게서 더 꽁꽁 숨어 버릴 테니까."

"지우야… 궁금한 게 있는데… 언제부터 악몽을 꾸었던

거야?"

 파란만장했던 하루를 보내고 잠자리에 들려는 찰나 오빠가 내게 물었다.

 안 그래도 오늘 엄마를 만난 후, 계속해서 기분이 좋지 않았는데 오빠가 내 머리를 쓰다듬으며 내 속에 감춰진 아픔 하나를 만지려 했다.

 내게 털어놔.

 너의 이야기라면 다 좋으니까.

 이런 눈빛으로.

 "음… 그건……."

 누군가에게 한 번도 말하지 않았던 사실.

 혼자 아파하고 혼자 삭였던 일.

 그날들을 다시 떠올리면 몸서리치게 무서웠는데…….

 그래, 오빠라면 괜찮을 것 같았다.

 털어놓아도…….

 "아버지 하시던 사업이 휘청하기 시작했을 때쯤… 내가 중학생이었거든요……."

 "중학생 서지우… 귀여웠겠다……."

 오빠는 다시 한번 내 머리를 쓰다듬었다.

 "그즈음 해서 스트레스를 많이 받으시던 엄마가 술을 좀 많이 드시기 시작했어요."

 "아……."

"아빠는 거의 자정 넘어 들어오시고 새벽같이 나가셨는데… 엄마는 아빠 오시기 전에 술을 잔뜩 마시고는 내 방에 들어와서……."

울컥한 마음에 잠시 말을 멈추었다.

오빠는 내 손을 꼭 잡았다.

"괜찮아. 내가 있잖아."

"엄마가… 나를… 때렸어요……."

"엄마! 악! 아파! 왜 그래!"

갑자기 내 방에 들어온 엄마가 다짜고짜 아무거나 집어 들고 내 등을 사정없이 쳤다.

아직 아물지 않은 상처가 있는 그곳을 또.

"다 싫어. 죽어 버려!"

취기 가득한 엄마였다.

"나한테 대체 왜 그래, 엄마."

매 맞은 등이 욱신거려 몸이 바깥으로 구부러들었다. 엄마는 언제나 내 작은 등을 괴롭혔다. 아무도 보지 않고, 볼 수 없는 곳.

"내 등 뒤로 다들 수군거리는 소리들이 얼마나 가슴에 꽂히는지 알아?"

이미 엄마는 제정신이 아니었다.

"엄마… 악! 악! 아빠도 힘들다고……."

"이제 백화점만 가도 직원들 눈빛이 달라졌어. 이제 우리 집 사정이 소문 날 대로 다 났다고. 내가 창피해서 살 수가 없어."

분노에 찬 엄마의 손이 쉴 새 없이 나를 공격했다.

"악! 아악! 아빠는 어떻게든 회사 살리려고 하는데 엄마가 이러면 어떡해!"

그 와중에도 나는 할 말을 해야 하는 아이였다.

"이년아, 너는 맨날 엄마 앞에서 아빠만 두둔하지. 그 꼴을 보면 내가 아주 열 받아서 뒤집어져 버릴 것 같다고!"

엄마는 실핏줄이 터질 듯 눈에 힘을 주며 용을 썼다.

"아악! 아…파… 엄마!"

붉어진 살갗이 따가워지며 결국 견디기 힘든 고통이 찾아왔다.

"그 큰일을 못 할 것 같으면 나랑 결혼을 말았어야지! 왜 내 인생을 망치냐고! 흑흑흑흑."

엄마도 흐느끼기 시작했다. 극에 다다른 그녀의 주사가 이제 기울어들 기세를 보이기 시작했다.

"어… 엄마……. 흑흑흑흑."

나도 더는 참기 힘들었다.

"다 꼴 보기 싫어!"

"아악!"

매를 놓은 그녀의 손길이 내 등을 스치자 따가움에 비명 소리가 절로 났다.

"능력 없는 네 아빠도 아빠 편인 너도 싫다고! 다 죽어 버렸으면 좋겠어. 흑흑흑흑……"

엄마는 이제 제 풀에 지쳐 가고 있었다.

"엄마… 너무… 아파……."

지친 건 나도 마찬가지였다.

엄마는 방으로 돌아갔고, 엎드려서 잠을 청하던 나는 이 와중에도 아직 들어오지 않은 아빠가 걱정돼 그가 현관문을 열기를 기다리며 숨을 죽이고 있었다.

끼익-

아빠가 돌아오셨다. 그리고 불 꺼진 내 방문을 한번 열어 보고는 안방으로 향하셨다.

자는 척을 하느라 감은 눈에서 새어 나온 눈물이 베갯잇을 반쯤 적셨다.

잠에 든 것도 아니고 안 든 것도 아닌 것 같은 상태에서 또다시 엄마에게 시달리는 꿈을 꾸었다.

"서지우! 제발 새벽마다 소리 좀 지르지 마! 시끄러워 잘 수가 없잖아!"

자는 도중 비명을 지르자 초저녁부터 잠이 들었던 언니는 새벽녘 내 방문을 열고 들어와 소리를 질렀다.

"이런… 왜 그랬던 거지?"

오빠는 생각보다 충격이 컸는지 눈을 크게 떴다.

"알코올중독이었어요."

오빠의 엄마는 한없이 온유해 보이시니, 이런 일이 참으로 황당하겠죠? 나에겐 끔찍한 일상이었어요.

"중학생이면 한창 예민할 땐데……."

"후… 워낙 자존심이 강하신 분인데… 아빠 사업이 기울기 시작하니까 스트레스를 많이 받으셨던 것 같아요. 뭐, 친구분들은 늘 잘사셨으니까……."

"후……."

"그 와중에도 유독 아빠에 관심을 갖고 걱정하는 내가 오히려 마음에 안 들었는지, 무의식중에 나한테 화풀이를 한 것 같아요……. 언니한테는 손도 안 댔는데, 나한테만… 나한테만 그랬어요… 흐윽……."

참았던 눈물이 터져 나왔다.

"이런……."

오빠는 손을 올려 내 뺨을 타고 흘러내리는 눈물을 닦았다.

"그런데 더 문제는 엄마가 기억을 못 해요. 언니도 이런 사실을 전혀 알지 못하고. 얘기해도 뭐 나만 이상한 사람 취급이었죠. 오직 나만 아는 거였어요. 만취 상태의 엄마와."

"정말 답답하고 끔찍했겠네……."

"그래서 지금까지 아무한테도 말한 적이 없었어요. 말해도 뭐… 별수도 없었으니까……."

"어떡해… 우리 지우… 너무 마음이 아프다……."

"아빠가 돌아가시고 술을 더 많이 드시게 됐는데… 이제 나도 성인이니까 어떻게든 설득해서 엄마 알코올중독 치료를 받게 해야겠다는 생각이 있었죠······."

"어쩌면 그게 지우의 고통을 끝내는 방법이었겠네······."

"네······. 그래서 내가 아빠 대신 엄마를 돌봐주겠다··· 엄마가 원하는 건 다 들어주겠다··· 그리고 치료를 받으러 다닌 거예요······."

"후··· 그래서 술을 안 마시는 거구나. 지우가."

"절대 안 마시죠. 꼴도 보기 싫은걸요. 다행히 이제는 엄마도 안 드시고, 치료도 잘됐는데 그래도 엄마는 늘 언니하고만 사이가 좋았어요. 나랑은 왠지 모를 거리감이······."

오빠는 슬픈 눈을 하고는 내 앞으로 바짝 다가와 이마에 입을 맞췄다. 그러고는 넓은 품에 나를 꼭 안았다.

"그렇게나 어릴 때부터 악몽을 꾼 거구나······."

"네······. 현실에서 있었던 일을 꿈에서도 계속 꾸었어요. 잊고 싶은데, 잊을 수도 없게. 흑흑······."

털어놓아 버렸다.

오래도록 혼자서 삭였던 끔찍한 일에 대해서.

그 일이 밤마다 나를 얼마나 괴롭혀 왔는지에 대해서.

"그때부터 내가 지켜 주지 못해 미안해······."

오빠도 나와 함께 흐느끼기 시작했다.

"오빠가 왜요······."

나는 오히려 오빠를 토닥였다.

너무나 착한 사람.

"근데… 오빠가 토닥여 주면 그런 꿈 꾸지 않으니까… 이제는 괜찮아요."

눈물을 닦고, 오빠를 보고 미소를 지었다.

"으응… 다행이야……."

"이제는 완전히 잊을 수 있겠죠?"

"그럼. 행복한 일이 더 많아지면, 그런 것들은 끼어들 틈이 없을 거야. 내가 그런 기억을 더 많이 만들어 줄게."

"고마워요, 오빠……."

오빠에게 오래도록 응어리졌던 마음을 풀어내고 나니 마음이 좀 가볍고, 후련해졌다.

애써 밝은 척 지내며 속으로 삼켰던 아픔들을 이제는 기억 저편으로 완전히 지워 버릴 수 있을 것 같았다.

한참을 그렇게 오빠의 품에서 안정을 찾았다.

잠이 들려는 찰나였다. 오빠의 휴대폰에서 요란한 전화벨이 울렸다.

"오빠, 전화……."

"으응……."

"서지아?"

"서지아? 우리 언니요?"

깜짝 놀라 오빠 휴대폰을 확인했다. 그곳에 찍힌 번호는 지아 언니의 번호가 맞았다.

사실 아까 엄마와 헤어지고부터 언니가 계속해서 전화를 해 댔는데, 내가 받지 않자 이제 오빠에게 전화를 한 것 같았다.

"내가 받을게요."

오빠의 전화를 들고 통화 버튼을 눌렀다.

-차혜성, 서지우 어딨어. 어?

언니는 다짜고짜 큰 소리부터 쳤다.

"언니, 나야."

-야, 서지우. 너 진짜 너무한다. 언니 전화를 이렇게 개무시하기야?

언니는 극도로 흥분한 상태였다. 그런데 기분이 조금 이상했다. 무슨 일이 일어난 것 같은 느낌이 들었다.

"언니, 왜? 무슨 일이야?"

-엄마…….

엄마가 왜…….

언니의 목소리가 파르르 떨렸다.

"뭔데? 똑바로 말해 봐."

-아까 낮에 교통사고 나셨어. 아직 의식도 안 돌아오셨다고.

"뭐라고? 거기 어디야? 당장 갈게."

낮이라면 나와 헤어지고 난 다음 집으로 가는 길이었던 것 같은데, 그때 엄마에게 일이 생긴 것 같았다.

나를 품고 있던 오빠에게서 얼른 빠져나왔다.

"오빠, 나 좀 나갔다 와야 할 것 같아요."

"지우야… 같이 가자."

하도 언니가 큰 소리로 얘기해 소리가 휴대폰 바깥까지 들렸는지, 오빠가 나를 따라오려고 했다.

"아니에요. 저 혼자 갈게요, 오빠. 가서 연락할게요."

"같이 가자."

"오빠……."

"지우, 네 옆에 있게 해 줘."

가뜩이나 복잡한 상황에, 이런 일까지 신경 쓰이게 하고 싶지 않았는데, 이 남자 막무가내다.

결국, 오빠 차를 타고 병원으로 향했다.

내내 마음이 초조하고 불안했다.

'내가 엄마한테 너무 심했나? 나보다 더 심한 건 엄마지. 근데 어쩌다가 이렇게 된 거냐고… 엄마… 제발 좀…….'

이제야 좀 할 말을 하고 후련하다고 생각했는데, 상황은 더 답답하게 돌아가고 있었다.

병원에 도착하니 엄마는 눈을 감고 산소호흡기를 끼고 있었다.

그리고 언니는 무서운 눈으로 나를 노려보고 있었다.

"서지우, 너 진짜 대박이다. 사람이 이렇게 변하냐. 진짜 시집간 거면 아주 우리랑 연 끊고 살겠다?"

"응. 나 변했어. 더 변할 거고."

담담히 내 심정을 전했다.

언니가 눈에 제대로 독기를 품고 나를 바라보았다.

"뭐어? 처음부터 이혼하기로 하고 한 결혼, 그대로 하잔 건데, 엄마가 뭘 잘못했어? 너 진짜 어이없다."

"시작은 그랬지만 내가 변했다고, 언니. 내가, 아니 우리 둘이 이제 진짜 부부 하기로 했다고. 마음이 서로 진심으로 통했다고. 아, 진짜 사람이 말을 하면 들어, 좀."

"차혜성, 너도 그러는 거 아니야. 네가 한 말 때문에 우리가 얼마나 피해를 보는지 알아? 속도 없는 집이라고 진절머리 나게 욕먹고 있다고……."

"오빠한텐 그러지 말고."

불똥이 이번에는 오빠에게 튀었다.

"오빠? 캬, 오빠 좋아하시네. 열부 났구만. 아주!"

"처형… 제가 말씀을 좀 드릴게요."

지켜보던 오빠가 언니에게 말했다.

"처형? 누구 맘대로 처형이야?"

"저희 서로 사랑하게 됐고, 진짜 부부가 되기로 했고, 진짜 결혼 생활을 하기로 한 것이 도대체 왜 마음에 안 드시는 겁니까. 도무지 이해가 안 가서요."

오빠는 진지하고 차분하게 우리의 상황에 대해 이야기를 전했다.

하지만, 그게 곱게 들릴 리가 없지…….

"뭐어?"

"그래서 지우와 제가 함께 행복하면 되는 거잖아요. 더 이상 어떤 게 필요한 겁니까."

"그래. 그래서 니들이 진짜 결혼했다 쳐. 본론으로 돌아와 너네 할아버지 유언대로 H푸드홀딩스 주식 당장 내놔, 그럼. 결혼하면 준다며."

"진짜 창피하다. 그만해, 언니."

이토록 언니스러운 발언은 나를 지치게 해. 나를 앵벌이 취급하는 듯한 이런 발언.

"뭔가 대단한 오해를 하고 계시는데, 그건 지우 겁니다. 장모님과 처형 것이 아니라."

오빠가 사이다를 날렸다. 그러자 언니의 얼굴이 붉으락푸르락해졌다. 그리고 내게 다가왔다.

찰싹-

"재수 없어."

손을 들어 내 뺨을 때리고 언니는 그대로 가방을 들고 병실을 나가 버렸다.

의식 없는 엄마를 두고, 네가 알아서 하라는 듯이.

'언니… 그래도 엄마랑 언니는 각별했잖아?'

언니의 말보다 행동이 더 어이가 없었다.

"지우야! 괜찮아?"

오빠가 순식간에 당해 버린 나를 살폈다.

"괜찮아요······."

오빠의 눈에서도 불꽃이 피는 것 같았다. 이 온유한 사람을 이렇게 만들다니. 그리고 너무나 부끄럽고 창피했다. 이런 모습을 보여야 하는 것이.

"오빠··· 오늘 내가 여기 있어야 할 것 같네. 언니 성격에 여기 절대 안 와요. 먼저 들어가세요. 내일 출근도 해야 하는데······."

애써 의연한 척 오빠에게 이야기를 했다.

그리고 이제 막 출시된 '로맨틱 모닝' 때문에 눈코 뜰 새 없이 바쁜 것을 모르는 것도 아닌데, 오빠를 더 붙잡아 둘 수가 없었다.

한사코 옆에 있겠다는 오빠의 등을 떠밀어 내보내고, 보호자용 의자에 걸터앉았다.

후······.

고요해진 병실에 앉아 창밖을 바라보니 바깥세상엔 칠흑 같은 어둠이 내려 있었다.

내 마음처럼.

게다가 오늘은 도무지 별 하나조차 보이지 않는 밤이었다.

'정말 깜깜하다······.'

창밖에 두었던 시선을 옮겨 엄마를 바라보았다.

"엄마··· 이렇게까지 해야 속이 좀 시원한 거야? 나한테 정말 너무한다……."

째깍째깍-

적막한 병실에 들리는 소리라곤 엄마의 대답이 아니라 오직 시간이 흘러가는 소리뿐.

밤은 깊어졌지만, 잠이 오지 않는 밤이었다.

복잡한 나의 마음이 누일 곳이 없었기에.

그리고 잠깐이라도 눈을 붙인다면, 엄마의 불행이 나의 불행이 되었던 그때가 또 떠오를 것 같아, 나는 잠을 묶어 두기로 했다.

오랜 밤의 시간을 보내며 생각의 끝이 머문 곳은… 풀리지 않는 고리의 어디쯤이었다.

망부석처럼 앉아 발갛게 동이 터 오르는 것을 지켜보았다.

아무래도 오늘 출근은 무리일 것 같아 윤 과장님께 말씀을 드리려고 휴대폰을 켰는데, 메인 뉴스에 눈이 휘둥그레졌다.

그린푸드의 '해피 모닝'이 제품 표절 시비 및 H푸드의 기밀을 은밀한 경로로 가져다 차용했다는 정황이 포착되었다는 뉴스가 떴다.

'이제 진실이 밝혀지는 건가…….'

오빠가 별도로 꾸린 법무팀에서 다각도로 시비 관계를 파악하고 증거 자료를 모아 유출자를 색출하고 보도 자료를 낸 것 같았다.

'헐… 근데 이 과장 얘기만 있네…….'

역시나 지목된 사람은 이 과장.

그만 거금과 기밀을 바꾼 파렴치한으로 뉴스에 나왔을 뿐, 아직 배후는 밝혀지지 않은 것 같았다.

거금의 출처가 '그린푸드'가 아닌 차태성이라는 것이 밝혀지면 끝인데 치밀한 경로를 이용했는지 그게 쉽지는 않은 것 같았다.

사실, 얼마 전에 두려움을 무릅쓰고 이 과장을 만나 사실관계를 진술해 달라고 설득을 했었다.

상황이 불리하게 돌아가는 것을 파악하고 자신의 행동을 후회하는 이 과장이었지만, 차태성에 대해 폭로했다가는 어떤 보복을 당할지 두려워 망설이는 모습을 보였다.

그래도 지금이라도 밝히는 것이 더 큰 화를 부르지 않을 거라고 그렇게 말씀을 드렸건만…….

그때였다.

[꼬리 밟혔어요. 차태성.]

개운치 않은 마음으로 기사를 읽고 있는데 오빠에게서 메시지가 왔다.

[어떻게요?]

[이 과장이 직접 진술한 모양이야.]

이 과장으로선 쉽지 않은 선택이었겠지만, 직접 경찰에 출두해 증언한 모양이었다.

후…….

이제 한 고비는 넘기겠네.

다행이다.

이제 우리의 결혼에 대한 의혹만 풀면 되겠네.

그런데 문제는, 이렇게 누워 있는 엄마를 보니 내 생각이 좀 복잡해졌다는 것이다.

결혼에 대한 의혹이 밝혀진다 한들 엄마, 언니 그리고 오빠… 나… 이 넷이 진정한 가족이 될 수 있을까.

무엇보다, 나를 물어뜯기 바쁜 우리 가족들과 오빠는 어울리지 않았다.

물과 기름처럼.

그리고 언제 깨어날지 모르는 엄마.

여전히 미동 없이 숨만 쉬고 있는 엄마를 바라보며 눈물을 훔쳤다.

시간의 분초를 세며 엄마를 하염없이 바라보고 있는데, 부르르 휴대폰이 울렸다.

[서지우, 너 혜성이한테 H푸드홀딩스 주식 받아 내고, 그거 일주일 안에 내 계좌로 이체해 놔. 그거 안 하면 내가 아주 회사 가서 제대로 차혜성 망신 줄 거니까. 얼마나 비열한 인간인지 떠들고 다니겠다고.]

지아 언니의 메시지였다.

적어도 이런 상황에서는 서로 힘이 돼 주면 좋을 텐데. 우리는 왜 그런 게 안 되는 걸까. 가슴이 답답하고 목이 메어 왔다.

머리를 어지럽히는 생각들이 한 가지 결론으로 맺어졌다.

'엄마, 미안하지만 나, 더는 안 될 것 같아.'

나는 모질게 마음먹었다. 이렇게 해야만 한다. 서로를 위해서.

이런 엄마를 두고 회피하는 것이 몹쓸 자식으로 낙인찍히겠지만, 어쩔 수 없었다. 마음은 아프지만, 이제 안녕이다. 정말 지쳤거든…….

그리고 오빠에게 나로 인해 이런 가족을 짐 지우고 싶지 않았다.

그래도 회사 기밀 유출 건은 실마리가 잡혀서 조금 마음 편하게 떠날 수 있겠지…….

출근 시간이 조금 지난 뒤, 여전히 누워만 있는 엄마의 손을 마주 잡았다 내려놓은 다음 빨간 지붕 이층집으로 향했다.

"후… 내 잠옷이랑… 옷이랑… 또… 뭘 챙겨야 하나……."

맨 처음 이 집에 들어올 때 들고 왔던 캐리어에 내 짐을 싸는 중이었다.

꿈에도 생각 못 한 결혼이었고, 행복이었다.

어쩌면 진짜 꿈이었는지도 모르겠다.

오빠…….

메모지에 고작 두 글자를 썼을 뿐인데 눈이 그렁그렁해

졌다.

나… 아무래도… 빨간 지붕 이층집을 떠나야 할 것 같아요. 그동안 감사했어요.

마침표에 눈물이 떨어졌다.
손으로 지우려 해도 지워지지 않고 점이 더 크게 번졌다.
메모지를 케렌시아 방 책상 위에 두고 캐리어를 끌고 나오며 집 안을 한번 휘둘러보았다.
그리고 천천히 집 밖으로 나왔다.
나는 지금 태어나서 처음으로 비겁하고, 이기적이며, 무모한 행동을 실천하려는 중이었다.
오빠에게는 한없이 미안한 일이지만 어쩔 수 없었다.
미안해요, 오빠…….
나의 안식처였던 빨간 지붕 이층집, 나의 케렌시아 방, 나의 오빠…….
모두 안녕…….
짐을 챙겨 대문 밖으로 나와 보니 햇살이 눈부시도록 내리쬐었다.
이토록 맑은 날이 이렇게 슬픈 거였나?
이제 여름이 오나 봐…….
여름이 이렇게 슬픈 거였나?

제법 더워진 공기가 메워진 부암동 골목길에 한 발, 두 발 발걸음을 천천히 무겁게 새겼다.

혼자 걷는 것이 이렇게 슬픈 거였나?

걷다 보니 오빠와 함께 걸었던 이곳에서의 추억들이 파노라마처럼 스쳤다.

처음엔 오빠와 함께 걷는 게 참 어색했는데… 이제는 이 길을 걷는 것조차 데이트처럼 여겨져 좋았어…….

그리고 함께 걷는 이 길 끝에 빨간 지붕 이층집이 있다는 사실이 좋았다. 힘겨운 오르막이었지만, 한 번도 힘들다고 여겨지지 않았다.

오빠 손을 잡고 이야기하면서 걷다 보면, 금세 집에 도착했으니까.

그리고 함께 걷는 동안 나무, 꽃 그리고 바람이 늘 우리를 기분 좋게 만들어 줬지.

맞다. 비조차도…….

함께 한 우산 안에 있는 것조차 너무 좋았는데.

태어나서 처음으로 비 오는 날이 좋았었어.

늘 까르르 웃음이 멈추지 않던 곳이었다.

하지만, 이제 나는 더 이상 실바니안이 아니다.

또다시 먹먹해진 가슴을 안고 묵묵히 골목길을 내려 걸어갔다.

골목 아래 끝에 다다르자 휴대폰이 울렸다.

"네. 서지웁니다. 알겠어요. 네. 거기서 뵙죠."

★

　혜성은 팀장실에서 '아침을 부탁해' 기밀 유출 건이 순조롭게 해결돼 가고 있다는 소식을 전하기 위해 지우에게 전화를 걸었다. 그런데, 갑자기 지우가 연락이 되지 않았다.
　병원이랑 집이랑 등등 여기저기 연락을 해 봤지만, 지우의 행방을 도무지 알 수 없었다. 혜성은 마음이 몹시 초조해졌다.
　'지우야… 도대체 무슨 일이니……'
　그저 연락하는 걸로는 성에 차지 않아, 일단 병원에 직접 찾아가니 그곳에 있던 처형이 말하길 지우가 다시는 연락하지 말랬다고 했단다. 둘이 죽고 못 산다더니 왜 지우를 나한테 찾냐고.
　혜성은 다급한 마음으로 빨간 지붕 이층집으로 향했다. 그곳에서 발견한 것은 지우가 남긴 쪽지였다.
　'지우야……'
　혜성은 가슴이 무너져 내리는 것 같았다. 지우가 아무도 모르게 어디론가 떠나 버렸다니. 지우를 만나고 사라졌던 두통이 다시 느껴지는 것 같았다.
　'나한테만큼은 다 얘기하라고 했잖아……. 내가… 너에

게… 그 정도도 안 되었던 거야?'

누군가 뾰족한 것으로 가슴을 찌르는 느낌이 들었다. 하지만, 이럴 때가 아니었다. 지우를 찾아야지. 떠났다고 떠나게 내버려 둘 수 없는 일이었다.

그런데 어디서부터 어떻게 지우를 찾아야 할지 도통 감이 오지 않았다.

서로 참 사랑했다고 생각했는데, 그래도 지우에 대해 많이 알고 있다고 생각했는데, 지금 보니 지우에 대해 모르는 것 투성이었다.

이제 겨우 그녀의 속에 담긴 아픔들을 함께 들추며 서로를 알아 가고 있었는데 지금 이 상황은 뭔지, 혜성은 가슴이 답답했다.

'더 많이 알아야 하고, 더 많이 사랑해야 하는데… 지우야… 지금 어디 있는 거니?'

혜성은 답답한 가슴을 안고 회사로 돌아갔다. 자리에 앉자마자 준영이 노크를 해 왔다.

"네."

"저기… 팀장님, 지우가 연락이 안 되는데… 오늘 휴가 낸 거… 어디 아파서 그런 건가요?"

그가 몹시 걱정되는 표정으로 다가와 지우의 안부를 물었다.

"아닙니다. 사실 나도 연락이 안 되고 있어요. 혹시, 지우가 갈 만한 곳이⋯⋯."

 혜성은 이런 걸 물으면서도 자존심이 무척 상했다. 지우의 모든 것을 아는 사람이 자신이고 싶은데, 다른 남자에게 이런 걸 묻다니.

 하지만, 지금은 시간이 없었다. 자존심을 내세울 만큼 여유로운 때가 아니었다.

 준영은 혜성의 표정에서 뭔가 상황이 심각하다는 것을 직감했다.

 '서지우⋯ 지금 이게 무슨 일이야!'

 아파서 안 나온 것도 마음이 아플 판국에 지금 이건 무슨 이야긴지 준영은 갑자기 마음이 먹먹했다. 그가 아는 한 서지우는 이렇게 연락이 안 되고 막 그러는 아이는 아니었다.

 "이런⋯ 설마 지우가 사라진 건가요. 지금?"

 준영은 기가 막혔다. 지우가 가출이라니. 이건 그녀의 사전에 등록되지 않은 단어였다. 가족을 지키기 위해 무던히도 애썼던 지우였으니까.

 '차혜성, 당신 뭐야. 지우 남편 맞아? 우리 지우 어떻게 된 거야?'

 준영은 지우가 팀장님과 결혼했다고 말했던 때가 떠올랐다. 허탈감과 안도감을 느껴야 했던 그때.

 오래도록 짝사랑했던 지우에게 고백조차 못 해 보고 다른 남자에게 가는 모습을 지켜봐야 했던 허탈감.

그래도 팀장님 정도면 지우를 행복하게 해 주겠지 생각하며 슬픈 안도감마저 들지 않았던가.

마음이 짠하도록 열심히 살아온 지우를 알기에.

준영은 자신보다 모든 면에서 풍족한 팀장님이라면 그녀를 행복하게 해 주리라 의심해 마지않았다. 가슴 아프게도 그 역할은 그가 꿈꿨던 자신의 미래였다.

며칠간 열병을 앓을 정도로 혼자 아파했음에도 버텼던 날들.

그건 다 지우가 더 행복하겠지 하는 생각 때문이었다.

그런데 지금 이 상황은 좀처럼 이해되지 않았다.

"네. 일단, 말하자면 그렇습니다. 그래서 묻는 겁니다, 갈 만한 곳 생각나는 데가 있나요?"

"왜, 뭐 때문에… 지우가……."

준영은 이런 상황이 왜 벌어졌는지 궁금했지만, 더 이상 물어볼 수 없었다.

"후… 그건 나중에. 먼저 지우를 찾는 게 중요합니다."

준영은 이 상황이 좀 화가 났지만, 혜성의 말대로 지금은 지우를 찾는 것이 먼저였다. 그가 오래도록 좋아해 온 서지우를.

"언니, 여기 복학 신청서요. 학생 지원 센터에 등록금 내고 아까 수강 신청까지 했거든요. 과사에 이것만 갖다 내면 된다고 하더라고요."

"응응. 와, 지우야, 드디어 4학년이네."

"훗- 그러네요."

"하… 내가 다 감격스럽다, 얘."

"헤헷."

과 사무실에서 조교와 대화를 나누는 학생을 준영이 물끄러미 바라보고 있었다.

"서지우?"

그가 지우를 부르자 지우는 말없이 뒤를 돌아보았다.

"어? 준영아, 왜 다시 왔어?"

조교가 아까 왔다 볼일을 보고 간 준영이 다시 온 게 의아해 물었다.

"아… 책을 두고 가서요."

"최준영? 오~~ 벌써 전입 신고한 거야?"

이제야 제 동기를 알아보는 지우였다.

"전입? 전역한 거거든. 엉뚱한 건 여전하네. 녀석."

"아, 맞다. 전역. 하… 요새 알바하는 동생이 이사를 해서 전입신고 어쩌구 하다 보니까. 흐흐."

준영은 지우의 모습이 2년 전과 다름없었지만, 뭔가 분위기는 많이 달라졌다는 생각이 들었다. 그래도 엉뚱하고 귀여운 건 여전했고.

"여자 동기들 다 졸업한 줄 알았는데, 네가 남았었네. 와, 완전 반갑잖아잖아. 나가서 점심 먹을래?"

그가 책을 들고 복잡한 과 사무실을 나가려 했다.

"아, 언제 적 유행어냐. 암튼, 준영아. 어쩌지. 나 지금 알바 가야 돼서."

"알바? 네가?"

준영은 지우의 말에 화들짝 놀랐다. 그가 알고 있기론 그녀는 대기업까지는 아니어도 꽤 큰 기업의 대표 딸로 알고 있었고, 2년 전까지만 해도 아르바이트랑은 거리가 있던 친구였기 때문이었다.

사실, 준영은 신입생 오리엔테이션을 참석하지 않아 입학 후, 과방에서 처음 지우를 보았다. 그녀는 동기들과 과제를 하며 짜장면을 시켜 먹는 모양이었는데, 그것을 오물오물 먹는 모습이 얼마나 귀여웠던지. 귀티 나는 외모와 달리 짜장면을 그리 좋아하며 맛있게 먹던 그녀의 모습에 완전 반해 버렸었다. 그러나 마음과 달리 쉽게 지우에게 다가가지 못했던 그였다. 그때만 해도 좋아하는 여자에게 적극 다가가지 못했던 풋내기였고. 지우의 배경을 보고 달려드는 숱한 남자 동기와 선배들 때문이기도 했다.

"응! 나중에 보자. 언니! 가 볼게요! 아악!"

지우는 과 사무실 문이 열린 줄 알고 급히 나가다가 닫힌 그것에 이마를 찧었다.

"야아, 서지우! 괜찮아?"

준영이 달려가 그녀의 이마를 어루만졌다.

"어. 괜찮아. 갈게! 창피하니까 모른 척해라잉. 흐흐! 안녕!"

준영은 그녀를 보내고 동기를 만났다는 반가움도 잠시, 괜히 멍하니 서 있었다.

조교가 그제야 준영에게 얼핏 지우의 사정을 비쳤다. 그제야 그녀의 행동이 이해된 그였다.

"징글징글하게 쫓아다니던 남자 새끼들도 싹 사라졌다. 지우네 그렇게 된 거 알고. 으구, 속물들."

"그랬군요······. 누나, 저 수강 신청한 거 좀 변경할 수 있죠?"

"응. 아직 변경 기간 일주일 남았으니까 가능하지."

"그럼 지우 거랑 똑같이 할까 봐요."

"응? 왜?"

"하핫, 잃어버린 동기 녀석을 만났는데 외롭게 과 생활을 할 순 없잖아요. 동기 사랑! 나라 사랑!"

"냄새가 나는데?"

"좋은 냄새 맞죠?"

"응. 암튼 네가 지우 챙겨 주면 좋겠다. 안 그래도 힘든데."

"그러려고요."

지우의 사정이 그렇게 된 건 마음이 아프고 안타까운 일이었다. 그러나 준영은 이제야 진정으로 그녀에게 다가가 자신의 마음을 전할 수 있지 않을까 싶었다. 4년 전에 비해 자신도 달라질 만큼 달라졌으니까.

'허당 서지우를 챙겨 줄 이 세상의 단 하나의 남자가 필요하다면, 그게 나였으면 좋겠다, 지우야.'

준영은 가슴 깊은 곳에서부터 울고 있었다. 어쩌면 자신은 아직도 용기가 없던 지난날과 변한 게 없었다. 그게 더욱 슬펐다.

지우를 지켜 줄 수 있는 세상 단 하나뿐인 남자가 자신이 될 수 없어 착잡한 마음을 애써 가다듬고 혜성을 바라보며 입을 떼었다.

"일단 'go on' 카페 사장님께 제가 한번 여쭤볼게요. 워낙 속 얘기까지 하고 지내는 사이거든요."

준영의 뇌리에 'go on' 카페 사장님이 스쳤다. 지우가 친구라고는 자신뿐이고, 가깝게 지내는 사람이라면 카페 사장님 정도였다.

"아닙니다. 내가 해요."

혜성은 단호히 이야기했다. 그렇게까지 친절할 필요는 없다는 듯.

"그리고… 아버지 산소에 갔을 수도 있고… 한강이나… 살던 동네 근처 낮은 산도 좋아했고……."

준영은 속에서는 마음이 타들어 가 팀장님에게 말하지 않고, 당장 자신이 달려가 찾아보고 싶은 곳을 차분하게 나열했다.

팀장님의 표정, 그리고 그 다급함, 그리고 그가 가진 지우의 남편이라는 타이틀이 그렇게 하게 만들었다.

준영의 이야기를 듣던 혜성이 다시 자신의 방을 뛰쳐나갔다.

18.

지구 끝에 가 있더라도

'지우야… 제발…….'

먼저 숨 가쁘게 달려간 'go on' 카페에는 문이 굳게 닫혀 있었다.

쿵쿵쿵-

문을 두드려 보았지만, 대답이 돌아오지 않았다.

혜성은 또다시 준영이 얘기한 곳을 하나하나 떠올리며 지우가 갈 만한 곳을 샅샅이 뒤지기 시작했다.

'지우야… 어디에 있든지 내가 찾아갈 거야……. 찾으면 내가 정말 혼내 줄 거야……. 왜 이런 짓을 했냐고……. 아니야… 더는 아무 데도 못 가게 꼭 안고 있을게……. 지우야… 어딨니…….'

하루 종일 지우를 찾아 헤맨 혜성은 홀로 새벽녘 빨간 지붕 이층집으로 돌아왔다. 지우가 없다고 생각하니 공기조차 싸늘하게 느껴지는 집이었다.

혜성은 지우가 남기고 간, 눈물에 번진, 잉크로 쓰인 메모지를 가슴 쪽으로 들어 올렸다.

"지우야……."

혜성은 머리가 깨지도록 아팠다. 지우가 너무 보고 싶었다.

그런데 지금 할 수 있는 것은 사무치게 그녀를 그리워하며 혼자 흐느끼는 것뿐이었다.

새벽녘, 잠에서 깬 혜성이 옆자리를 툭툭 건들며 퉁퉁 부은 눈으로 휴대폰을 열었다.

'쿨데일리 정만복 기자?'

혜성은 '쿨데일리' 정만복 기자에게서 온 메시지를 급히 읽어 내려갔다.

뭔가 지우와 관련된 일이라는 느낌이 왔기 때문이었다.

[쿨데일리 정만복 기자입니다. 첨부된 파일 읽고 혹시 코멘트 하실 것 있으시면 회신 부탁드립니다. 서지우 씨 요청으로 연락 드렸습니다.]

'도대체 뭐지…….'

혜성은 두근거리는 마음으로 첨부된 파일을 열었다.

"어……?"

파일을 열자마자 떡하니 보이는 빛바랜 사진 한 장에 혜성은 눈이 휘둥그레졌다.

"와… 이게 있었구나……."

그가 본 것은 사진 속에서 어린 혜성과 지우가 함박웃음을 짓고 있는 모습이었다. 그 옆에는 사이좋은 할아버지 두 분이 나란히 서 계셨다.

"완전 귀여워… 서지우……. 나는 진짜 뚱뚱했었네……."

사진을 한참 바라보던 혜성이 이제 사진 아래 붙어 있는 글을 읽어 내려가기 시작했다.

"서지우……."

한참 글을 읽어 내려가는 혜성의 표정이 미소를 지었다 울상을 지었다를 반복했다.

"우리 지우, 글을 이렇게 잘 썼어?"

당연히 기자와 인터뷰를 한 기사인 줄 알았는데, 그 글은 지우가 직접 써 내려간 혜성과 지우의 운명 같은 사랑 이야기였다.

어린 시절의 인연, 그리고 시간을 돌아 다시 만난 우리의 특별한 사랑 이야기.

아마도 한 방에 우리의 결혼 의혹을 날려 줄 만한 글임이 분명했다.

"와… 서지우… 나를 이렇게 세기의 사랑꾼으로 만들어 놓고, 너 혼자 꽁무니를 내뺀 거야?"

혜성은 자신들의 러브 스토리를 읽어 내려가며 더더욱 지우가 보고 싶어 견딜 수가 없었다.

글을 다 읽은 혜성이 다시 사진을 바라보았다. 시선은 지우에게서 할아버지로 옮겨졌다.

"할아버지… 지우 어디 있을까요……. 보고 싶어 죽을 것 같아요……."

혜성은 그리운 할아버지의 얼굴에 대고 혼잣말을 중얼거렸다. 눈물이 톡 하고 휴대폰에 떨어졌다.

"아!"

그때, 혹시 정만복 기자는 알고 있지 않을까 하는 생각이 머리에 스쳤다. 혜성은 눈물을 닦고 메시지가 온 번호로 급히 통화 버튼을 눌렀다.

-네. 쿨데일리 정만복 기잡니다.

"안녕하세요. 차혜성입니다."

혜성은 마음은 급했지만, 차분히 심호흡을 하고 자신을 소개했다.

-네, 안녕하세요. 보내 드린 글은 잘 보셨습니까?

"네. 미리 보여 주셔서 고맙습니다."

-오늘 오후에 기사화시킬 생각입니다. 혹시 덜거나 더하실 내용이 있으실까요?

"아뇨. 그것보다 혹시 서지우 씨 어디 있는지 아십니까?"

그는 오로지 지우의 행방이 궁금할 뿐이었다.

-음… 여행을 간다고 하던데요? 뭐더라… 아! 삼나무가 많

은 곳으로 간다고 들은 것 같습니다. 이런, 비밀이라고 했는데……. 아니 근데, 그걸 왜… 팀장님께서 저에게……?

정 기자는 당황해서 여러 말을 늘어놓았다.

"좀 그럴 일이 있어요. 암튼 고마워요. 고마워요. 정말."

혜성은 정만복 기자의 이야기를 듣고 사막에서 오아시스라도 만난 듯 지독한 목마름이 해갈되는 기분이 들었다.

-네. 그럼 말씀 마치셨으면 이만…….

"잠깐만요."

혜성은 전화를 끊으려는 기자의 말에 다급히 외쳤다.

지우를 찾을 수 있다는 희망과 함께 기가 막힌 생각 하나가 떠올랐기 때문이었다.

-네?

"부탁 하나만 할게요."

-어떤…….

"저랑 같이 가시죠."

-네? 지금 무슨 말씀…….

"제주도에 같이 가야겠어요. 기자님과."

-네에?

수화기 너머 정만복 기자는 진심으로 이게 무슨 소리인지 의아했다. 하지만 혜성은 계속해서 말을 이어 나갔다.

"쿨데일리가 파파라치 컷 기사로 유명하잖습니까. 그래서요. 나랑 우리 지우 마음껏 찍게 해 줄게요. 지우 글에 그것까지 더하면 금상첨화 아니겠습니까?"

-아…….

그제야 정만복 기자는 혜성이 제주도에 왜 같이 가자고 했는지 의문이 풀렸다. 혜성의 말대로라면 이건 대박 특종감이었다. 게다가 대놓고 파파라치 컷을 찍으라니.

"항공비, 숙박비 등 포함한 제반 취재비용과 원고료는 넉넉히 드리겠습니다."

파파라치 컷 기사에 취재비용까지 준다는데 정만복 기자는 더더욱 안 갈 이유가 없었다.

혜성은 정만복 기자와 함께 떠날 제주도 항공편을 예매하고 공항으로 향했다.

★

"와… 진짜 수학여행 이후 처음이다. 내 구남친들은 하나같이 여행을 싫어해서 제주도를 한 번도 와 본 적이 없네. 매일 집, 집, 집, 큭. 암튼 여기를 지우랑 오게 될 줄이야."

'go on' 사장님이 제주 공항에 내리자마자 살짝 들뜬 목소리로 말했다.

내겐 공항 앞 야자수의 펄럭거리는 잎조차 슬픔의 몸부림 같은데…….

그나마 혼자 어딘가로 나섰다가는 진짜 우울함의 끝을 달릴 것 같았는데, 'go on' 사장님 덕분에 괴로운 상념들이 흐트러졌다.

서울을 떠나기 전에 그래도 열 살 차이가 무색하게 친구같이 지냈던 'go on' 사장님께는 인사나 드리고 가자 싶었다.

요즘 거의 점심시간마다 들렀었는데, 갑자기 안 오면 또 사방으로 레이더를 켜실 것 같았다.

그런데 갑자기 사장님이 자신도 가겠다며 카페 문을 닫는 것이 아닌가.

훌쩍 훌훌 떠나 버리려고 했는데, 몰골이 말이 아닌 나를 그냥 보냈다가는 무슨 일이라도 날까 겁이 나 혼자 보낼 수 없겠다며 한사코 따라오겠다는 것을 도저히 말릴 수가 없었다.

근데 이렇게 장사해서 돈은 언제 번답니까, 사장님…….

시급은 1원도 안 올려 줬으면서 사적으로는 완전 다 퍼 주는 공과 사가 특이하게 확실한 사장님.

어쨌든, 마음 편한 동행이 있어 위로가 조금 되었다.

"서지우, 진짜 내가 이런 날이 올 줄 몰랐다."

"네?"

"지우가 스물여섯 먹고 가출이라니. 그리고 여행도 가출이나 해야 이렇게 한 번 가는구나 싶을 정도로 네가 보통 독종으로 살았냐고."

"……."

막상 집을 떠나 어디를 가야 하나 막막했을 때, 신혼여행으로 갔던 제주도에서 외근으로 H푸드 공장으로 갔다가 들렀던 신비한 숲이 떠올랐다.

아빠가 돌아가시고 가 본 여행이라곤 이곳이 유일했으니까. 서울에서 먼 곳을 생각하다 보니 여기밖에 더 다른 곳은 떠오를 수도 없었다.

키가 큰 삼나무가 빽빽하게 들어선 그 숲에서 머리부터 발끝까지 맑은 숨을 쉬고 싶었다.

내 안의 묵은 한숨들을 다 갈아치우고 싶어서.

그리고 뿌연 안개 속을 걷는 것 같은 나의 앞날에 대해 이 숲이 어쩌면 길을 밝혀 줄 수도 있겠다는 생각이 막연히 들기도 했다.

하지만 조금 걱정도 되었다.

제주도에서 함께 시간을 보냈던 오빠 생각이 많이 날까 봐.

그때 오빠는 나를 토닥이며 악몽을 물리쳐 준 영웅이었지. 그리고 처음으로 한 침대에서 잤던 날이었어……. 절대 잊을 수 없지…….

하… 아니다. 오빠 생각이야 어딜 가든 나겠지. 심지어 시도 때도 없이, 아니 그냥 종일 나겠지.

즐겁게 여행하는 기분으로 이곳에 다시 왔으면 좋았겠지만, 안타깝게도 자취를 감추기 위해 온 곳으로 선택된 곳일 뿐이었다.

"후… 어디로 가야 할까요."

일단, 공항을 빠져나왔는데 어디로 가야 할지 막막해졌다. 계획 없이 왔고, 심지어 상길치니까.

"내가 이럴 줄 알았다. 아까 김포공항에서 너 넋 놓고 있을 때 내가 다 예매했어. 뭐, 저렴한 게스트하우스지만. 캬, 서지우, 감동적이지 않니? 너 이 정도면 인생 잘 산 거다. 나이는 좀 많지만 꽤 괜찮은 친구 됐잖아? 후훗."

"와… 정말 감사해요, 사장님. 진짜, 정말요……."

더 표현할 수 없을 만큼 고마웠다.

나와는 피 한 방울 안 섞인 'go on' 사장님, 그저 우리에게 섞인 거라면 오래 쌓은 '정'이랄까.

이렇게 '정'을 쌓고 지내도 애틋하게 대해 주는데, 우리 식구들은 대체 왜 그런 것일까. 또다시 서글픔이 밀려왔다.

"그래. 감사하게 생각하고 힘 좀 내라고. 저기 셔틀 왔다. 저거 타고 가자, 차도 렌트했으니까. 넘 기대는 마. 가성비 가심비 따져서 잡은 거니까."

"진짜 눈물 나네요, 사장님."

언젠가… 내가 정신을 좀 차리면, 이 은혜들 꼭 갚을게요…….

"고맙긴. 나도 지우 덕분에 급 휴가도 떠나 보고 좋잖아……."

"다행이에요. 그렇게 생각해 주시니……."

"그니까 너도 좀 기분 풀고 웃어 봐."

사실을 말할 기운조차 없었지만, 입꼬리를 억지로 조금 올려 보았다.

사장님과 함께 차에 몸을 싣고 숙소로 향하는 길, 어느새 하늘은 붉게 물든 지 얼마 되지 않아 잿빛으로 바뀌어 갔다.

후… 오늘은 숲에 못 가겠네. 내일 일어나자마자 가야겠다.

제주도에서의 일정은 오직 한 가지, 그 숲에 가는 것밖에 없었다.

내일 아침에도, 모레 아침에도. 어쩌면 더 오랫동안…….

내 계획은 그랬다.

★

"안녕하세요. 차혜성입니다."

"네. 쿨데일리 정만복 기자입니다."

"제가 좀 마음이 급해서요. 지금이라도 출발해야 할 것 같아서 표를 급하게 예매했습니다. 가면서 얘기 나누시죠."

"네."

혜성은 공항에서 정만복 기자와 대면해 티켓팅을 마치고 탑승구로 향했다.

"근데, 지우와는 어떻게……."

지우가 쿨데일리 정만복 기자와 연이 닿은 것이 궁금했던 혜성이 걸어가며 물었다.

"아… 일전에 '모기업 재벌 3세 가짜 결혼'이 실검 올랐을 때, 제가 먼저 연락을 드렸습니다. 진심을 담아 인터뷰하고 싶다고 정중히 요청을 드렸죠."

"그러셨군요."

"당시엔 연락이 없었어요. 근데, 엊그제 지우 씨에게 먼저 연락이 와서 만나게 된 거였습니다. 와… 차 팀장님 이야기를 하면서 얼마나 눈에서 꿀이 떨어지는지 정말 부러웠습니다."

"아… 그랬군요. 지우가……."

그런데 왜 떠난 거니, 지우야…….

"그래서 더 이 상황이 좀 의아하긴 하네요. 두 분이 다투시기라도?"

"아뇨. 설마요. 매일 사랑하기에도 부족했습니다."

정 기자는 혜성의 말에 살짝 놀랐다. 차가워 보이는 이미지와 달리 자신이 사랑하는 여자에 대해 서슴지 않고 표현하는 모습이라니.

그의 눈에 혜성은 영락없이 사랑에 빠진 상남자의 모습이었다.

"그럼……?"

"지우가 개인적인 일로 좀 속상한 것이 있었어요. 그 때문에 혼자만의 시간이 좀 필요한 것 같은데… 도저히 걱정이돼서 말이죠."

"아… 그랬군요. 암튼, 서지우 씨 글이 실린 기사는 좀 딜레이 돼습니다. 이번 취재 후에 같이 터트리려고요."

"네. 그러는 게 좋을 것 같습니다."

"서지우 씨와 이야기를 하면서 느낀 건데, 뭔가 결혼에 대한 의혹을 해결하려는 강한 의지가 보이더라고요. 차 팀장님을 위해 자신이 꼭 해야 하는 사명처럼 여기는 느낌이었습니다."

"하… 겉보기엔 그저 예쁘고 여려 보여도 의지가 강한 아이거든요. 그렇게 살아왔고……."

나에게 좀 더 기대도 되는데…….

나를 위해 무언가를 하고 싶다면, 내 곁에 있으면 되는 거였는데…….

'지우야… 어디 있니. 보고 싶어……. 네가 세상에 알리려고 했던 우리의 결혼보다 중요한 건, 지금 내가 너를 이토록 찾고 있다는 거야…….'

비행기 좌석에 앉은 혜성은 진통제 하나를 입에 물었다. 지우를 찾을 수 없다면 두통은 아마 끝나지 않을 고통이 될 것이다.

"그런데 차 팀장님, 서지우 씨가 어딨는지 짐작 가는 곳이라도 있나요? 만나지 못한다면 가는 의미도 없어질 텐데요."

"음… 딱 한 군데 있어요."

'go on' 사장님과 함께 도착한 숙소는 바다와 가까운 곳에 자리한 게스트하우스였다. 늦게 도착한 탓에 숙소 1층에선 게스트들이 함께 저녁을 먹고 있었다.

"우리도 합류할까?"

사장님이 짐을 풀며 내 의사를 묻는 눈빛을 보냈지만, 나는 고개를 가로저었다.

"저는 저녁 생각이 없어서……. 사장님은 드시고 좀 놀다 오세요. 전 먼저 잘까 봐요……."

"후… 지우야… 너 오늘 제대로 먹은 게 없잖아……."

"저는 괜찮아요. 사장님은 식사하고 오세요. 그게 제 맘이 편할 것 같아요."

"…그럼 밥만 먹고 올게. 쉬고 있어."

사장님을 1층으로 겨우 밀어 보내고, 옷도 갈아입지 않은 채 침대에 누웠다. 베개에 얼굴을 묻자마자 눈에서 눈물이 새어 나와 금방 베갯잇을 적셨다.

"흑흑."

작은 소리로 흐느끼듯 울어 버렸다. 게스트하우스라도 사장님이 예약한 곳은 2인실 방이라 아무도 없어 다행이었다.

이곳은 오빠가 없는 제주 하늘 아래였다. 그것이 몹시 슬펐다.

몸을 돌아 누워 보니 천장에 나 있는 작은 창에 초승달이 보였다.

평소에는 그렇게 예쁘게만 보이던 초승달이었는데, 오늘 보니 그 모양이 감은 눈같이 보였고, 달 아래 반짝이는 별들은 마치 눈물처럼 보였다.

슬…프…다… 흑…….

오빠와 나는 서로 사랑하는데… 왜 자꾸 내가 오빠에게 맞지 않는 사람이라는 생각이 드는 걸까…….

모든 것이 슬펐다.

그중에서도 가장 견디기 힘든 것은 오빠를 향한 그리움.

불과 어제 보고 못 봤지만, 이제 볼 수 없다는 생각 때문인지 어제와 오늘 사이가 백만 년쯤 되는 것 같았다.

오빠는 지금쯤 뭐 하고 있을까. 퇴근하고 돌아와 내 쪽지를 봤을까? 나한테 전화를 했을까?

정만목 기사를 만나고 난 후, 꺼 놨던 휴대폰은 여전히 오프 모드였다.

한번 켜 보고 싶었지만, 켜서 오빠가 보낸 메시지가 있는지 확인하고 싶었지만, 차마 전원 버튼을 누를 수 없었다.

그럼 다시 돌아가고 싶을까 봐, 마음이 약해질까 봐.

엄마는 또 어떤 상태인지 궁금하긴 한데…….

하, 모르겠다.

생각이라는 것을 없앨 수는 없는 걸까.

어제도 잠을 못 잤는데, 오늘도 역시 지독히 잠이 오지 않았다.

"지우야……."

식사를 마치고 온 사장님이 움직이지 않은 채 옆으로 누워 있는 지우를 슬며시 불렀다.

"아… 사장님……."

몸을 돌아 일어서려는데 사장님은 내 팔을 지그시 눌러 괜찮다는 표시를 했다.

"잠이 잘 안 오지?"

사장님이 방바닥에 앉아 짐을 정리하며 말을 걸었다.

내가 고개를 끄덕이자, 사장님이 옅은 미소를 띠었다.

"남자는 다 그놈이 그놈인 줄 알았는데, 그래도 다 인연이 있는 모양이야……. 게스트들 모임 갔잖아. 근데 글쎄, 어떤 애들이 초등학교 동창인데 여기서 만났다는 거야."

오빠랑 저는 유치원 때 만났는걸요……. 이 정도면 우린 한 수 위죠.

잠자코 사장님의 이야기를 듣고만 있었다.

"여자가 전학을 간 다음에 연락이 끊겼는데, 말은 못 했지만 그 어릴 때 서로 좋아했었다네. 10년 만에 만나고 두 사람 눈에 하트가 뽕뽕."

오빠랑 저도 하트 뽕뽕이었죠……. 여느 연인 뒤지지 않았답니다…….

"소식도 모르고 살던 사람을 이렇게 우연히 여행에서 만날 확률이 얼마나 될까? 진짜 신기하다……."

그러게요……. 나도 오빠와…….

"그래도 너희만 하겠어? 지우야… 차 팀장이 많이 걱정할 것 같은데……."

갑자기 훅 들어온 사장님의 말에 숨이 턱 막혔다.

"사장님… 그게… 우리 집이 오빠에게 도움은커녕 피해를 입힐 것만 같아요……."

한참을 아무 말도 하지 않아 메인 목으로 간신히 나의 속마음을 표현했다. 큰일을 하려는 사람과 우리 집은 맞지 않는 것 같으니까.

"더 중요한 게 뭔지 바라봐야지. 그리고 이제 겨우 결혼 의혹 풀겠다고 기사까지 낼 거라면서… 이렇게 되면?"

"저도 잘 모르겠어요……. 고민해 보려고요……."

"그래. 일단은 머리를 좀 식히고……. 근데 말야……."

"네?"

"사랑에 비극은 없대. 사랑이 없는 게 비극이지. 캬~ 명언인데 이거? 하~ 근데 정작 나는 언제 그런 사랑 해 보나… 큭."

사장님이 눈썹을 위로 치켜뜬 다음 나를 향해 빙긋 웃었다.

'사랑에 비극이라…….'

어쩐지 사장님의 그 말이 가슴을 후벼 팠다.

한참을 더 사장님이 들려주는 이야기를 들으며 마음의 상념을 조금씩 잊었다. 그런데 갑자기 사장님의 말투가 느려지더니 이내 들리지 않았다.

'잠드셨구나. 많이 피곤하셨겠지…….'

갑자기 온 여정이라 피곤할 법도 했다. 고마운 우리 사장님. 그나저나 오늘도 잠을 자기에는 다 틀린 것 같은데.

나는 누워 초승달을 가만히 바라보다 바람이 쐬고 싶어져졌다.

잠도 오지 않고, 답답한 마음에 잠들어 버린 사장님을 뒤로 하고 게스트하우스 밖으로 나왔다.

바람이 제법 선선하네…….

이제 거의 한여름에 다가간 계절인데 바람이 센 걸 보니 역시 제주도는 제주도인가 보다 싶었다.

하늘을 바라보니 까만 하늘에 아까 보았던 초승달이 더 선명하게 보였다. 서울과 달리 이곳은 밤이 더욱 까만 곳이었다.

다들 숙소 안에서만 노는지 바깥에는 지나다니는 사람도 없었고, 참 고요했다.

처얼썩-

처얼썩-

쏴~

게스트하우스 정원에 있는 벤치에 가만히 앉아 하늘에 떠 있는 별과 달을 바라보고 있자니 어디선가 파도치는 소리가 들렸다.

아무래도 이 근처 어딘가에 바다가 가까이 있는 것 같았다.

좀 나가 볼까…….

갑자기 밤바다가 보고 싶어 무작정 파도 소리가 나는 쪽으로 발걸음을 옮겼다. 한참을 걸었는데 바다는 보이지 않고, 철썩거리는 파도 소리는 오히려 멀어졌다.

후… 상길치 서지우…….

길도 모르고 무작정 나선 것이 잘못이었다.

다시 숙소로 돌아가야 할 것 같아 사방을 둘러보는데, 어쩐지 풍경이 낯설지가 않았다.

어라? 여기는…….

눈을 크게 뜨고 뒤에 있는 이정표를 보니, 〈*호텔 1km →〉라고 쓰여 있었다.

역시나 길이 낯이 익나 했더니 신혼여행 때 머물렀던 호텔과 멀지 않은 곳에 서 있는 것이었다.

게스트하우스랑 이 호텔이 가까운 곳에 있었나 보네…….

지도도 보지 않고, 'go on' 사장님만 따라온 거라 어디가 어딘지 잘 알지 못하던 터였다. 가만 보니 저쪽에 버스 정류장도 보였다.

어머, 저기… 그때 여기서 내려서 호텔로 걸어갔었지.

잠시 서서 그때를 떠올렸다.

이 길을 따라 올라가다 오빠를 만났었는데…….

나를 보자마자 잃어버린 줄 알았다며 눈물까지 흘리며 나를 와락 안아 버렸던 오빠의 모습이 생생하게 되살아났다.

오빠의 따뜻한 품, 기분 좋은 오빠의 향.

나를 정말 꼭 안아 주었었는데…….

그럴 리 없겠지만, 왠지 이 길을 따라 올라가면 오늘도 오빠가 나타날 것만 같은 기분이 들었다.

오빠가 너무 보고 싶어 머릿속에 저장해 두었던 오빠의 얼굴을 떠올렸다. 눈썹부터 시작해서…….

지난번 잠든 오빠의 얼굴을 눈에 꼭꼭 담아 두길 잘했다. 다신 못 보더라도 이렇게 보고 싶을 때 떠올릴 수 있으니까…….

조금만 더 올라가 볼까.

초승달을 조명 삼아 조금 더 걸을 생각이었다.

휘!

"저기요……!"

갑자기 휘파람을 불며 말을 걸어오는 그 인간들을 만나기 전까지는.

분명 좀 전에 주위를 둘러보았을 땐 아무도 없었는데, 갑자기 가까운 곳에서 사람 소리가 나는 바람에 깜짝 놀라 심장이 벌렁벌렁거렸다.

소리 나는 쪽을 바라보니 건장한 청년 셋이 나를 향해 실실 웃으면서 걸어오고 있었다.

"뭐죠?"

최대한 당황한 티를 내지 않고 대차게 대답했다.

"혼자 왔나 봐요?"

"아뇨."

가까이 오지 마라.

"아… 그러시구나……."

"용건이 뭐예요?"

나 지금 너희랑 얘기할 기분 아니거든.

할 말 있으면 곱게 하고 가라.

"에이, 그렇게 눈에 불을 켜고 볼 것까지야 없잖아?"

"뭐야. 니들."

"제주도 푸른 밤이 참 아름답네요. 그죠?"

"수작질은 그만하시고."

"이 로맨틱한 밤을 이렇게 보내기가 아까워서 그래요."

어랍쇼. '로맨틱'이란 신성한 단어는 그렇게 쓰는 게 아니란다.

"할 말이 그거예요? 그럼 저는 이만 바빠서……."

왔던 길로 다시 돌아가려고 몸을 휙 돌렸다.

"보아하니… 둘래둘래 하는 게 뭔가 심심해 보이는데 같이 놀아요. 우리."

"같이 놀긴 뭘 놀아. 아악!"

셋 놈 중 하나가 돌아서는 내 팔을 잡았다.

"뭐가 이렇게 뾰족해요. 좋은 시간 보내자는데."

"이거 놔라, 안 놓으면 죽는다."

나 이래 봬도 초딩 때 태권도, 합기도, 호신술 다 연마한 몸이야!

"호~ 그러셔? 어디 겁도 없이……. 재밌는 여자네? 매력 있네. 매력 있어."

"미친 새끼……."

기어코 나를 건드리겠다 이거야?

그들을 향해 몸을 돌리자 내 팔을 강하게 잡던 그놈의 힘이 좀 느슨해졌다.

그때를 틈타 나는 다른 쪽 팔꿈치로 그놈의 등을 세게 내려치고, 아랫도리를 발로 차 준 다음 발목을 걸어 그를 넘어뜨렸다.

놈은 '아악!'거리며 괴로운 듯 몸을 웅크렸다.

순식간에 벌어진 일이었다.

나머지 두 놈이 눈앞에 벌어진 상황을 믿을 수 없다는 듯 눈을 크게 뜨고 나를 바라보았다.

"할 말 더 있어?"

어안이 벙벙한 그들에게 눈빛에서 레이저를 발사하며 물었다.

"오… 좀 하는데?"

한 놈은 쓰러진 놈을 추스르고 나머지 놈이 한쪽 입꼬리를 올리며 잘못 걸렸다는 표정을 지었다. 그러더니 내 쪽으로 한 발 더 다가왔다.

지금 나랑 1대 3으로 싸워 보자는 거냐? 치사하게!

쳇! 남자라고 봐주는 거 없다. 나도 지금 눈에 뵈는 거 없거든!

더욱 강한 눈빛으로 그놈을 바라보고 있는 찰나였다.

"지금 뭐 하는 겁니까?"

갑자기 적막한 어둠 속에서 비장한 배경음악이 깔리며 한 남자의 다급하나 묵직한 목소리가 뒤쪽에서 들려왔다.

★

혜성과 정만복 기자는 순식간에 제주도로 넘어왔다.

"만약 서지우 씨가 제주도에 없으면 어쩌죠?"

호텔로 향하는 길에 정만복 기자가 지금 이 여정이 무작정 떠난 것 같다는 생각이 들어 차 팀장에게 물었다.

"후… 그런 일은 상상조차 하고 싶지 않군요. 흠… 글쎄요. 또 다른 곳을 찾아봐야겠죠."

혜성은 고개를 절래 흔들며 이야기했다.

"차 팀장님께 연락도 없이 간 걸 보면 무언가 단단히 마음을 먹은 것이 아닐까요?"

정만복 기자는 기자 부심이 발동해 자꾸 의심을 품었다.

"정 기자님, 저는 지우가 지구 끝에 가 있더라도 찾아갈 겁니다. 그리고 잊지 마셔야 하는 건, 우리가 한 팀이라는 것."

혜성은 정만복 기자의 눈을 똑바로 바라보고 이글이글 타오르는 눈으로 이야기했다.

생각보다 단호하고, 단단한 혜성의 이야기를 들은 정 기자는 멋쩍게 씩 웃으며 고개를 끄덕였다.

앞으로 상황이 어찌 되어 돌아가든지, 혜성의 지금 이 말에 정 기자는 그가 지우를 진심으로 사랑하고 있다는 것이 느껴졌다.

"부럽네요. 그리고 멋있으십니다, 차 팀장님."

"네?"

남자가 보아도 매력이 넘치는 혜성을 보며 정만복 기자가 저도 모르게 튀어나온 말이었다.

"열정을 다해 사랑하는 모습이요. 훗."

"아… 네……."

이야기를 나누다 보니 어느새 혜성이 예약해 둔 한 호텔에 도착했다. 지우와 함께 왔던 바로 그 호텔이었다.

"여기 룸 키요. 내일 아침에 뵙죠."

"넵."

신속하게 체크인을 마친 혜성이 정 기자에게 키를 넘겼다.

혜성도 키를 받아 들었지만, 바로 방으로 가는 것이 어쩐지 내키질 않아 주춤했다.

이렇게 제주에 왔으니 당장이라도 지우를 찾고 싶은 마음이 간절했다.

결국 호텔 로비를 나와 밖을 서성이며 지우를 떠올렸다.

정 기자 말에 의하면 삼나무가 있는 곳으로 여행을 간다고 했다는데, 그렇다면 생각나는 곳은 딱 하나였다.

제주도의 그 숲.

신혼여행 때 외근을 마치고 갔던 그 숲이 그렇게도 좋았다며 침이 마르도록 이야기했던 지우가 아니었던가.

그런데 그때, 혜성이 휴대폰을 잃어버리는 바람에 그 숲을 찾았었고, 규모가 생각보다 크고 길이 여러 갈래였던 그 숲에서 지우를 찾지 못했었다.

결국, 지우가 혼자 호텔로 와서 겨우 만날 수 있었다.

그 생각이 떠오르자 혜성은 마음이 초조해졌다.

'이번에도 그러면 안 돼. 꼭 찾을 거야. 내가 먼저……. 근데… 삼나무 숲에 간다는 단서는 있는데, 언제 어느 길로 들어설지…….'

혜성은 나름대로 지우를 찾을 계획을 세우느라 오래도록 호텔 정원을 걸었고, 그의 걸음은 어느새 호텔 입구 밖으로 이어졌다.

'후… 전에도 이쯤에서 지우를 만났었지. 잃어버린 줄 알고 정말 심장이 터지도록 걱정했었는데… 옷깃을 여미며 걸어오는 지우를 봤었어…….'

혜성은 이산가족 상봉만큼이나 지우를 다시 만났던 감동스러운 순간이 떠올랐다.

"우리의 마음이 통한다면, 그 넓은 숲에서라도 만날 수 있겠지. 아… 제발 지우를 빨리 만날 수 있기를……."

하늘에 떠 있는 초승달을 보며 혜성이 중얼거렸다.

'지우야… 혹시 너도 이 달을 보고 있지는 않니? 오늘따라 슬퍼 보이는 저 초승달이 꼭 내 모습 같다.'

혜성은 하늘에 떠 있는 달을 바라보며 하염없이 길을 걷다가 호텔 입구에서 꽤 먼 곳까지 걸어 나와 버렸다.

'어? 뭐지?'

깜깜한 어둠 속에 달빛 하나만을 바라보며 길을 걷던 혜성이 걸음을 멈췄다. 휴대폰 진동이 느껴져서 보니 메시지가 하나 와 있었다.

[차혜성, 지우 만나면 얘기 좀 전해 줘. 엄마가 깨어나셨어. 근데 자꾸 꿈속에서 할아버지를 만났다고 중얼거리셔. 지우를 꼭 만나서 해야 할 이야기가 있대.]

지우 언니가 보낸 메시지였다.

'후… 깨어나셨구나……. 다행이네.'

[다행입…….]

혜성이 답 메시지를 보내려다가 멈췄다. 근처 어딘가에서 남자 무리와 실랑이를 하며 저항하는 여자의 목소리가 들려왔기 때문이었다.

'이 소리 뭐지?'

19.

온 우주에서 네가 가장 아름다워

'어? 이 소리는······.'
익숙한 목소리. 그리웠던 목소리.
설마? 말도 안 되잖아? 지금 이 시간에?
하지만, 분명히 혜성 오빠의 목소리였다.
내 심장을 요동치게 만드는 목소리.
저벅저벅.
목소리의 주인공이 이쪽으로 걸어오는 소리가 들렸다.
걸음은 금세 급해졌고 빨라졌다.
나는 그제야 뒤를 바라보았다.
읍-
내 눈에 보이는 건 하얀 셔츠.

내 팔을 감싼 건 그의 팔.

내 코끝에 닿은 건 그의 향기.

"오… 옵…빠……."

혜성 오빠라는 확신이 드는 순간, 나지막하게 그를 불렀다.

"지우야!"

오빠는 그때처럼 나를 와락 안았다.

'잃어버린 줄 알았잖아.' 하고 말하는 소리가 심장에서 들리는 것 같았다.

"당신들 지금 우리 와이프한테 뭐 하는 거죠? 바로 경찰에 신고하겠습니다."

"헐……."

너네 다 끝났어.

그들은 오빠 기에 눌리고, '신고'라는 말에 놀랐는지 슬금슬금 뒷걸음질을 쳤다.

"유부녀였어……."

쓰러졌던 놈은 잘못 짚었다는 듯 이 말을 남기고 부리나케 꽁무니를 내뺐다.

1대 3으로 싸우는 광경이 벌어지나 했는데, 생각보다 상황은 쉽게 종료되었다.

역시 카리스마 하나로 이런 상황을 제압하는 오빠란 남자. 내 남편…….

"괜찮아?"

그들이 떠나고, 오빠가 걱정 어린 눈빛으로 나를 바라보았다.

"보다시피!"

눈을 반짝이며 대답했다.

대답하면서도 나는 현실 감각이 좀 없는 상태였다.

지금 이 상황이 실제가 맞는지 의심이 들었다.

혹시 꿈을 꾸고 있는 중인가?

그래, 꿈일 거야.

그렇지 않다면 오빠가 지금 이렇게 내 앞에 있을 리 없잖아.

여기 서울 아니고 제주도거든.

그래. 오빠가 너무 보고 싶은 나머지 이런 꿈을 꾸는구나.

꿈에서라도 실컷 보자. 우리 오빠 얼굴.

말없이 손으로 오빠의 얼굴을 한참 쓰다듬었다.

"아앗!"

오빠가 내 볼을 세게 꼬집었다. 방심하는 순간 당했다.

오 마이 갓. 아프잖아? 꿈이면 안 아픈 거 아냐? 이거 지금 실화야?

"이거 꿈 아니거든!"

내 생각을 읽었는지 오빠가 내 코를 잡아당겼다 놓으며 한마디 했다.

그리고 뭐라 대꾸할 겨를을 주지 않고 내 입을 막아 버렸다.

그저 스르르 눈을 감아 버릴 뿐.

'그래… 제주도 푸른 밤의 로맨스는 이럴 때 쓰는 말이지……. 이 정도는 돼야 한다고…….'

이곳에 왜 왔는지, 내가 무슨 일을 저지르고 있었는지 까마득히 잊어버리고, 영화처럼 짜잔 나타난 오빠에게 안겨 달콤한 순간을 맞고 있었다.

"올라가자, 지우야."

입맞춤으로 대신한 재회 인사를 잠시 멈추고 오빠가 말했다.

그 순간, 나는 갑자기 현실의 나로 돌아왔다.

"오빠……."

"들어가서 얘기하자……."

오빠는 내 손을 잡아끌었다.

"안 돼요."

"지우야……."

그렇게 애절한 눈빛으로 바라보면 어떡해요.

"그럼 좀 걸을까?"

오빠는 강경한 내 태도에 방향을 바꿨다.

우리는 어둠을 가르며 천천히 걸었다.

"아무래도 좀 그래서요……."

이번에는 내가 먼저 말을 꺼냈다.

"그게 무슨 말이야."

"엄마랑 언니가 나한테 하는 거 봤잖아요. 아마 오빠한테도 그럴 거예요. 그게 너무 싫어요."
"그거 때문이야? 나를 떠난 게?"
"……."
"바보. 똘똘한 줄 알았더니. 완전 바보구나, 서지우."
바보라는 말에 순간 움찔했다.
"그런 거라면 얼마든지 견딜 수 있어."
"……."
오빠의 말 한마디 한마디에 자꾸 마음이 말랑해졌다.
"내가 견딜 수 없는 건……."
"……."
집 나온 보람이 너무도 없는 것 아닐까. 오빠 더 이상 나를 흔들지 말아요.
"너 없는 내 세상. 그것뿐이야."
"오빠……."
사랑이 없는 게 비극이라는 'go on' 사장님의 말이 떠올랐다.
이제야 제대로 깨달았다.
오빠가 없는 게 비극이었구나.
오빠가 내게 사랑이니까.
어떡해…….
마음이 말랑말랑하다 못해 푹 퍼져 버렸다. 내가 이렇게 의

지박약이었던가?

 오랫동안 근성 하나로 알바계에 단련되어 있었으며, 엄마와 언니를 책임지겠다는 일념으로 강한 의지를 무기로 살아왔던 서지우였는데.

 새삼 내 모습이 새로울 지경이었다.

 이러려고 여기 온 게 아닌데…….

 역시 '사랑'이란 사람을 뒤흔드는 묘한 힘을 가지고 있는 것인지.

 "너 혼자 아파하고, 힘들어하는 거 싫다고."

 "후… 근데… 엄마도 언제 깨어나실지 모르고… 저의 앞날은 어둠뿐이에요……."

 거의 넘어갔지만, 그래도 내 마음은 다 털어놓자.

 "어머니 깨어나셨대."

 "네?"

 새로운 소식에 나는 눈이 휘둥그레졌다. 엄마가 깨어나셨다니 정말 다행이었다.

 "아까 처형한테 연락이 왔어. 엄마가 지우 널 급하게 찾으신다더라. 꼭 할 말이 있으시다고."

 "엄마가 할 말 궁금하지 않아요. 나는."

 엄마와 언니에게 냉정해지기로 했잖아, 서지우.

 "사경을 헤맬 때 할아버지를 만나셨다나 봐. 그러고 나서 엄마가 좀 이상해지셨다는데……."

"네?"

이건 또 무슨 소리인지. 조금 궁금해지긴 했다.

할아버지라면… 오빠와 나를 이어 주신 분이니까.

"서울 올라가면 같이 찾아뵙는 게 좋겠어."

"……."

머리가 혼란스러웠다.

"그리고 네 앞날 어둡지 않을 거야, 지우야. 만에 하나 어둡더라도 내가 빛이 돼 줄게… 네가 그랬듯이."

기획1팀 차혜성 팀장님이 우리 집에 찾아와 나와 결혼해야겠다고 말했던 날, 그가 돌아가는 길 끝에 비가 내렸었다.

그래서 구름이 덮인 아침은 저녁처럼 어두워졌었다.

집 앞 좁은 골목은 어둠이 덮여 스산했다.

그때 파직 하고 가로등 하나에 불빛이 들어왔다.

고장 난 줄 알았던 그 가로등, 절대 켜지지 않던 가로등이었다.

얼떨결에 해 버린 결혼이었지만, 오빠를 만나 '행복'이라는 것이 무엇인지 알게 되었다.

하지만, 그것을 그저 과거형에 두려고 했던 나였다.

오빠와 있는 시간엔 '행복'이라는 가로등이 이미 켜졌지만, 여전히 나를 둘러싸고 있는 어둠이 있었기 때문에.

그런데 오빠가 말한다.

내 앞날 어디에도 어두움은 없을 거라고.

만에 하나 있더라도 자신이 빛이 되어 주겠다고.

오빠와 발을 나란히 하며 걸었던 길 끝에 바다가 있었다.

아마도 좀 전에 내가 찾던 바다가 여기였던 것 같았다.

혼자 찾으려 했을 때는 더 멀어졌던 바다가, 오빠와 함께 걸으니 이렇게 가까운 곳에서 찾을 수 있는 바다였다니.

오빠.

비극은 안 되겠어요. 우리.

휘익-

갑자기 불어오는 바닷바람에 머리가 흩날렸다.

오빠가 내 얼굴을 가리는 머리카락을 손으로 쓸어 올렸다. 그리고 그 손으로 내 얼굴을 감쌌다.

"그러니까… 나 떠나지 마… 응?"

나를 바라보는 이토록 애절한 눈빛의 이 남자.

침을 꼴깍 한 번 삼키고는 고개를 끄덕였다.

지금 이 분위기에 이런 상황.

나를 결코 이성적으로 만들지 않는 이 로맨틱한 풍경과 영화 같은 상황.

게다가 도무지 헤어 나올 수 없는 마성의 남자.

오빠하고 있으니까 내가 정신을 차릴 수가 없다고.

"약속해."

오빠가 새끼손가락을 내 얼굴 앞으로 가져왔다.

피식 웃으며 천천히 새끼손가락을 들어 올려 오빠 손가락에 끼웠다.

"도장."

엄지끼리 맞부딪혀 도장도 찍었다.

"복사."

손바닥을 펴 복사까지 했다.

"이제 이거 어기면 중범죄야. 중범죄!"

오빠가 눈에 불을 켜고 확인사살을 했다.

"알겠어요……."

약속의 손가락까지 건 이상 더는 어쩔 수 없어 대답을 해 버렸다.

어쩌면, 엄마가 깨어나셨다는 말에 한결 마음이 편안해진 것도 사실이었다.

이왕 이렇게 된 김에 오빠랑 아무도 모르는 곳으로 도망쳐 버릴까?

도저히 오빠는 포기 못 하겠으니까…….

"이리 와, 서지우."

오빠가 나를 향해 두 팔을 벌렸다.

나는 그 품으로 다가가 안겼다.

"따뜻해……."

우리는 아무도 없는 백사장 한가운데 있었다.

오빠 품에 안겨 살짝 눈을 위로 뜨고 하늘을 바라보니 아까 보았던 초승달이 더 높은 하늘로 올라가 있었다.

그리고 달을 둘러싼 별들이 쏟아질 것처럼 많이 떠 있었다. 아까 눈물처럼 보였던 별들이 지금은 보석처럼 반짝였다.

"어제오늘 사이가 백만 년쯤 되는 줄 알았다고……."

"나두……."

오빠와 나는 이제야 한껏 긴장해 있던 마음을 풀었다.

"한 번만 더 이러면, 진짜 한시도 못 떨어져 있게 가방에 넣어 가지고 다닌다?"

"에이… 그렇게 큰 가방이 어딨다고……."

오빠가 내 볼을 잡고 눈을 흘기며 흔들었다.

"아, 참. 근데 내가 여기 있는 줄 어떻게 알았어요?"

아까부터 궁금했던 것을 이제야 물었다.

"할아버지가 알려 주셨어."

"네?"

오빠의 이상한 말에 깜짝 놀라 눈을 크게 떴다. 이 무슨 해괴한 소리인지.

"으구~~ 허당 서지우!, 정만복 기자님한테 어디 간다고 다 얘기해 놓고, 나한테 기사 컨펌해 달라고 했다면서."

"어머, 정 기자님한테 물어본 거예요?"

"응. 당연하지. 지우가 가장 마지막에 만난 사람인 것 같아서."

"오빠가 정 기자님한테 물어보리라는 생각은 정말 못 했어요. 그리고 제주도 간다고 얘기한 것도 아니었는데……."

"삼나무가 많은 곳으로 여행 간다고 했다며. 그럼 답이 딱 나오잖아……."

"헐… 그랬구나……."

내가 이렇게 치밀하지 못한 사람이었구나.

어쩌면 이렇게 쉽게 계획을 들켜 버린 게 다행이지만.

"그래서 내가 지우 매력에서 못 벗어난다고."

"네?"

"허당 서지우가 그저 사랑스러워서."

"아… 에이……. 와, 근데 정말 추리 잘했네요. 오빠 탐정 해도 되겠어요……."

나는 엄지를 척 들어 보였다.

"뭐? 품… 그래, 그렇다고 해 두자. 크크."

"헤헷."

사방은 고요했지만, 우리는 대낮처럼 환한 표정을 지으며 밝은 웃음소리로 제주 밤바다를 채웠다.

불과 한 시간 전만 해도 혼돈 속을 걷던 나였다.

그런데, 지금은 아니었다.

내 마음이 호수처럼 잔잔해졌다.

우리는 백사장 위에 풀썩 앉아 우리를 둘러싼 황홀한 풍경을 바라보았다.

"와, 밤바다 풍경이 너무 아름답죠."

"응. 그래도 지우한테는 안 되지."

이 남자 하루 떨어져 있더니 애정 표현의 달인이 되어서 돌아온 것 같다. 그러고 보니 말투도 계속 반말이고.

"초여름 바닷바람은 참 상쾌하네요."

"응. 그래도 지우만큼은 아냐."

"오빠, 달빛에 비치는 모래알이 이렇게 예뻤나요?"

"그러게. 그래도 지우보단 못하네."

하도 달달거리는 오빠 때문에 갑자기 장난기가 발동했다.

"어머, 저기 집 한 채 보이죠? 바닷가 옆에 있는 집이 너무 낭만적이다. 저기 바위섬 위에 잠든 하얀 새 좀 봐요. 저렇게 예쁜 새는 처음 보는걸요? 파도에 부딪혀 씻기는 모래도 좀 보세요. 무슨 보석 같아요. 음… 어… 또 뭐 있지?"

주변을 둘러보며 아름답게 보이는 모든 것을 다 쥐어 짜내서 얘기해 볼 생각이었다.

"큭, 서지우."

"네?"

"온 우주에서 네가 가장 아름다워."

이런……. K.O.

"우리 이제 들어갈까?"

오빠가 다시 내 손을 잡아끌었다.

"아… 오빠… 안 돼요."

"대체 왜 그러는 거야?"

자꾸 숙소로 들어가지 않으려는 나를 보고 오빠가 뾰로통한 표정을 지었다.

"아… 저 일행이 있어요."

"뭐? 누구?"

오빠는 웬 복병이냐는 듯 긴장한 얼굴로 나를 바라보았다.

워워.

그러니까 자꾸 두통이 오는 거라고요.

하루도 못 참고 제주도까지 건너온 걸 보면 정말 이 남자 어떤 남잔지 딱 알겠다니까.

제발, 릴렉스. 릴렉스.

"저 'go on' 사장님이랑 같이 왔거든요."

"아… 난 또……. 그래서 거기가 문 닫혀 있었던 거구나……."

오빠가 안도의 한숨을 쉬며 말했다.

"거기도 갔다 왔었어요?"

"응. 최 주임이 얘기해 주더라고… 자기 아니면 'go on' 사장님한테는 얘기했을 거라며……."

최준영……. 역시 나에 대해 모르는 게 없는 친구.

"그랬구나. 준영이가……."

"암튼, 그래서 지금 그 사장님 있는 곳으로 가야 한다는 거야?"

오빠는 이 상황을 받아들이기 힘든 모양이었다.

"네……."

"휴… 그냥 얘기하고 나오면 안 돼?"

표정이 정말 애잔하네.

"안 돼요."

"지우야……."

정말 톡 건들면 울 것 같네. 우리 오빠.

"지금 주무시고 계시거든요. 혹시 깨셔서 저 없는 거 알면 많이 놀라실 거예요. 휴대폰도 거기에 놓고 왔고……."

"그럼 같이 가서 휴대폰 꺼내 오고 메시지 보내 놓자. 그리고 나랑 가."

별문제 아니라는 듯 쉽게 이야기하는 오빠였다.

"오빠… 그럴 수 없어요."

"왜?"

"'go on' 사장님, 나 때문에 가게 문도 닫고 오신걸요. 이렇게 배신 때릴 수 없죠."

"그럼… 그럼… 나는 어떻게?"

오빠는 완전 애기같이 나한테 매달리는 중이었다.

"네? 뭘……."

그 모습이 너무 웃겨서 모르는 척 시치미를 뗐다.

"너를 이제야 만났는데, 혼자 호텔에 들어가란 말야?"

"내일 아침에 사장님 깨어나시면, 상황 설명드리고… 그리고 만나요. 우리."

"지우야……."

"그러지 말고요, 오빠."

"나… 오늘 밤이 너무 길 것 같단 말야."

이런… 둘이 들어갔다가는 꼴딱 밤샐 것 같은데요? 가뜩이나 피곤할 텐데…….

"에구구, 안 되겠다. 얼른 들어가요. 나도 갈래. 푹 자고 나서 우리 내일 그 숲에서 만나요. 아침 10시쯤?"

"휴… 기어코 이렇게 나를 보내겠다 이거지?"

이 남자 나를 째려본다.

"오빠……."

"쳇. 그래, 좋아. 내일 봐. 그 대신 내일 아침 10시부터는 나랑만 있기다."

"봐서요."

"어라? 뭘 봐서야……."

"아휴… 또 혹시 모를 상황이라는 게 있잖아요……."

"안 돼. 확답받기 전까지는 지우 너 이렇게 보내는 거 포기 못 해."

하, 이 끈질김 내가 또 잊고 있었네.

"알겠어요. 10시부터는 오빠랑만 있을게요."

"헷, 그럼 받아들이지. 가자. 내가 숙소까지 바래다줄게."

막상 오빠 입에서 바래다준다는 말이 나오자, 이번엔 내가 오빠와 헤어지고 싶지 않았다.

"저기… 우리 조금만 더 있다 갈까요?"

"안 피곤해? 괜찮겠어?"

오빠는 일어서려다 말고 내게 물었다. 이틀간 잠도 제대로 못 자고 피곤하죠. 완전. 그래도 이대로 헤어지긴 너무 아쉬우니까.

"네… 괜찮아요."

"그럼, 우리… 키스할까?"

다시 모래사장에 철퍼덕 앉은 오빠의 눈이 설렘이 가득한 채 반짝였다.

"오빠."

"응? 아무래도 안 되겠지? 피곤도 하겠고… 얼른 들어도 가야 하겠고……."

오빠는 억지로 체념한 얼굴 표정을 지었다.

"아휴, 그런 걸 뭘 물어보고 그래요."

지금 시원한 바닷바람이 몸에 스치고, 철썩거리는 파도에 부딪히는 모래알 소리가 아름답잖아.

하늘을 수놓은 별들은 쏟아질 듯 많고, 더 높이 올라간 초승달은 우리를 보고 미소를 짓고 있잖아.

바다를 전세 낸 듯 둘이서 노닥거리는 이 밤, 우리가 다시 만났잖아.

이곳은 더 이상 제주도가 아닐 거야.

지구인이 살지 않는 이름 모를 어느 별나라일지도 몰라.

그러니, 망설일 게 뭐 더 있겠어.

그저 키스면 되지.

혜성 오빠니까.

그를 바라보며 두 눈을 감았다.

오빠는 앙다물어 있는 내 입술에 살포시 다가왔다. 그리고 윗입술을 살짝 물어 빗장을 해제하고 안으로 들어왔다.

하.

쏘 스윗.

쏘쏘 스윗.

나를 감싼 오빠의 팔에 힘이 들어갔다.

그 기운에 나는 스르르 내 몸의 힘을 뺐다.

그저 달콤한 이 시간에 나를 맡기고 싶어서.

'시간이 멈췄으면 좋겠다…….'

제주도 밤바다에서 보냈던 로맨틱한 순간이 지나고 우리의 걸음은 게스트하우스 앞에서 멈췄다.

"후… 정말 보내기 싫다. 지금이라도 생각을 바꾸는 게 어때?"

"아… 오빠… 아까 얘기 다 끝냈잖아요. 물론, 사장님은 오빠와 다시 만나게 된 걸 무척 반기시겠지만, 지금 당장 숙소를 옮기는 건 좀 그래요."

"…알겠어."

오빠가 힘없이 대답했다.

"조심해서 돌아가시고요. 내일 삼나무 숲에서 만나요."

"웅. 딴 데로 새는 거 없기다?"

또 긴장하시긴.

"네. 그럼요. 안 떠날게요. 오빠의 세상에서."

"헷."

우리는 이렇게 다시 만났지만, 당장 다시 생이별을 하는 중이었다.

'연애도 못 해 보고 결혼했는데, 이런 감정도 뭐 나쁘지 않은 것 같은데……?'

연애하면서 헤어짐의 아쉬움 같은 거 느껴 본 적도 없었으니까.

연애한다 쳐요. 우리.

오빠를 보내고 게스트하우스에 돌아와 사장님이 자고 있는 방으로 들어갔다.

잠이 깊게 들었는지 내가 들어온 기척도 모르고 사장님은 여전히 깊은 수면 중이었다.

조용히 사장님 옆에 누워 천장의 창문을 바라보았다.

달은 자리를 옮겨 보이지 않았고, 반짝이는 별 하나가 창문을 통해 보였다.

오빠 별인가 보다…….

그 별 속에 오빠가 헤벌쭉 웃는 얼굴이 보이는 것 같아 피식 웃음이 나왔다.

이틀간 나의 감정을 휘몰아치게 만들었던 일련의 사건들이 다 해결된 것은 아니지만, 오빠 덕분에 마음은 좀 편안해졌다.

오빠는 호텔에 잘 들어갔을까? 신혼여행 때 우리 무지 딱딱하고 어색했었는데. 훗… 그래도 오빠 때문에 그때부터 악몽을 안 꾸고 잤었지…….

오빠와 함께했던 시간들이 머릿속에 멈추지 않고, 밤하늘에 은하수처럼 끝도 없이 펼쳐졌다.

아, 얼른 내일이 됐으면 좋겠다…….

불과 조금 전에 보았던 오빠가 또 사무치게 그리웠다. 같은 제주 하늘에 있는데 이렇게 따로 떨어져 자야 하다니.

하, 서지우, 이러면서 무슨 가출이야…….

내 머리를 꽁 쥐어박았다.

아, 맞다. 엄마가 깨어나셨다고 했지…….

그러다 문득 다시 엄마랑 언니 생각이 떠올랐다.

깨어난 건 다행인데, 할아버지를 만나고 와서 이상해졌다니… 이건 또 무슨 소리인지…….

갑자기 엄마를 생각하니 마음이 답답해졌다.

얼른 이 밤이 지났으면 좋겠어…….

잠시 눈을 감았다 떴다고 생각했는데, 창밖 하늘이 어슴푸레 동이 틀 준비를 했다.

어제와는 다른 오늘이었다.

내 마음의 짐을 오빠와 나눠 갖고 한결 마음이 가벼워진 날.

게다가 오빠랑 만나기로 약속한 날.

벌떡 일어나 씻고, 나갈 채비를 했다.

"아~함, 지우야! 벌써 일어난 거야? 며칠 통 못 잤다기에 오늘은 푹 자겠거니 했더니……."

"헷, 얼른 그 숲에 가고 싶어서요."

"누가 들으면 숲에 꿀이라도 숨겨 놓고 온 줄 알겠다. 암튼, 대단해. 이 정신으로 우리 카페 오픈을 한 번도 빵꾸 안 냈고만. 여기까지 왔으면 좀 푹 쉬지……."

사장님 말에 나는 빙그레 미소만 지어 보였다.

"조금만 기다려. 나도 얼른 씻고 나올게."

"네. 천천히 하세요."

아직 10시가 되려면 한참 남았지만, 나는 좀 일찍 갈 생각이었다.

이른 아침 숲의 풍경이 보고 싶기도 했고, 오빠를 만나기 전에 사장님과 데이트도 좀 해야 하니까.

"우와, 오늘 사장님 너무 예쁘신데요?"

나갈 채비를 마친 사장님을 보고 깜짝 놀랐다.

"그래? 훗. 여행 왔으니까… 그래도 좀 평소와는 다른 기분 내 보려고."

"진짜 예뻐요. 누가 남친이 없다 믿을까… 싶은데요?"

"야, 야, 서지우. 오늘 왜 이렇게 비행기를 태우실까? 가만… 오늘은 기분이 좀 좋아 보이네? 침구가 어떻게 딱 맞았어? 잠을 조금 잤어도 푹 잤나?"

사장님이 어제와 사뭇 다른 내 기분을 눈치채셨다. 하긴 이렇게 티 나는데 눈치 못 채는 게 이상하지.

"훗."

"헛! 뭐 있구나! 얼른 밝혀라!"

"숲에 가서요. 거기서 말씀드릴게요."

준비를 마친 사장님과 함께 숲에 가기 위해 밖으로 나왔다.

"흠~ 역시 제주도는 공기부터 다르네요. 아, 진짜 상쾌하지 않아요?"

"응? 그런가……."

"아… 우리 게하가 이렇게 생겼었구나. 생각보다 예뻤네요?"

"그래?"

"제주도 렌트카는 정말 깨끗하네요."

어제는 보이지 않던 것들이 하나씩 눈에 들어오기 시작했다.

오빠라는 사람이 씌워 놓은 마법 때문에.

"서지우, 너 진짜 괜찮아졌구나? 말이 많아진 걸 보니……."
"헷."
"다행이다. 이제 내 마음도 좀 놓이네. 어제는 진짜 무슨 인생 끝난 사람처럼 굴더니, 오늘은 아주 새사람 같아!"
"아휴, 입이 근질근질해서 못 견디겠어요, 사장님."
"응? 뭐야, 대체?"

이른 아침 숲으로 향하는 차 안에서 우리의 대화는 끊이질 않았다.

"어제 사장님이 먼저 잠드셔서… 산책이나 좀 할 겸 밖에 나갔다가……."
"나갔다가……?"

사장님이 침을 꼴깍 삼키고, 초집중 모드로 나를 바라보았다. 아마도 드라마 보실 때도 이렇게 몰입을 하시겠지 싶었다.

"혜성 오빠를 만났어요."
"대박. 설마 너 찾으러 온 거야?"

사장님 물음에 고개를 끄덕끄덕했다.

"헐, 역시……. 역사는 밤에 이뤄진다더니… 내가 쿨쿨 자는 사이에 많은 일이 있었네. 그래서 다시 돌아가기로 한 거야?"

사장님의 가장 큰 궁금증은 이것.

"네……. 오빠가 막 여기까지 찾아오고… 휴… 저도 마음이… 아무래도 안 되겠더라고요."

"와… 진짜 부부싸움 칼로 물 베기라더니, 너희 사이 가출도 딱 그거다."

약간 다행이면서도 허무한 듯한 사장님의 표정. 나는 괜히 민망해졌다.

"큭."

"아니, 근데 너 왜 여기에 있는 거야?"

"네?"

"차 팀장 만났으면, 차 팀장이랑 자지 그랬어."

"아… 사장님을 두고 그럴 수야 없죠."

"어이쿠, 서지우 그래도 의리는 있구나."

"저 때문에 카페 문도 닫고 오셨는데, 제가 그럴 수 있나요."

사장님도 나를 보고 빙그레 웃었다.

사장님과 나를 태운 렌트카가 어느새 비밀스런 삼나무 숲 근처에 다다랐다.

"우와… 나무 키 큰 것 좀 봐. 정말 오래된 나무 같아."

"그죠. 그래서 이 숲이 더 신비스러워요."

사장님과 나는 안개가 채 걷히지 않고, 풀잎에 맺힌 이슬이 아직 마르지 않은 시각 삼나무 숲을 거닐며 이야기꽃을 피웠다.

"그래서 오늘 차 팀장이랑 10시에 여기서 만나기로 했다고?"

"네."

"그럼 이제 곧 오겠네?"

어느덧 시간이 꽤 흘러 10시가 다 되어 갔다.

"그럼, 난 차 팀장이랑 인사 좀 나누고 빠져 줄게."

"아… 어디로 가시게요?"

나 때문에 여기까지 왔는데, 동행할 수 없다는 게 마음이 좀 걸렸다.

"하, 서지우. 지금 내 걱정 하는 거? 여기 제주도라고. 관광도시 제주도. 볼거리가 한두 개겠어? 이왕 온 김에 몇 군데 좀 둘러봐야지."

"죄송해요… 같이 못 가서."

"죄송은 무슨……. 네가 그저 살아 있는 게 땡큐니까 내 걱정은 마서. 그리고 혼자 다녀야 여행하다 썸도 좀 타 보지. 안 그래?"

사장님의 말에 눈물이 핑 돌았다. 그래서 같이 오신 거구나… 내가 무슨 못된 일이라도 저지를까 봐…….

고마워요, 사장님.

근데, 솔직히 사장님도 겁이 많으시면서 괜히 내 마음 편하라고 썸이니 뭐니 이렇게까지 이야기해 주신다는 거 다 알고 있었다.

그래도 이렇게 좋은 사장님 만나는 남자는 진짜 행운인데, 얼른 나타났으면 좋겠다.

"어? 이게 뭐지?"

"우와."

우리 앞에 보이는 아주 커다란 나무. 그리고 그 앞에 있는 아담한 펜스에 그 전에 다녀갔던 사람들이 소원을 적어서 걸어 놓은 조그맣고 동그란 나무판이 잔뜩 걸려 있었다.

"사랑이 이루어지는 나무?"

"지난번에는 못 봤던 건데……."

사장님과 나는 그 나무의 정체가 적힌 표지판을 보고는 흥미롭게 나무를 바라보았다.

"우리도 적어서 걸어 볼까요?"

내가 먼저 사장님에게 제안을 했다.

사장님이 눈을 찡끗했다.

우리는 여유분 나무판과 펜이 놓여 있는 작은 테이블에 섰다.

"사장님, 먼저 쓰세요."

펜이 하나라 사장님께 먼저 쓰라고 권하고 나서, 다시 나무 곁에 와 펜스에 걸린 나무판들을 살펴보았다.

나무판에 적힌 것은, 자신의 이름과 좋아하는 사람의 이름을 쓴 다음 그 사이에 하트를 그려 넣은 것이 가장 많았다.

"우와… 정말 많다. 여기에 써서 걸어 두고 다음에 내 것 찾기도 쉽지 않겠는데?"

빼곡한 나무판을 보며 감탄을 하고 있는 찰나,

"어?"

낯익은 글씨와 이름이 눈에 들어왔다.

차혜성 ♡ 서지우 내 마음을 빨리 발견해 줘. 사랑해. 2018. 4. 12

어맛-

오빠의 글씨였다. 그리고 또렷이 적힌 오빠와 내 이름. 근데 급히 휘갈겨 쓴 느낌이 없지 않았다.

적힌 날짜는 가만히 보니 신혼여행 때였다.

아마, 나를 찾아 이곳에 왔던 오빠가 적어 두고 간 것 같았다.

"오빠……."

그 나무판을 손으로 쓰다듬었다.

"지우야, 나 다 썼어. 얼른 너도 써."

사장님이 나무판을 들고 내가 있는 곳으로 왔다.

언놈인지 얼른 나타나라.

"큭."

사장님이 적은 것을 보고 나는 웃음이 삐져나왔다.

"넌 안 써?"

"아… 저는 안 써도 될 것 같아요."

"그래? 그래, 그럼. 지우야, 나 급하다. 화장실 좀 다녀올게."

사장님은 나무판을 재빨리 펜스에 걸고 뛰어가셨다.

"여깁니다."

혜성은 정만복 기자와 함께 삼나무 숲에 도착했다.

"굉장히 신비스러운 숲이네요. 꼭 묘령의 누군가가 나타날 것만 같아요."

"네. 지우도 이곳이 인상에 깊었나 봐요."

"그렇군요……."

"아까 말씀드린 대로 어제 지우를 만났는데, 오늘 우리가 계획한 파파라치 컷에 대해서는 이야기 안 했습니다."

"아……."

"요즘 여행 가면 스냅 촬영들 많이 하잖습니까. 그래서 정 기자님이 사진도 잘 찍으시니까, 기사로 쓸 겸, 저희 기념사진도 찍을 겸 나중에 이벤트로 보여 줄 생각입니다."

"오호… 알겠습니다. 최대한 예쁘게 찍어 볼게요."

정 기자는 순간 웨딩 촬영 나온 작가 부심이 생겼다. 한때, 스튜디오를 차리고 싶었을 만큼 사진 찍는 걸 좋아했던 그였다.

"그럼 잘 부탁드리겠습니다. 여기부터는 따로 움직이죠."

"넵. 근데, 저 잠시 화장실 좀 다녀오겠습니다. 놓치지 않고 따라가야 하니까 그 전에 볼일 좀 봐 둘게요."

정 기자는 화장실을 찾아 나섰다. 잘 알려지지 않은 곳이다 보니 화장실도 한참을 가서 겨우 발견했다.

볼일을 보러 들어가려던 찰나, 한 여자가 그쪽에서 나오는 것이 보였다.

자세히 보이지는 않았지만, 언뜻 보아도 매우 아름답고 매혹적인 여자였다.

그 여자가 고개를 숙여 손의 물기를 닦던 손수건을 정 기자 앞에서 놓쳤다.

"어, 여기요."

정 기자가 손수건에 묻은 흙을 탁탁 털어 그 여자에게 건넸다.

"고맙… 어머, 만복이? 너 정만복 아냐?"

"헐, 이수민? 네가 어떻게 여기에……."

"나? 나는… 누구 좀… 구제… 아니, 여행 왔지. 근데 넌?"

'go on' 카페 사장 수민은 지금 이곳에서 정 기자를 만난 게 정말 너무나 신기해 정신이 번쩍 들었다.

"아… 나… 난……."

정 기자도 수민이 무척 반가워 마음이 동했다. 하지만 지금 엄청난 특종거리를 들고 있는 데다 시간을 지체할 수도 없어 자신이 여기 온 목적에 대한 이야기를 시작하는 게 망설여졌다.

"캬, 초딩 때랑 변한 게 하나도 없네. 그때도 이렇게 카메라 가지고 다니면서 교내 기자단 하고 그러더니… 진짜 신기하다."

정만복이 대답에 뜸을 들이자 수민은 그새를 못 참고 이야기를 했다.

"훗, 그랬어? 너 여행 혼자 온 거야?"

정만복은 여전히 묻는 말에 대답은 안 하고 엉뚱한 걸 물었다.

"어? 어……."

수민의 촉에 뭔가 이건 나를 붙잡는 상황이구나 싶었다.

그래서 놓칠 수 없었다. 마침 지우가 차 팀장을 만났다고 했으니 나름의 임무는 끝났고, 이제 제대로 여행 좀 즐겨 볼 차례인데 만복이가 동행이 될 수도 있을 것 같았다.

초딩 때 좋아했던 정만복 말이다.

그녀가 치매만 아니라면 그도 자신에게 관심이 있었다. 여행지에서 수십 년 전의 인연을 만날 줄이야! 어제 게하에서 만난 커플처럼 신기한 일이 자신에게 벌어졌다.

"그럼, 미안한데 내가 지금 시간이 좀 없거든. 잠시만."

정만복은 차 팀장에게 곧 미션을 수행하겠다고 메시지를 보낸 다음, 다급히 수민의 손을 잡아끌었다.

"정만복? 너 뭐 하는 거야?"

"지금 얘기할 시간이 없어. 조금 이따가 다 얘기해 줄게."

만복의 팔에 끌려 수민이 아득한 숲속 사이에서 함께 바라본 광경은 놀랍게도 혜성이 지우와 손을 맞잡고 걷는 장면이었다.

★

'왜 이렇게 늦으시지. 벌써 10시가 다 돼 가는데…….'

화장실에 간 사장님이 시간이 꽤 지났는데도 돌아오질 않아 근처로 가 볼 생각이었다.

내 발 앞에는 두 개의 오솔길이 있었다. 하나는 화장실 쪽으로 가는 오솔길, 하나는 입구로 이어진 길이었다.

"지우야!"

화장실 쪽으로 몸을 틀어 걸어가려는데, 어디선가 아는 목소리가 나를 불렀다.

이른 아침 햇살처럼 내리는 내 남자의 기운.

"오빠!"

다른 쪽 오솔길 중간에 혜성 오빠가 서 있었다.

그런데 내 이름을 부른 오빠는 더 이상 내 쪽으로 걸음을 옮기지 않고, 나무처럼 우뚝 서 있었다.

내가 그를 부르자, 그제야 자리에서 긴 두 팔을 벌렸다.

함박 미소를 띠고.

훗-

나는 전속력으로 달렸다.

머리가 휘날리도록.

그리고 마침내 그 품에 와락 안겼다.

내 집인 양 편안하게.

그러나 막 사랑에 빠진 듯 가슴이 터지도록 설레게.

왜인지 모르겠지만, 눈가에 살짝 배어 나온 눈물도 바람에 흩날렸다.

"밤새 잘 잤어?"

다정한 목소리가 귀에 감겼다.

오빠는 두 손으로 내 얼굴을 들고 이마에 뽀뽀를 했다.

"아뇨……."

"왜?"

이내 눈살을 찌푸리며 걱정 어린 표정이 오빠 얼굴에 가득했다.

"얼른 오늘이 왔으면 싶어서. 안 오는 잠을 억지로 청했거든요."

"아, 난 또. 악몽 꾼 줄 알고 놀랐네."

"아, 맞다. 사장님."

지금 사장님을 찾으러 가려던 길이었음을 생각해 냈다.

"오늘 카페 사장님이랑 좀 일찍 나왔거든요. 근데 화장실에 가신다더니 아직도 안 오셔서… 찾으러 가려던 길이었거든요. 어? 뭐지?"

오늘에서야 겨우 켠 휴대폰에 사장님의 메시지가 도착했다.

[지우야, 좋은 시간 보내. 난 미리 빠진다.]

"에고… 먼저 숲을 나가셨나 봐요. 인사시켜 드리려고 했는데……."

"그러게. 나도 고맙다는 말씀 드리고 싶었는데 아쉽게 됐다."

"네에……."

휴대폰을 만지작거리고 있었다. 사장님과 이렇게 헤어진 게 뭔가 좀 마음에 걸리는 느낌이었다.

"지우야, 이제 숲길 데이트를 시작해 볼까?"

오빠가 멀뚱히 서 있는 내 손을 잡았다.

"네."

그래, 이젠 오빠만 생각하자.

오빠를 보고 빙긋 웃었다.

"그때 여기 처음 왔었을 때, 숲이 너무 좋아서 오빠랑 함께 왔으면 참 좋았겠다는 생각을 많이 했었어요."

"응. 그때 나도 이 숲을 오긴 했었지. 너 찾으러."

"그땐 각자 다른 기분으로 걸었던 숲길이었네요."

"이제는 이렇게 우리 같이 있으니까 참 좋다. 그치?"

오빠가 깍지 낀 내 손을 자신의 가슴께로 가져갔다.

"그래서 오늘이 참 뜻 깊네요. 다시 신혼여행 온 기분도 들고."

"후훗, 그래? 아, 참. 보물찾기 좋아해?"

"보물찾기요? 휴, 저 그런 거 진짜 못했어요. 아예 못 찾는 거 아니면 찾아봤자 꽝만 나오고… 그랬죠."

"그랬구나. 사실, 내가 이 숲에 보물 숨겨 놨거든. 그거 찾으면 내가 지우 소원 하나 들어줄게."

오빠가 눈을 반짝이며 이야기했다.

가만, 보물이라?

혹시, 아까 사랑이 이루어지는 나무에 건 나무판을 말하는 거 아닐까?

그렇다면, 이미 찾았는데.

사실, 아까 그 나무판을 발견하고 고리를 빼 가방에 넣어 두었다. 발견했다는 의미로 보여 주려고.

"에이, 소원 하나는 넘 약한데요? 세 개 가죠."

이미 찾았으니 배짱이나 부려 보자 싶었다.

"헉, 세 개나? 흠… 오케이! 숲이 이렇게나 크니까, 세 개 정도는 해야겠다. 콜!"

"헤헷."

오빠 손을 벗어나 보물을 찾는 시늉을 했다.

"흠, 보물이 어디 있으려나? 나무 뒤에도 없고… 돌멩이 아래에도 없고……."

내가 두리번거리며 앞으로 나아가자 오빠가 나를 졸졸 따라다녔다.

"저쪽 길에 있나……."

조금 속도를 내 앞으로 걷는 척을 하다가 갑자기 멈춰 뒤를 돌았다.

내 꽁무니를 쫓아오던 오빠가 걸음을 옮기려다가 멈춰 서 버린 나와 딱 부딪혔다.

"혹시 이거 아니에요? 보물?"

오빠의 배를 꾹 눌렀다.

바로 찾으면 재미없으니까, 한 번 정도 장난도 좀 쳐 보고 그래야지 싶었다.

"오호~~ 내가 지우의 보물이긴 하지. 그런 의미에서 볼뽀뽀!"

오빠가 몸을 숙여 볼을 내 얼굴에 갖다 대는데, 손으로 내 앞에 있는 오빠의 얼굴을 잡고 돌려 입에 뽀뽀를 했다.

20.

하트 시그널

그런데, 뽀뽀하고 난 다음 오빠의 얼굴이 무척 발그레해졌다. 그리고 주위를 살피는 것이 아닌가.

어라? 새삼 왜 이러지?

"여기 아무도 없어요, 오빠. 부끄러워요?"

"어? 그치……. 부끄럽긴… 헷. 좋아서 그래. 근데 이를 어쩌나, 내가 숨겨 놓은 보물은 다른 건데?"

"그래요? 하… 정말 찾기 힘들다. 조금 쉬었다 갈까요?"

마침 몇 미터 앞에 벤치가 있어 오빠에게 좀 쉬었다 가자고 했다.

"그래!"

벤치에 앉아 있으니 걸을 때는 넘겨들었던 풀벌레 소리, 산새 소리들이 또렷이 들려왔다. 그리고 피톤치드가 얼마나 많이 나오는지 정말 머리와 몸이 상쾌해지는 기분이 들었다.

"넘 좋아요, 오빠."

"나두. 헷."

"이렇게 가만히 있기 심심한데… 아무도 없고……."

애먼 발만 올렸다 내렸다 했다.

막상 또 이런 분위기에 있자니 로맨틱한 상상이 떠오르는 건 어쩔 수 없으니까.

어제 밤바다에서 했던 그 키스 지금 또 하면 어때요?

라고 내 입으로 말하기도 그렇고.

그나저나 오빠만 만나면 나는 음란마귀가 되는 것이 분명해…….

아무튼 내 생각을 뻔히 알고 있는 것 같은데, 이 남자 평소답지 않게 뭔가 신경 쓰는 눈치였다.

"라라랄라라……."

괜히 허밍으로 노래도 부르며 시간을 벌어 보았다.

'아무래도 안 되겠네.'

결심하고 가방에 넣어 둔 나무판을 꺼냈다. 아마도 오빠가 찾길 원했던 그 보물.

"자, 여기요. 보물."

나무판을 쥐고 있는 손을 오빠 앞에서 펼쳤다.

"어? 이게 왜… 거기서 나와?"

정말 깜짝 놀란 모양인지 오빠의 눈이 커졌다.

"아침에 산책하다가 발견했어요."

"헐… 그랬구나……. 그거 완전 꽁꽁 숨겨 놔서 찾기 힘들었을 텐데……."

정말 신기하다는 듯 오빠가 말을 이었다.

"내 눈엔 딱 보이던데요."

"역시……."

내가 기특해 보이는지 오빠는 내 머리를 쓰다듬었다.

아, 부드러워.

오빠가 머리를 만져 줄 때마다 마음이 말랑말랑해졌다.

"그럼 이제 소원 세 개 말하면 되나요?"

"당연하지!"

"하나는 훗."

막상 얘기하려니 좀 민망해졌다.

"지금. 여기. 키스."

갑자기 오빠의 귀가 빨개졌다.

"어… 그러니까 지우야… 그거 지금 꼭 해야겠어? 가볍게 뽀뽀는 어때?"

이 남자, 오늘 왜 이러지?

그러니까 더 귀엽긴 하지만.

"별로 안 하고 싶은가 보네요. 나도 자존심 있거든요. 됐어요. 하, 보물 괜히 찾았네."

뾰로통한 표정을 지으며 오빠를 흘겨보았다.

"그럴 리가. 근데 말이야, 혹시 사람 많은 데서 막 키스하고 이런 거 좋아해?"

"네?"

갑자기 뜬금없는 이런 질문은 또 뭐야. 여기가 강남 한복판도 아니고 자꾸 왜 이러는 거야? 당최 내 눈에는 보이지 않는 사람들이 숲에 복병처럼 숨어 있기라도 한 건지.

"뭐, 사람 많은 데서 내가 이 남자 여자다, 이 남자가 내 거다 이렇게 보이는 것도 나쁘지 않아요."

"정말이지?"

"그렇다니까요."

"그럼 분명 허락한 거다?"

"네에……."

뭔가 대답을 하면서도 괜히 기분이 좀 찜찜한 건 왜일까?

어쨌든-

읍-

오빠는 강렬하게 다가왔다. 아까 뭔가 민망해했던 모습과 극을 달리는 그였다. 참을 만큼 참았는데, 네가 허락하니 마음껏 하겠다는 모양.

오빠, 지금 부는 바람에서 달콤한 향이 나요.

오빠, 하늘에 떠 있는 뭉게구름 맛이 이것보다 더 달까요?

오빠, 하…….

"지우야, 우리 산책 그만할까? 이 정도면 된 거 같은데."

만복의 눈에 두 사람이 미지의 숲을 산책하는 모습이 마치 영화 속 한 장면처럼 여겨졌다. 만복은 그 장면을 신중히 체크하며 카메라에 담았다.
"어맛! 너 지금 뭐 하는 거야?"
수민은 만복이가 몹쓸 짓이라도 하는 줄 알고 뒤통수를 한 대 쳤다.
"앗! 이수민, 손 매운 거 여전하네. 이거 차혜성 팀장님 부탁이라고. 이상한 거 아니거든. 조금 이따 다 설명할게. 제발."
만복은 다급히 수민의 손을 잡고, 지우와 혜성의 발걸음을 쫓았다.
두 사람 눈앞에 보인 장면은 지우가 혜성의 입에 키스를…….
"하… 배경 좋고, 인물 좋고. 드라마 저리 가라네……."
수민은 어느새 부러운 듯 몰입하며 그들을 바라보았다.
"이수민, 너 결혼했니?"
"아니. 넌?"
"아직."
"대박."
"너 만나려고 그랬나 보다."

만복은 사진을 찍다 말고, 수민을 바라보며 씽긋 웃었다.
'어쩐지, 강렬하게 지우를 따라가야겠다는 생각이 들더니만······.'

수민도 살짝 미소를 지었다. 이제 와 뭐 속마음을 애써 숨기고 그럴 나이는 아니니까. 그저 운명이 이끄는 대로 따라가면 되는 거구나 싶은 느낌이 들었다.

산책을 그만하자던 오빠가 잠시 휴대폰을 만지작거리더니 이내 내 손을 끌고 숲을 나왔다.

"오케이. 됐대. 이제 가자."

"네? 뭐가요?"

"응, 비밀."

"에엥? 근데, 어디로 가려고요?"

"어디긴 호텔."

강렬한 입맞춤의 기운이 아직도 사그라지지 않은 듯 오빠는 다급한 모습이었다.

"아, 오빠 천천히 가요."

이 남자 이리도 질주 본능이 있었던가. 한산한 도로라지만, 일단 서두르는 오빠를 진정시킬 필요가 있었다.

하지만, 말은 이렇게 했으나 내 마음의 불꽃도 사라지지 않고 있었다.

호텔에 도착하자마자 차를 재빨리 주차하고 내 손을 끌

고 가는 오빠. 둥둥거리는 마음을 안고 나도 오빠를 따랐다.

오빠 손에 이끌려 간 곳은 우리가 신혼여행 때 묵었던 그 룸이었다. 우리는 넓고 넓은 룸 중 가장 작은 공간에 들어갔다. 내가 전에 사용했던 방이었다.

처음으로 함께 누워 봤던 그 침대가 눈앞에 있었다.

아늑하고 따뜻한 공간, 그리고 밀려오는 그때의 추억들.

이 침대에 누우면 그 날이 생생하게 다시 떠오를 것 같았다.

"지우야, 이리 와."

이렇게 코앞에 있는데 더 어디로 오라고 하는 건지. 오빠는 침대에 앉아 나를 위로 바라보았다. 그리고 애써 침착한 모습으로 내 반응을 살폈다.

"훗-"

오빠 무릎에 앉아 버렸다. 그리고 그의 목에 내 팔을 둘렀다.

"이제 진짜 우리 둘뿐이다."

"네?"

계속 우리 둘뿐이었는데, 자꾸 이상한 소리를 하는 오빠였다. 아, 참. 아까 비밀도 있다더니… 일단, 급한 불부터 끄고 추궁해 봐야지.

"훗, 오빠, 뽀뽀-"

오빠가 눈을 감고 입술을 쭉 앞으로 뺐다.

'호- H푸드 기획1팀 팀장님의 이런 귀엽고 앙큼한 모습은 나만 볼 수 있는 것이란 말이다…….'

괜히 뿌듯한 마음으로 오빠 입술에 내 입술을 맞췄다.

'으으으엉?'

앙큼하게 다가온 오빠는 생각보다 강하게 다가왔다. 지금까지의 뽀뽀가 달콤한 초콜릿 같았다면, 오늘 뽀뽀는 진한 에스프레소 같았다.

잠들지 않게 만들 강한 카페인이 들어 있어 더욱 뇌를 각성시키고 있었다.

오빠는 나를 감싸던 한쪽 팔을 자신의 목께로 가져가 메고 있던 넥타이를 풀어헤쳤다. 그리고 셔츠의 단추를 거칠게 풀기 시작했다.

"내가… 내가 풀어 줄게요."

내 생전 이런 행동은 처음이었다. 남자의 셔츠에 달린 단추를 내 손으로 일일이 풀어헤치는 날이 다 오다니. 이런 내 모습에 오빠는 더욱 기분이 좋아 보였다.

사실, 오빠와 함께 보낸 날들 중에서도 내가 이런 행동을 한 적은 없었다. 오빠가 좋았지만, 나를 다 줄 만큼 믿었지만, 아직은 어리숙했던 나였다.

그런데 다시는 볼 수 없을 거라 여겼던 오빠와의 재회가 나를 더욱 과감하게 만든 것 같았다.

이제는 그럴 리 없겠지만, 오늘이 오빠와 함께하는 마지막

날인 것처럼 후회 없이 사랑한다면, 그 마음으로 평생을 함께한다면, 그렇다면 우리가 함께하는 모든 시간이 더욱 소중할 테니까. 할 수 있는 한 최선을 다해 사랑하고 볼 일이었다.

"우리 다시는 헤어지지 말자. 나 이제 너 없으면 안 된다고."

"알겠어요. 미안해요, 오빠."

오빠도 나와 같은 마음이었다.

애틋한 마음이 닿아 우리는 서로에게 더욱 깊이 빠져들었다.

이토록 단단하고 넓은 가슴에 너의 모든 것을 기대라는 오빠의 시그널.

다치지 않게 그러나 보듬어 줄 수 있게 꼭 감싼 팔에선 영원토록 너를 지켜 줄 거라는 시그널.

'아무리 복잡한 상황이 있더라도 오빠에게 비극을 안겨 주진 않을게요. 사랑하니까요.'

오빠의 가슴과 팔을 매만졌다. 그리고 오빠의 시그널에 대한 나의 대답을 전했다.

앉아서 시작한 우리의 입맞춤은 한결 가벼워진 옷차림으로 침대에서 이어졌다. 그리고 그리웠던 마음을 풀어내는 이 시간을 서로의 몸에 새겼다. 오래도록.

"정만복, 이제 사실대로 얘기해 보시지? 뭐가 뭔지 궁금해 죽겠다고!"

만복이 지우와 혜성 일행을 호텔까지 따라가 촬영을 마치고 나서야 한숨을 돌리자, 수민이 오래 기다렸다는 듯 채근했다.

"아… 이따가 보면 알겠지만, 오늘 이 사진 기사로 나갈 거야."

"헐."

수민의 눈이 더욱 커졌다. 포털 연예란 가십거리 기사 촬영 현장에 동행했다는 짜릿함과 동시에 지우의 반응이 걱정이었다.

"사실, 차 팀장님이 부탁하신 거야. 오늘 숲 데이트 스냅 컷 중 괜찮은 건 지우 씨한테 선물한다고 했고, 또 몇 컷은 일부러 기사로 내서 결혼 의혹 잠재우신다고."

"아… 짜고 치는 기사네? 기획자 차 팀장, 실행자 정만복?"

"'완벽한 러브 시나리오'라고나 할까? 암튼, 이제 됐냐! 그건 그렇고 너 진짜 몰입해서 보더라. 무슨 드라마 보는 줄. 큭."

"워낙 배경이며, 인물이며 좋았어야지. 넘 부럽더라고……."

"부러우면 너도 해."

"뭘?"

"사랑."

"하… 그게 쉽지 않더라고. 사랑은 혼자 하나…….."

"나랑 하자."

순간, 수민의 동공이 흔들렸다. 안 그래도 아까 숲에서부터 만복이 심쿵하는 이야기를 하더니 결국 이렇게 아름다운 결말이 기다리고 있었다.

"장난하지 말고……."

그래도 한 번은 튕겨 봐야겠다고 생각한 수민이었다.

"진짜야. 너 딱 보는 순간, 운명이라고 생각했다고."

"하긴… 진짜 이렇게 만나는 게 쉽지는 않으니까……."

수민은 돌고 도는 인연을 이렇게 또 놓칠 수는 없다고 생각했다.

"지금부터 사랑해도 50년도 못 한다……. 어쩔래?"

"헐. 우리 생이 그 정도밖에 안 남았어?"

만복의 의미심장한 이야기는 수민의 심장을 더욱 쫄깃하게 만들었다.

"평균 수명으로 따지면 50년 플러스, 마이너스 정도. 어쩔래?"

"그…럼, 뭐… 더 늦기 전에……."

"오케이! 그럼, 음… 아직 비행기 시간이 좀 남았는데… 내 방 갈래? 여기 내 룸도 있거든."

"방이라고?"

수민은 갑작스런 만복의 제안에 무척 당황했다. 머릿속에는 방금 내가 뭘 먹었는지, 오늘 속옷은 뭘 입고 왔는지 빠르게 스캔하는 중이었다.

"아니… 이거 사진 정리해야 해서……."

"아… 난, 또……."

"무슨 생각 한 거야?"

"아냐. 그래, 얼른 가자, 그럼."

민망해진 수민이 오히려 만복의 손을 끌었다. 만에 하나, 오늘 정신 줄을 놓더라도 만복이니까 괜찮을 거라 생각하며.

"우와, 여기 되게 좋은 호텔인가 봐."

만복을 따라 호텔에 들어선 수민은 고급스러운 호텔 로비만 보고도 입이 다물어지지 않았다.

"괜히 H푸드 팀장님이시겠냐. 이 정도는 뭐……."

수민은 만복과 함께 엘리베이터에 올라탔다. 그의 방이 있다는 7층으로 올라가는 동안 괜히 어색한 기분 때문에 진땀이 다 났다.

그런 기분은 만복도 마찬가지.

어렸을 적 순수한 마음으로 서로에게 호감을 품었던 두 사람이었다.

그러나 이제는 삼십 대 후반의 미혼 남녀.

호텔 문이 열리고 화려한 룸 컨디션에 수민은 또 한 번 마음이 괜히 설레었다.

"만… 만복아, 사진 정리할 거 많아?"

괜히 어색한 마음에 만복에게 이 말 저 말을 걸어 보는 수민이었다.

"어? 어… 한 삼십 분 정도만… 하면 될 것 같아……."
"비행시간은 얼마나 남았지?"
"두 시간 정도?"

만복의 대답이 미세하게 떨렸다.

쿵쿵쿵쿵-

만복과 수민의 심장이 유난히 크고 빠르게 뛰었다.

"사진 같이 볼래?"

만복이 거실 테이블에 노트북을 펼치고 룸을 돌아보는 수민을 불렀다.

"그럴까?"

두 사람은 룸 거실 소파에 앉아 테이블에 놓인 노트북을 함께 바라보았다.

"와, 진짜 선남선녀가 따로 없다. 그치."

수민은 지우와 혜성의 사진을 보며 감탄을 금치 못했다.

"젊음이 좋지……."

만복도 한마디 거들었다.

"뭐, 우린 늙었냐? 아직 삼십 대라고. 우리도."

수민이 만복에게 핀잔을 주었다.

"수민이 너는 옛날 모습 그대로야. 누가 삼십 대로 보겠어."
"뭐?"

만복의 말에 그가 괜히 하는 말인 줄 알면서도 수민의 마음이 심쿵했다.

"훗, 그냥 하는 말 아닌데?"

"……."

수민은 자신의 생각을 읽은 만복의 말에 깜짝 놀랐다.

사진 여러 장이 지나고, 지우와 혜성이 키스하는 장면이 모니터를 가득 채웠다.

순간, 재잘거리던 두 사람의 대화가 끊겼다.

그리고 정적이 찾아왔다.

"우리라고 뭐."

만복이 정적을 깨고 말을 꺼냈다.

"우리라고 뭐. 부러우면 지는 거지."

수민도 만복의 말을 이었다. 이 정도로 대화가 찰지게 이어지면, 찰떡궁합. 천생연분?

"그래서 안 지려고."

만복이 수민에게 다가왔다. 그리고 입을 맞췄다.

가볍게 터치하듯 시작된 입맞춤은 이내 강렬해졌다. 만복은 수민의 입을 맞춘 채로 거실에서 방으로 옮겨 갔다.

"아까 한 말 진짜지?"

잠시 입을 뗀 만복이 수민에게 물었다.

"뭐?"

달아오를 대로 달아오른 수민이 무슨 얘기냐는 듯 만복에게 물었다.

"남은 생 사랑하자는 말."

"아… 그럼."

"내가 무작정 이러는 놈은 아니라서 말야."

"알아. 내가 너를 모를까. 범생이 정만복."

"우리 오늘부터 1일이다, 그럼."

"알겠다고. 빨리해."

수민이 만복을 다그쳤다. 일분일초가 아까운 이 순간에 무슨 할 말이 이리도 많은 건지.

수민의 대답을 들은 만복은 이제야 안심이란 듯 더욱 강하게 그녀에게 몰아쳤다.

그의 거친 손은 어느덧 자신과 수민이 걸치고 있는 불필요한 것들을 하나씩 해제하기 시작했다. 그리고 이제 거칠 것 없는 그녀의 몸을 부드럽게 탐하기 시작했다.

수민은 그런 만복의 손길에 더욱 흥분되는 마음을 감출 수 없었다.

"하, 만복아."

"응. 얘기해."

"아니, 좋다고."

"그래? 나도 좋아."

이 순간, 두 사람이 만나지 못했던 26년간의 시간은 찰나에 불과했다.

어제 만났다 헤어지고 오늘 다시 만난 사람들처럼, 어제 사랑을 나누고 또 오늘 사랑을 하는 사람들처럼 그렇게 자연스럽게 서로에게 빠져들었다.

"시간이 부족하다……."

만복은 다가오는 비행시간이 못내 아쉬웠다.

"그러게……."

수민도 만복과 같은 마음이었다.

"밤을 새도 모자랄 것 같아."

"맞아."

"우리 서울에서 또?"

"훗."

두 사람은 어느덧 헤어질 시간이 가까워지자 아쉬운 기분에 사로잡혔다. 그리하여 앞으로의 약속을 해 두지 않고는 못 배기는 상황이었다.

"하… 만복아……."

두 사람은 이윽고 최고의 기분을 만끽했다.

"너, 진짜 최고야."

수민이 흐트러진 머리를 쓸어 올리며 말했다. 만복은 기분 좋은 미소를 지으며 수민을 꼭 안았다.

오빠와 함께 공항에서 정 기자님이라는 분을 기다리는 중이었다. 오빠에게 오늘 있었던 수상한 일들에 대해 전해 들었고 정 기자님이 보내 준 예쁜 사진도 받아 보았다. 결혼 후, 함께 찍은 사진이 거의 없었는데 정말 특별한 기념이 된 것 같아 내심 기분이 좋았다.

사진 몇 개는 휴대폰에 저장해 놓고 오빠와 함께한 여행이 생각날 때마다 볼 생각이었다.

"어? 사장님?"

정 기자님과 함께 서울로 돌아가기 위해 오빠와 함께 기다리고 있는데, 'go on' 사장님의 모습이 눈에 띄었다.

게다가 옆에 웬 남자?

무슨 일이 벌어진 거지?

"지우야!"

사장님도 나를 발견하고 반겼다.

"오셨어요, 정 기자님."

"네. 안녕하세요, 지우 씨."

오빠가 사장님 옆에 있는 남자와 인사를 나눴고, 그 남자는 오빠와 눈인사를 한 다음 내게 인사를 건넸다.

"네. 안녕하세요. 오빠, 이쪽은 카페 사장님……."

"반갑습니다. 차혜성입니다. 말씀 많이 전해 들었습니다."

일단 서로 인사는 해야 할 것 같아 정신없는 상황이지만, 정 기자님이란 분에게 인사를 한 다음, 오빠에게 사장님을 소개했다.

"네. 안녕하세요. 전에 저희 가게 자주 오셨었잖아요."

"아, 네. 그랬죠. 하하."

"사장님! 근데, 어떻게 된 거예요? 그리고 머리는 또 왜 이래요?"

오빠와 사장님 간 인사가 끝나고, 오빠와 정 기자님이 따로 대화를 나누는 동안, 나는 사장님에게 살짝 속삭이듯 물었다. 이 상황이 도대체 뭔지. 그리고 아침에 단정했던 머리는 또 왜 이렇게 부스스해진 건지.

"어? 글쎄, 정 기자가 내 동창이야. 숲에서 우연히 만난 거 있지. 대박이지."

"어머, 어떻게 이런 일이……."

어제 사장님이 말한 그 신기한 인연이 여기에 또 있었다니 나도 너무 놀라웠다. 심지어 그 상대가 오빠와 함께 온 정 기자님이라니.

"그리고… 오늘부터 내 남친 하기로 했어. 정만복 기자."

"네에?"

안 그래도 신기해하고 있는데, 사장님의 다음 말이 더 대박이라 입이 다물어지지 않았다.

"초딩 때 좋아한 아이였어. 여전히 괜찮네. 지금까지 만난 남자들과 완전 달라. 나랑 이렇게 잘 맞는 남자는 처음이라니까. 내가 어릴 때는 보는 눈이 있었는데, 나이 먹으면서 없어졌었나 봐."

사장님이 내 귀에 대고 오래 속삭였다.

"훗, 넘 잘됐네요. 근데 그렇게 잘 맞았어요?"

"응, 최고."

사장님은 부스스한 자기 머리를 쓸어내리며 농염한 눈빛으로 말했다.

"그럼, 마지막 컨펌 해 주셨으니까 기사 올리겠습니다."

비행기를 기다리며 카페에 옹기종기 모여 있는 우리 사이에서 정 기자님이 노트북 위로 손을 빠르게 움직였다.

나와 오빠는 서로의 눈을 바라보며 미소를 지었다.

"캬, 이거 한 방이면 진짜 끝장나겠다. 우리 만복이 기사 진짜 잘 쓰네."

사장님은 정 기자님한테 착 달라붙어 기사가 올라가는 걸 지켜보고 계셨다.

"큭큭."

사장님의 모습이 참 새롭고도 재미있어 웃음이 났다. 사장님이 좋아하는 정 기자님의 글이라면 믿을 수 있을 것도 같았고.

"하, 진짜 좋아서 결혼했다는데, 자꾸 안 믿는 사람 설득시키는 것도 일이네요, 정말."

오빠가 웃으며 내 손을 잡았다.

이야기를 나누는 사이, 카페에 갓 구운 빵이 나왔는지 맛있는 빵 냄새가 코끝에 스쳤다.

"음… 지우야, 뭐 좀 더 먹을래?"

고소한 빵 냄새가 식욕을 막 자극했는데, 오빠가 딱 알아차리고 내게 물어 왔다.

"그럴까요?"

말이 끝나기 무섭게 오빠는 우리 일행이 요깃거리를 할 만한 것들을 잔뜩 사 가지고 왔다. 거의 디저트 싹쓸이 수준. 이 남자의 손은 어마무시하게 큰 거 인정!

"으윽."

갓 구워서 너무 맛있어 보이는 프레즐 하나를 입에 딱 무는데, 그 안에 씹히는 기름진 토핑 맛에 갑자기 속이 미식거리기 시작했다. 평소에 잘 먹는 거라 이상하다 싶어 고개를 갸웃거리며 다른 걸 집어 들려 했다.

"지우야. 왜 그래? 맛이 이상해?"

작게 낸 소리에도 뭔가 이상한 것을 눈치챈 오빠가 놀라서 내 등을 어루만졌다.

"그런 것 같진 않은데, 갑자기 저도 모르게 그랬네요. 다른 거 먹을게요. 하하. 괜찮아요."

정 기자님과 사장님도 걱정스러운 눈빛으로 바라보기에 괜찮다고 손을 과하게 흔들어 보였다.

"이거 맛있겠다! 레몬 타르트!"

평소 좋아하는 거라 지체 없이 한 입을 베어 물었다.

"우웩-"

레몬 향도 그렇고 진한 버터 향이 갑자기 역하게 느껴져 또 헛구역질을 해 버렸다.

하, 뭐지. 민망하게…….

"하… 이상하네요."

속이 괜히 미식거리는 게 배탈이 났나 싶어 배를 살살 문질러 보았다.

"어떡하지? 가까운 병원이라도 얼른 갔다 와 볼까?"

다른 사람이 있는 것도 아랑곳하지 않고 오빠도 내 배를 어루만져 주었다.

"아뇨. 그럴 정도는 아니에요. 괜찮아지겠죠."

배로 향했던 시선을 들어 보니 정 기자님과 사장님이 이번엔 수상한 눈빛으로 나를 바라보고 있었다.

"아… 입맛 다 떨어지셨죠? 죄송해서 어떡해요. 갑자기 왜 이러는지 저도 진짜 모르겠네요. 아까까지만 해도 안 그랬는데……."

구구절절 이야기하자 정 기자님과 사장님이 눈빛을 딱 마주치고 고개를 끄덕였다.

"팀장님, 아무래도 기사 내용을 좀 수정해야 할 것 같은데요?"

정 기자가 갑자기 마우스 위에서 빠르게 움직이던 손가락을 멈췄다.

"네? 그게 무슨 말씀이세요?"

나와 오빠는 뜬금없는 정 기자의 말에 의문을 제기했다.

"지우야, 잠깐 나와 봐."

이번에는 사장님이 나를 카페 밖으로 질질 끌고 갔다.

"아무리 계획에 없던 결혼이었어도 그렇지. 가족계획도 그리 계획 없이 즉흥적으로 러브러브……. 어휴, 암튼, 여태껏 드라마도 안 보며 살았니?"

눈만 마주쳐도 러브러브인 신혼인데, 계획이 있어도 잘 지켜질 리가요. 흑흑.

사장님은 내 팔을 끌고 공항 안에 있는 약국으로 향했다.

"임신 테스터기 하나요."

사장님의 말에 난 눈이 커질 대로 커졌다. 막상 이렇게 사장님 입에서 나온 '임신'이란 단어에 심장이 쿵 떨어졌다.

"입덧 시작할 정도면, 최소 5주, 최대 10주 본다. 그럼 직방으로 두 줄 나올 거야. 얼른 들어가서 해 봐."

지금 여기가 공항인지, 병원이지, 'go on' 사장님이 카페 사장님인지, 간호사인지. 드라마 본 지가 언제인지 생각도 안 나지만, 드라마에서는 이런 입덧 상식까지 알려 주는 거야?

헛구역질 한 번으로 정신없이 이렇게까지 된 상황이 매우 혼란스러웠다.

얼떨결에 화장실에 들어가 막대 상자 속에 있는 은박지를 북 찢었다.

난생처음 보는 물건, 이것이 그 어마어마한 사실을 알려 주는 판도라의 막대가 될 것인가. 되게 신기한 물건일세.

설명서를 읽어 본 다음, 어설프게 앉아 미션을 수행하고, 숨을 한 번 골랐다.

후… 두 줄이면 임신이라고?

이윽고 테스터기를 눈앞으로 가져왔다.

눈앞에 빼도 박도 못할 선명한 두 줄이 나를 살랑살랑 반기고 있었다.

헉… 어떻게…….

심장이 묘하게 두근거리기 시작했다.

내 나이 스물여섯, 더 빨리 결혼한 사람도 물론 있겠지만, 나는 또래와 많이 어울릴 일이 없었기 때문에 주변에는 결혼한 사람도 없었고, 가까이 지내는 사람 중에 아이를 낳은 사람도 없었다.

친하게 지내는 'go on' 사장님마저 골드 미스였으니까. 놀랍게도 임신 이론에 이렇게 빠삭하시다는 건 오늘 알게 되었지만.

결혼하면 아이 낳고 사는 것이 인지상정인데, 그런 일이 내게 일어날 것이라고 왜 생각하지 못하며 살았던 것일까.

오빠와 아침마다 그렇게 산책하듯 즐거운 시간을 보내 놓고는……. 으이구!

근데, 이런 내가 엄마가 된다고?

엄마가 된다는 생각을 하자 며칠간 벌여 온 무모한 행동들이 소스라치게 오싹하게 느껴졌다. 배 속에 오빠와 나의 아기가 있는 줄도 모르고 헤어질 생각을 했다니 말이다.

두근거리는 마음으로 두 손에 테스터기를 쥐고 밖으로 나왔다.

"훗, 보나 마나 백 퍼겠지만. 오오오오! 대박! 와, 나 조카 생기는 거야? 얼른 가자. 차 팀장 좋아하겠다."

사장님은 살금살금 걸어 나오는 나를 보고, 내 손에 들린 테스트기를 보더니 자신의 일처럼 기뻐했다.

우리는 카페로 돌아갔고, 자리에 앉아 헛구역질의 진짜 의미에 대해 이야기를 했다.

오빠는 얘기를 듣더니, 세상 감격한 얼굴로 나를 꼭 안았다.

"와… 대단해. 우리 아기가 생기다니……. 서울 도착하면 병원부터 가 보자."

그의 이야기에 좀처럼 목이 매어 대답을 할 수 없었.

대신 배를 어루만졌다.

아가, 넌 좋겠다. 이 멋진 남자가 네 아빠라.

「쿨데일리 핫클릭!

(단독!) HOT한 여름도 두 사람 사이를 가로막지 못했습니다. - H 푸드 재벌 3세 차혜성의 HOT LOVE - 결혼부터 임신까지 두 사람의 진짜 신혼 이야기가 모두 공개됩니다!」

21.

꿈에도 생각 못 한 행복

콩닥, 콩닥, 콩닥, 콩닥…….

"잘 들리시죠. 이게 아기 심장 소리예요. 10주 되셨네요. 축하드립니다."

오빠와 나는 초음파 영상이 신기해 연신 눈을 굴리며 바라보았다.

그나저나 10주라…….

헉.

오빠와 새벽녘 침대 위에서 처음으로 비밀의 숲을 산책했던 그때였다.

대박…….

우리 둘이 정말 건강하다.

"대빵이라고 할까?"

진료실을 나오자마자 기다렸다는 듯이 이야기를 건네는 오빠였다.

"으응?"

"우리 아가 태명 말이야. 따져 보니까 그날 아침인 거 같은데? 대단한 한 방!"

"그래서 대빵?"

"응. 대빵아, 우리 대빵 대빵 행복하자~!"

아직 느껴지지 않지만, 우리는 조그마한 생명체에게 환영의 인사를 전했다.

"어? 이 차는 뭐예요?"

병원에서 나와 오빠의 차를 타려는데, 못 보던 차가 있어 깜짝 놀랐다.

"아무래도 아기가 있으니까, 좀 더 편안한 차가 나을 것 같아서."

심지어 기사님까지 계셨다. 오빠는 나와 뒷자리에 함께 탈 모양이었다.

"이제부터 손도 하나 까닥하지 마. 특히 초기에는 진짜 안정해야 한다고 하셨잖아."

오빠가 너무 유난이라 부담스럽기도 했지만, 고마운 마음도 컸다.

이런저런 마음도 잠시, 오빠와 나는 엄마가 계신 병원을 갈 차례였다.

"괜찮겠어?"

"네. 괜찮아요."

엄마를 오래도록 보지 않고 살려고 제주도로 떠난 거였다. 아주 나중에 마음에 앙금이 사라지면 그때나 돼서 엄마를 만날까 싶었다.

그런데, 지아 언니 말로는 엄마가 계속 할아버지 이야기를 하신다고 하니까 가지 않을 수 없었다.

도대체 무슨 이야기인지 들어나 보자, 하고.

우리를 태운 차는 금세 엄마가 계신 병원에 도착했다.

"지우야!"

병실에 들어서자 나를 부르는 엄마의 목소리가 파르르 떨렸다.

엄마는 아직 골절상을 입은 부분에 붕대를 칭칭 감고 있었고, 게다가 며칠째 의식이 없어 밥도 먹지 못해 많이 야위어 초췌한 모습이었다.

"어… 엄마……."

그래도 깨어나길 바랐던 엄마였기 때문에, 이 순간이 참 다행이기도 했다.

"엄마가 죽을 뻔했어. 근데 할아버지가 살려 줬어."

다짜고짜 만나자마자 사경을 헤매다 할아버지를 만났다니. 근데, 그래서 뭐가 어떻게 됐는데요. 나는 잠자코 엄마의 이야기를 들었다.

엄마가 내 손을 꼭 잡았다.

"너 그만 괴롭히라고… 너 많이 힘들다고… 계속 그럴 거면 할아버지가 데려간대, 아니면 다시 보내 준다고… 지금 내가 벌을 받고 있는 거라고……. 그래서 안 그런다고 약속하고 왔어."

아무래도 엄마가 무의식중에 꿈을 꾼 것 같았다.

"지우야, 엄마는 네가 그렇게 힘든 줄 몰랐어. 정말 미안해. 엄마 때문에 힘들었다면 엄마가 정말 미안해. 엄마는 혜성이랑 네가 행복하게 사는 것만 바랄게, 지우야."

이게 무슨 일일까. 연거푸 미안하다는 말을 하는 엄마, 그런 그녀가 참 낯설었다. 그래서 어떤 말을 꺼내야 할지 망설여져 잠자코 입을 꾹 다물고만 있었다.

엄마의 말에 오빠가 내 어깨에 손을 살포시 얹었다.

죽음의 문턱이 사람을 이토록 극적으로 변화시키는 것일까? 그것의 에너지가 어떻기에 기 센 우리 엄마를 다른 사람으로 만드는 것일까.

후, 일시적인 것일까, 영원한 것일까.

"하, 지겨워 죽겠네. 깨어나서 지금 계속 이 얘기만 백 번째다. 으후, 정말. 정신이 어떻게 되신 거 아냐?"

여전히 뾰로통한 언니는 그런 엄마를 바라보며 투덜댔다.

"이것아, 너도 마음 못되게 썼다가는 천벌 받어. 엄마는 다

나으면 이제 일자리도 구해 보고, 새롭게 좀 살아 보려고. 이제 덤으로 사는 생이다 생각하고……."

"헐, 엄마 진짜 대박이다."

지아 언니도 엄마가 낯선 것 같았다.

"그동안 우리 가족을 위해 너무 수고했어, 지우야."

엄마가 언니를 다그쳤고, 생각지도 못한 말로 내 마음을 울렸다. 아버지가 돌아가시고 그동안 고생했던 일이 주마등처럼 스쳐 지나가며 눈물이 핑 돌았다.

아무래도 엄마가 전과 확실히 달라졌다는 것이 느껴졌다.

"엄마, 알겠으니까 치료 잘 받고 얼른 나아."

"환자분 식사 나왔습니다."

내가 말을 마치자마자 빠른 속도로 식탁이 세워지고 그 위에 엄마 식사가 놓였다.

"우웩-"

반찬 냄새가 코에 확 와 닿자 나도 모르게 헛구역질이 나왔다.

"지우야, 괜찮아?"

오빠가 내 등을 어루만지며 물었다.

"지우야, 혹시 너?"

나를 부르는 엄마의 눈빛이 예사롭지 않았다.

"아, 서지우. 밥 앞에 두고 뭐 하는 짓이냐. 근데 혹시 뭐? 엄마, 왜 그래?"

지아 언니가 눈살을 찌푸렸다.
"엄마, 언니, 내가 할 말이 있는데."
침을 삼키며 뜸을 들이자, 모두 나를 주목했다.
"나… 임신…했대……."
기어코 말을 꺼냈다.
"대박. 진심이야? 세상에… 너네 진짜 실화였네. 헐, 서지우, 나 지금 조카 생긴다는 얘기 들은 거?"
헛, 뭐지?
언니의 반응이 예상외였다.
저 표정은 지금 엄청 좋아하는 거? 막 삐져나오는 기쁨 참고 있는 거야?
"응, 언니."
평소 완전 애견인인 건 알았는데, 아기도 이렇게 좋아하는 거였어?
"잘했다, 지우야."
언니가 막 흥분하는 데 반해 엄마는 뭔가 예상했다는 듯 그리 놀라지 않았고, 눈물을 또르륵 흘렸다.
"아들이래? 딸이래? 난 무조건 딸! 딸이면 좋겠다."
언니가 흥분해서 물었다.
"아직 그런 건 몰라. 이제 10주 정도 됐대."
"딸인지 아들인지 그게 뭐가 중요하니, 건강하게만 자라면 되지. 엄마가 이 모양이라 챙겨 주지 못해 미안하네……."

"그러게! 얼른 나으면 되지, 엄마."

"차 서방, 뭐, 안 그래도 잘하고 있겠지만 지우 좀 잘 챙겨 주고 그래."

차… 서방?

이 말에 나와 오빠는 눈을 크게 뜨고 마주쳤다. 엄마에게 처음 듣는 말이었다.

"네. 그럼요, 장모님. 제가 잘 챙길 테니 걱정 마시고 얼른 나으세요."

오빠는 이제야 제대로 가족으로 인정받았다는 느낌이 들었는지 살짝 떨리는 음성으로 이야기했다.

병원 내 풍경은 제법 평범하고 화목한 한 가정의 모습처럼 보였다. 내가 그렇게 바라던 모습 그대로.

"아, 야, 이거 뭐야?"

휴대폰을 보던 언니가 깜짝 놀라 말했다.

"왜? 뭔데?"

"너네 파파라치 기사 떴는데?"

그제야 우리도 기사에 대한 반응을 좀 살펴보았다.

예상대로 쿨데일리 기사에 대한 반응이 폭발적이었다. 실검 순위는 물론이고, 쿨데일리 기사를 바탕으로 여러 언론사에서 삽시간에 같은 기사를 터뜨렸다.

네티즌의 반응은 임신을 축하한다, 잘 어울린다는 선플부터 애 아빠가 차혜성이 맞는지 조사해 봐야 한다는 악플까지 다양했지만, 어쨌든 대세는 호감이었다.

"캬, 대단하다. 완전 결혼 빼박 됐네. 서지우 연락 두절하고 간 곳이 여기였어? 되게 좋아 보인다. 완전 화보 촬영인 줄. 근데 역시 쿨데일리네. 어떻게 알고 찍었대……."

"어머… 그러게……."

큭, 사실 짜고 찍은 거지만, 언니의 반응을 보니 다행히 티는 안 나는 것 같았다.

우리는 회사로 가야 했기 때문에 다시 오겠다는 인사를 남기고 병실에서 나왔다.

"어라. 차혜성 팀장님 아니십니까."

병원 엘리베이터를 탔는데 나이가 지긋해 보이는 한 의사선생님께서 오빠에게 아는 척을 하셨다.

"안녕하세요, 원장님."

"요즘 너무 뜸하셔서 궁금하던 참이었습니다."

뜸해서? 전에는 자주 보던 사이였나?

"아, 원장님. 요즘 상황이 많이 호전돼서 찾아뵐 일이 없었네요. 참, 제 와이프입니다."

오빠가 의사선생님께 나를 인사시켰다.

"안녕하세요."

어리둥절했지만, 일단 인사부터.

"아무래도 아내분 덕분인 것 같네요."

의사선생님께서 나를 보더니 알 수 없는 말을 했다.

"네? 아… 아내가 매일 페퍼민트 차를 타 주거든요. 그게 효과가 좋은 것 같아요."

"사실, 정말 이상은 없었던 거 아시죠. 심리적인 압박이 가장 큰 원인이었으니까요. 그런데 신기한 일이 있습니다."

"신기한 일이라뇨?"

"하… 차 팀장님이 여섯 살쯤 되었을 땐가요. 원인을 알 수 없는 두통으로 병원에 온 일이 있었습니다. 그 어린 아이가… 그런데 일곱 살 때부터는 또 병원을 찾지 않으실 만큼 괜찮아지셨죠. 요즘 병원에 오시질 않으니 그때 생각이 나더군요."

"아… 그랬습니까. 신기한 일이네요……."

땡-

"그럼, 이만."

엘리베이터 문이 열리고 의사 가운을 입은 선생님이 다른 층에 내리셨다.

"누구……."

"내 주치의 선생님이셔. 두통 때문에 자주 찾았었거든."

"아……."

"오늘에서야 의문이 풀렸네."

"네?"

"페퍼민트 차 때문이 아니었어."

"응?"

"두통이 없어진 거 말야. 희한하게 내가 타 먹었을 땐 효과가 없었단 말이지. 지금 보니 그걸 타 준 사람이 지우였기 때문이었어."

"설마… 에이……."

"아까 얘기 들었잖아. 여섯 살 때 아프던 두통이 일곱 살에 없어졌다고. 그게 키포인트. 내 일곱 살은 온통 너와 함께였었거든."

오빠가 일곱 살 때 내가 다섯 살, 오빠가 다니던 유치원에 내가 갓 들어갔던 때였다. 할아버지들을 대동하고 늘 함께 놀았다고 들었다.

어쩌면 그때부터, 아니 더 오래전부터 우리는 서로가 함께 있어야 꼭 맞아지는 마음을 품고 살았던 것일까.

내 악몽이 오빠 때문에 눈 녹듯 사라졌듯, 오빠의 두통도 나로 인해 사라진 것이라니 정말 신기하고 놀라웠다.

"와아… 정말 신기해요, 오빠……."

"이쯤 되면, 진짜 운명이네. 우리 둘."

오빠는 사람들을 아랑곳하지 않고 내 이마에 입술을 쪽 맞췄다. 그리고 엘리베이터에서 내려서는 나를 옆구리에 단단히 끼고 걸었다. 이렇게 해야 마음이 편안하다는 듯.

이런 끼임이라면 언제나 대환영입니다. 아빠에게 달라붙어 있는 이 느낌이 너무나 좋았다. 온몸을 행복으로 두른 느낌.

★

"어… 오빠! 차태성 기사 떴어요."

병원 앞에 대기하고 있던 차를 타고 회사로 가던 중 계속 기사를 살피다가 갑자기 등장한 핫뉴스에 심장이 쿵쿵거렸다.

'해피 모닝'이 우리가 론칭을 앞둔 제품을 불법 차용한 것이 드러나고 그것이 차태성의 소행이었음이 밝혀졌다는 뉴스였다.

"어, 안 그래도 계속 상황 체크하고 있었는데, 이 과장의 진술이 힘을 얻은 모양이더라고. 지우가 애썼네. 설득하느라."

오빠가 나를 향해 미소를 지었다. 안 그래도 복잡한 상황에 가출까지 해서 미안했는데, 그래도 사건들이 잘 해결돼서 정말 다행이었다.

"오빠, 근데, 그럼 차태성 팀장님은 어떻게 되는 거예요?"

"영업비밀보호법에 의해 구속이 될 수도 있지만, 아마 그렇게 되지는 않을 것 같고… 미국으로 다시 쫓겨나겠지?"

"그럼, 이 과장님은요?"

"이 과장님은 대가성 일이라 업무상 배임죄가 있어서 구속될 위기긴 한데, 차태성이 막은 것 같더라고. 어쨌든, 사내 규정에 따른 징계를 받고, 자리를 잃겠지. 아주 불명예스럽게."

이 과장님을 마지막으로 만나 설득하던 때를 떠올렸다. 사실, 그가 이런 일에 연루된 것은 돈의 유혹 때문이었다. 덜컥 손댄 주식으로 큰돈을 잃고 심적으로 큰 고통 중에 있을 때, 차태성이 내민 손을 덜컥 잡아 버린 것이었다.

차태성은 회사 내 입지가 오빠에게 밀리는 것 같아, 궁여지책으로 저질렀던 일이었고.

모두들 처음부터 욕심이 크지 않았더라면 일어나지 않았을 일이었다. 주식으로 일확천금을 꿈꾸지 않았더라면, 회사를 혼자 독식하고자 하는 마음이 없었더라면.

그간 있었던 일들을 떠올리다 마지막으로 떠오른 건 엄마였다.

흥청망청 쓰던 재벌 사모님이 나락으로 떨어진 상황을 인정하지 않고, 계속해서 그때의 소비벽을 이어 가던 엄마.

누군가의 희생은 안중에도 없이 혼자 허한 마음을 채우며 살았던 것도 어쩌면 마음을 비우지 못하고 물욕, 과시욕… 그런 욕심들이 대신 그곳을 차지했기 때문이겠지.

갑작스런 사고를 당한 것도 어쩌면 이렇게 하지 않고서는 그 마음을 버리지 못하기 때문에 하늘이 미리 경고를 한 것은 아니었을까.

'욕심이 이렇게 무서운 거구나……'

나에게는 어떤 욕심이 있을까. 아직 도착하지 않은 차 안에서 창밖을 보며 생각에 잠겼다. 아등바등 살던 때도 가족들을 위했지 나를 위해 부려 본 욕심 같은 것은 없었다.

아, 지금은 하나 있네.

러브러브 욕심? 큭큭.

오빠를 만나 알게 된 나의 첫 욕심.

이것도 너무 부리면 안 되는 걸까요?

고개를 돌려 오빠를 빤히 바라보았다. 그런데 이 남자, 내 마음을 읽은 걸까.

"우리 지우, 그동안 많이 힘들었지. 이제 하고 싶은 거 있으면 언제든 얘기해! 오빠가 다 들어줄게."

오빠의 이 말에 가슴이 뭉클해진다.

두 달 후,

[서지우 씨, '달달구리 디저트를 부탁해' 프로젝트 보고서 아직입니까. 한시가 급한 건인데, 얼른 올리세요!]

출근해서 컴퓨터를 켜자마자 득달같이 뜬 사내 메신저의 메시지.

아침부터 보고서를 올리라고 난리인 차 팀장님의 독촉 메시지였다.

'후, 월요일 아침부터 사람을 아주 잡는구나. 잡아.'

주말에 일본 디저트 박람회에 다녀온 차 팀장님이 오늘 아침 귀국하자마자 회사로 출근하시곤 보고서 재촉 중이신 것.

나는 꽤 묵직한 보고서를 들고 자리에서 일어섰다.

"서지우, 50층 가냐? 무사히 잘 다녀와라."

옆에 앉은 준영이 불쌍한 눈빛을 보내며 한마디 했다.

"으응. 출장 다녀오자마자 사람 잡는다. 주말 내내 이거 하느라 쉬지도 못했는데 좋은 소리 들을 수 있을지, 원."

"이번 프로젝트가 워낙 중대해서 말이지. 대한민국 마트와 편의점을 강타할 국민 디저트 출시 준비잖냐……."

사랑을 불러오는 도시락, '로맨틱 모닝'을 성공리에 론칭하고, 이제 우리 H푸드에서 열을 올리고 있는 것은 디저트였다.

임신 초기에는 디저트만으로도 입덧이 심했는데, 그건 싹 사라지고 지금은 밥 냄새, 고기 냄새를 못 맡는 상황이었다. 따라서 다행히 수행할 수 있었던 '디저트' 프로젝트였다. 이젠 한식보다 달달구리한 주전부리들이 당기니 말이다.

보고서를 들고 50층에 가기 위해 엘리베이터 앞에 섰다.

문득 맨 처음 여기에 섰던 때가 떠올랐다. 설마 팀장님이 썩은 미소남이겠냐며 바들바들 떨던 그 날.

훗- 피식 웃음이 삐져나왔다. 그리고 두 달 전 일도 떠올랐다.

'싫어. 그냥 5층에서 일할래.'

'오빠, 오빠가 하도 쳐다봐서 내가 일을 못 하겠다고요.'

'나, 신경 쓰지 말고 일해. 나만 볼게.'

'후, 그게 말처럼 쉬워요? 시도 때도 없이 불러내서 사람 괜히 눈치 보이게 만들고.'

'그럼 어떻게. 보고 싶은데. 얘기하고 싶고. 지우 넌 안 그래?'

'아니… 뭐, 나도 그렇지 않은 건 아니지만, 공은 공! 사는 사! 회사에서는 일 좀 하자고요, 차 팀장님!'

'조금만 더 생각 좀 해 보고…….'

'다른 직원들도 오빠랑 같이 지내는 거 엄청 불편해해요. 보통 눈꼴 시리게 했어야지……. 전처럼 그냥 일 있을 때만 보는 게 낫겠다는 얘기도 들리고…….'

'진짜? 헐. 전에는 다른 팀장들처럼 같은 방 쓰고 싶다더니… 위선자들…….'

'그니까. 얼른 50층으로 다시 돌아가욧!'

두 달 전까지 같은 층에서 일했던 팀장님. 그러나 도저히 팀장님이 신경 쓰여 일을 할 수 없어 다시 50층으로 돌려보내기 위해 한참 동안 의견 조율을 했더랬다.

그리하여 결국, 5층에 거하게 만든 팀장실은 기획1팀 회의실로 쓰기로 하고, 팀장님은 다시 50층에 있던 원래 자신의 방으로 돌아갔다.

땡-

50층을 알리는 엘리베이터의 경쾌한 소리.

헙-

엘리베이터가 열리자마자, 급히 다가오는 건장한 몸.

'임산부 이렇게 놀라게 하는 거 아닙니다.'

'오늘만 봐줘. 보고 싶어 죽는 줄 알았다고.'

오빠와 나는 눈으로 말했다.

'살짝은 괜찮겠지.'

'응?'

'뽀뽀.'

오빠는 내 입에 입을 맞췄다.

땡-

헉!

아까 엘리베이터에서 한 발자국도 떼지 못한 채 오빠를 맞이한 터라 우리는 여전히 그 안에 있었고, 51층까지 와 버렸다.

"오빠! 51층이에요!"

뽀뽀를 잠시 멈추고 당황한 나머지 오빠에게 소리쳤다.

"내가 눌렀어."

이건 또 언제 눌렀대.

나랑 뽀뽀하면서 손으로는 이거 누른 거?

"여기는 처음인데?"

우리는 51층에 내렸다. 이곳은 옥상으로 연결되는 곳이었다. 한 번도 와 보지 못했던 곳이라 이 금단의 지역에 대한 호기심이 살짝 생기며 긴장이 되었다.

"지우 만나기 전에 나는 자주 왔던 곳이지. 머리가 아플 때면 여기서 좀 쉬곤 했거든."

"아… 그래서 그때 옥상에 가려다가 마주쳤었던 거였구나……."

H푸드 면접날, 계단 청소를 하다가 오빠와 거하게 마주쳐 넘어지던 날이 떠올랐다.

"응… 훗."

"아, 근데 지금 보고가 급한데, 여긴 왜 온 거예요?"

"보고 여기서 받지, 뭐."

오빠가 옥상으로 연결된 문을 열었다.

"우와……."

키 작은 나무들과 감성 돋는 테이블에 안락해 보이는 소파까지, 이곳은 다른 세상이었다. 게다가 어제까지만 해도 비가 추적추적 내리던 날씨는 말끔히 개어 파란 하늘이 이곳 위에 드리우고 있었다.

"앉으시죠, 부인."

오빠는 세상 편해 보이는 소파로 나를 안내했다.

"팀장님… 지금 근무 시간인데 좀 그러네요."

"오늘만 좀 봐줘. 하, 우리 지우는 진짜 회사에서 너무 빡빡하다니까."

"팀장니임……."

마지못해 눈을 흘기며 소파에 앉았다.

이 남자, 한시가 급한 보고라더니, 한시가 급한 꽁냥꽁냥하러 나를 불렀나 보다. 하긴… 나도 이틀 떨어져 있었다고 얼마나 보고 싶었는지… 헷.

그리고 이것은 무엇?

"와, 넘 귀여워……. 완전 맛있겠어요……."

소파 앞 테이블 위에 오빠가 일본에서 사 온 앙증맞은 모양의 쿠키와 양과자들이 잔뜩 놓여 있었다.

"우리 지우보다는 아니지만, 예쁘지? 유기농으로 만든 것들이라 몸에도 좋은 디저트래. 먹어 볼래?"

오빠가 하나를 집어 내 입에 쏙 넣어 주었다.

"움움, 진짜 맛있어. 맛있어요."

엄지를 척 들어 올렸다.

"어라?"

"왜 그래?"

"오빠……."

"응?"

"헐, 우리 대빵이가 맛있나 봐요. 꿈틀거려요."

"헉. 진짜? 대박."

이것이 진정 태동인 것인가?

대박 신기한 것.

오빠 손을 끌어다 대빵이가 움직이는 곳에 갖다 대었다.

"우와… 대빵아… 아빠야… 반가워……."

오빠, 목소리는 왜 그래용?

마치 구연동화 하듯 말투를 바꾸는 이 남자.

훗, 또 새로운 모습이 매력적이다. 그리고 사랑스럽다.

"오빠, 사랑해요."

"진짜?"

"네."

"꿈에도 생각 못 할 만큼 행복하게 살자. 우리."

"훗, 네."

"그럼 꼭 안아 주고 뽀뽀해 줘!"

"이리 와요, 차혜성."

"어땠을까?"

막 잠에서 깬 지우가 자신을 뒤에서 꼭 안고 있는 혜성에게 질문을 던졌다.

"응? 뭐가?"

그녀의 인기척에 혜성도 잠이 깨 그녀의 등에 얼굴을 비벼 댔다. 오늘도 지우에게선 기분 좋은 향이 났다. 주말 아침 내내 침대 밖을 벗어나고 싶지 않게 만드는 달콤한 향.

"오빠가 결혼하자고 안 했으면……."

"응?"

그런데 지우가 이른 아침부터 혼자 진지한 얼굴로 되뇌었다. 서로의 마음을 진짜 확인하고 난 뒤 괜히 여러 생각이 드는 그녀였다.

"솔직히 회사에 욕심이 있던 것도 아니었으니까 굳이 결혼하자고 안 했었더라면."

"궁금해?"

혜성이 그녀의 몸을 자신의 앞으로 돌렸다. 그리고 그녀와 눈을 맞췄다.

"응. 우린 어떻게 됐을까요. 지금에서야 오빠가 없는 삶이 상상이 되지 않지만 말야."

"궁금하면 요기 요기."

그가 입술을 동그랗게 오므려 그녀 앞으로 내밀었다.

"으이구-"

쪽!

그저 가정일 뿐인 질문에 그가 정답을 알 길이 없지만, 지우는 뭘 알고 있다는 듯 얘기하는 혜성의 대답이 궁금해 그 입술에 입술을 맞췄다.

"됐지. 어떻게 됐을 것 같아요? 우리?"

금세 입술을 떼어 버린 지우가 그의 눈을 바라보았다.

"누구 와이프인데 아침부터 이렇게 예뻐?"

혜성의 입에서 지우의 궁금증과 전혀 상관없는 이야기가

튀어나왔다.

"오빠아- 지금 그런 얘기 말고. 응?"

그녀가 그의 품에서 미간을 찌푸렸다.

"그럼 어떻게. 예쁜데."

"아, 진짜. 지금 뽀뽀까지 했는데, 얼른요. 오빠 생각. 응?"

진심으로 혜성의 생각이 궁금한지 지우가 그를 채근했다.

"에이- 뽀뽀 조금만 더 하고 싶은데."

"오빠아-"

그녀는 그의 장난스런 반응에 더는 참기 힘들다는 표정을 지었다.

"하핫, 알겠어. 만약에 내가 결혼하자고 안 했더라면."

"응- 안 했더라면."

지우가 눈을 동그랗게 뜨고 그의 입술을 뚫어져라 바라보았다.

"아주 간단해."

"간단하게 뭐?"

얼른! 빨리! 얘기해 봐! 나는 오늘 아침 이 문제에 꽂혔다고!

"순서만 바뀌었겠지."

"순서?"

무슨 얘기야?

"연애를 먼저 했겠지. 그리고 그다음 결혼을 했을 거고."

"으음… 그랬을까?"

혜성의 대답을 진지하게 받아들이는 그녀였다.

"이렇게 이마도 예쁘고, 눈썹도 예쁘고, 눈도 예쁘고, 코도 예쁘고, 입도 예쁜 서지우 사원이랑 사랑에 빠지지 않았다면 내가 바보 똥멍충이겠지?"

"어머! 이 오빠 내 외모 보고 좋아했을 거라는 거야? 그렇게 안 봤는데 완전 외모지상주의자였어요?"

"일은 또 얼마나 잘하는지."

"아… 성과주의자? 회사에 아주 뼈를 묻게 할 셈으로 결혼?"

"이렇게 착한 여자도 내 평생 처음이고."

"전 여친한테 심하게 데었었어요?"

"그냥 머리카락부터 발가락 세포까지 다 좋은데 어떻게."

"그런 거야?"

"응!"

"내가 그렇게 좋았을 거라는 거야? 결혼을 먼저 하지 않았더라도?"

"그럼. 왜냐면."

"왜냐하면… 우린……."

"그래!"

"운명이니까?"

"알면서. 그니까 아까 하던 거 마저 하자."

"아- 오빠 임신 중에 이러면 어떡해요. 진짜 곤란해."
"이제 중기잖아. 의사선생님한테 제대로 허락받았다고."
"진짜요? 괜찮대요?"
"응. 걱정하지 마."
혜성의 말에 지우가 편안한 표정으로 눈을 감고 그의 얼굴에 가까이 다가갔다.
어느덧 어스름 새벽빛이 비치던 창밖이 완벽히 환해졌다. 한여름의 해는 빨리 떴다. 그리고 금세 뜨거워질 것을 예고했다.
"그럼 우리 지우 밤새 푹 잤는지 확인 좀 해 볼까?"
"어떻게?"
"힘이 나는지 안 나는지 보면 알지."
"어흥!"
"하하-"
사랑스러운 그녀의 머리를 쓰다듬던 혜성의 손이 천천히 그녀의 몸으로 내려왔다. 밝은 햇살을 커튼으로 가려 두었지만, 틈새로 새어 드는 빛줄기가 구름을 따라 바람을 따라 움직이며 서로의 몸을 살짝살짝 비추었다.
"히익- 간지러워-"
그의 손길에 지우의 몸이 순식간에 달아올랐다.
"오늘 주말인 거 알지?"
잠시 상체를 세운 혜성이 그녀에게 확인을 시키듯 물었다.

"응- 그게 왜요?"

"우리 둘 다 별다른 약속 없는 거 알지?"

"응-"

"기다렸다고. 이런 주말. 하… 주말은 왜 일주일에 이틀밖에 안 되는 거야-"

"훗- 내내 주말이면 내 몸이 아주 닳아 없어져 버릴 것 같으니까. 신이 나를 지극히 사랑한 나머지 이틀만 주셨다고요."

"그런가?"

"그럼 어쩔 수 없지. 이틀뿐인 주말을 제대로 즐겨 줘야지. 오래 기다렸으니까."

"아마도-"

"응? 아마도?"

혜성이 막 달려드는 찰나 갑자기 지우의 입에서 엉뚱한 말이 튀어나왔다.

"오빠가 결혼하자고 안 했더라면."

"응?"

"내가 하자고 했겠죠."

"후훗."

"내 생각은 그래요."

"후훗-"

"이렇게 섹시한 남자는 처음이라-"

말을 마친 그녀가 혜성을 쭉 잡아당겼다. 그리고 작은 손으로 그의 몸을 쓱 매만졌다. 떡 벌어진 어깨와 단단한 등 그리고 묵직한 그의 팔뚝까지.

"흐읍-"

그녀의 손길을 느낀 그는 더욱 참을 수 없어졌다. 그렇게 두 사람은 서로의 몸을 사랑스럽게 매만졌다.

무더운 여름이 시작되었지만, 두 사람은 서로에게서 떨어질 생각이 전혀 없어 보였다. 아침이 밝아 왔지만, 두 사람에겐 그저 사랑을 나누는 황홀한 밤과 같은 시간이었다.

"어디를 만져 줄 때 기분이 좋은지 꼭 알려 줘야 해."

"응- 오빠도."

혜성이 꽤 진지한 모습으로 지우의 몸을 탐색하기 시작했다.

"여기?"

"음, 좀 약한데?"

"여기?"

"하악- 거기다, 거기!"

그녀의 입에서 짜릿한 탄성이 짧고 굵게 터져 나왔다.

"훗- 좋았어."

지우의 등줄기에 땀방울이 맺히기 시작했다. 혜성도 마찬가지였다.

언제나 그에게 중요한 건 자신보다 그녀였다.

그녀가 좋다면-

그녀가 좋아한다면-

빨간 지붕 이층집의 잔잔하고 평화로웠던 주말 아침 풍경이 뜨거운 몸의 대화로 채워지기 시작했다.

"흐읏… 오빠-"

지우의 숨소리가 더욱 거칠어져 갔다. 그럴수록 혜성의 기분도 고조되었다. 안락하게 덮고 있던 부드럽고 얇은 이불은 언제 떨어졌는지도 모르게 바닥에 뒹굴고 있었다.

두 사람은 서로의 맨살을 온몸으로 비벼 대며 그 기분 좋음을 함께 느꼈다.

"좋아?"

"으응-"

그녀는 이제 거칠 것 없이 다가오는 그를 온몸으로 받아들이는 중이었다.

"사랑해-"

"나도-"

바깥 기온이 올라가면서 실내도 따라 올라 센서의 감지로 에어컨이 작동했지만, 이미 두 사람의 온몸에 흥건한 땀을 식히기에는 무리였다.

모닝콜로 맞춰 놓았던 라디오가 켜지며 밝은 디제이의 목소리와 달콤한 사랑 노래들이 두 사람이 있는 공간을 채웠다.

Baby so good 지금 기분은 paradise
Baby so nice 우리 둘만의 summer night

그들은 서로의 마음과 몸에 집중을 하면서도, 흘러나오는 여름을 더욱 뜨겁게 하는 선율에 점점 더 황홀한 기분으로 중간중간 눈을 맞추고 미소를 짓기도 하며 서로가 하나 되는 순간을 즐겼다.

급기야 길고 황홀한 여정 끝, 아찔한 불꽃놀이가 두 사람의 온몸에 퍼지고, 한껏 움츠렸던 서로의 몸의 긴장을 스르르 풀었다.

"하-"

"후-"

"후훗-"

"하핫-"

둘이 눈을 맞추며 기분 좋게 웃었다. 얼굴에 딱 달라붙은 머리를 혜성이 귀 뒤로 넘겨 주었다.

지우가 그제야 에어컨 바람의 냉기를 느끼고 바닥에 떨어진 이불을 집어 들고 맨몸에 그것을 덮었다. 혜성이 그녀를 찾아 이불을 들췄다.

두 사람은 한참을 더 그렇게 꼭 안고 있었다.

때마침 라디오에서 흘러나온 감미롭고 평화로운 음악이 두 사람 귓가를 간지럽혔다.

"좋다-"

지우가 내뱉은 짧은 감평에 혜성이 만족스러운 듯 눈을 작게 뜨고 미소를 지었다.

꼬르륵-

"윽- 이놈의 꼬르륵 소리는 왜 맨날 내 배에서만 나는 거야?"

"훗- 그런 소리 날 만해. 힘 많이 썼거든. 큭큭."

"오빠아-"

그녀는 괜히 얼굴이 붉어져 그의 가슴팍에 도리질을 해댔다.

지우는 홑껍데기 같은 잠옷을 주섬주섬 입고, 혜성은 아랫도리에 반바지 하나만을 걸친 채 함께 1층 주방으로 내려갔다.

"내가 커피 내릴게."

"내가 핫케이크 만들게요."

쪽-

"커피는 다 됐고, 이제 베이컨 구울까?"

"호호, 말해 뭐 합니까."

쪽-

"스크램블도 하나 해 주세요. 버섯도 구워 주고."

"훗- 까짓것 아스파라거스도 구워 줄게."

쪽-

"히힛-"

쪽-

같은 주방에서 아침을 만들며 동선이 부딪힐 때마다 두 사람의 입은 쉬는 법이 없었다.

둘이 같이 뚝딱거린 덕분에 금세 근사한 브런치가 차려졌다.

세상 편한 옷차림으로 마주 앉은 두 사람은 또 서로 먹여주기 바빴다.

"이 잠옷이 이렇게 섹시한지 몰랐어."

지우의 낡은 잠옷을 보며 그가 말했다.

"오빤 반칙이에요."

"왜?"

"왜 웃통을 까고 아침을 먹냐고."

"크크."

"신혼이 이렇게 좋은 건지 몰랐어."

지우가 핫케이크에 시럽을 뿌리며 말했다.

"지우는 반칙이야."

"왜?"

"그렇게 웃으면 자꾸 설렌다고."

"크. 흡- 그만 웃어야겠다."

웃다 말고 갑자기 정색하는 그녀.

"푸핫! 그건 귀엽잖아."

"하- 어쩌면 좋나고요, 그럼."

지우가 미간을 찌푸리며 울상을 지었다.

"어쩌긴, 오빠 책임지면 되지."

아주 간단한 문제라고!

"하, 또?"

그의 대답에 지우의 입이 함박만 하게 커졌다.

"신혼이잖아. 우리."

"아니, 근데 신혼이 언제까진데요, 대체?"

"아마도."

"아마도?"

혜성이 고개를 그녀 곁으로 바짝 들이대며 속삭이듯 말했다.

"지우랑 사는 한 매일이-"

"진짜?"

"그러엄!"

"이래 놓고 변하면 죽는다!"

"이렇게 좋은 지우 두고 죽으면 안 되니까, 진짜 매일 신혼 할게-"

"훗-"

"약속!"

혜성이 새끼손가락을 건네자 지우가 자신의 손가락도 걸었다.

"도장!"

지우가 엄지를 번쩍 쳐들었다.

"손도장 말고."

"어?"

쪽-

혜성이 그녀의 얼굴을 잡고 키스를 했다. 그리고 끊임없이 입맞춤을 하면서 자세를 바꿔 그녀 곁으로 가 번쩍 안아 버렸다. 그는 아침을 먹었어도 새털처럼 가벼운 그녀를 안고 그대로 2층 계단으로 향했다.

두 사람의 머릿속엔 '신혼'이라는 두 글자만 맴돌았다.

외전 1.

모종의 작전

"도대체 어떻게 해야……."

혜성이 미간을 잔뜩 좁힌 채 무언가에 골몰하고 있었다.

"우리 지우가 눈물을 뚝뚝 흘리려나……."

급기야 그는 인터넷 검색창에 여러 키워드를 써 넣고 마우스를 바쁘게 스크롤하고 있었다.

"후- 죄다 광고네. 진심이 없어. 감성을 자극하지도 못하고 이래서야, 원……!"

정보의 바다에서 찾은 자료들을 분석만 할 뿐, 별 만족스러운 결과를 얻지 못한 그가 잔뜩 모니터 앞으로 당겨 왔던 상체를 의자 등받이에 기댔다.

"후… 이왕 하는 거 완벽해야 하는데……."

Rrrrrr.

그때 막 울려 대는 휴대폰을 바라보며 혜성이 눈을 둥그렇게 떴다. 전에 결혼식 사회를 봐주던 친구에게서 온 전화였다.

"여보세요. 어? 제임스. 하와유- 오랜만이야. 잘 지냈어?"

-헤이- 아임 파인. 당연히 잘 지냈지. 혜성은. 하우어바츄. 넌 어때?

"나도 잘 지냈지. 너무 반갑다."

-너의 아름다운 레이디도 잘 있지?

"훗- 그러엄. 근데 제임스 웬일이야? 무슨 일 있어?"

-혜성, 뉴욕 한번 와야겠다.

"뉴욕? 설마? 너?"

-오케이. 나, 결혼해.

"와우! 축하해. 그런데 우리 와이프가 임신 중이라 닥터랑 상의하고 와이프에게 한번 물어봐야 할 것 같아. 쏘리."

-베이비? 와우. 베리 축하해! 걱정하지 말고, 와이프 하자는 대로 해, 그럼.

"응. 이해해 줘서 고마워, 제임스."

-오, 노우. 아냐. 베이비가 세상에서 가장 소중하지.

순간, 혜성의 머리에 골몰하던 아까 그 문제가 스쳤다. 제임스라면 이 난관을 헤쳐 나갈 팁을 줄 수 있으리라 싶었다. 적어도 이 분야에서는 전문가와 같은 그라는 걸 미국에서 봐 왔기 때문이었다. 그는 다시 자세를 고쳐 앉고 전화를 받았다.

"근데 제임스, 나 물어보고 싶은 게 있어."

-왓? 어떤 거?

"너, 혹시 프러포즈했어?"

-프러포즈! 오브 코스! 당연하지! 프러포즈 없이 어떻게 결혼을 약속했겠어!

"그… 그렇지? 내 질문이 너무 스튜핏했지? 하하……."

-나는 타임스퀘어 앞에서 프러포즈를 했어. 그녀는 사람들 많은 데서 고백하는 걸 좋아하거든. 사람들이 넘쳐 나는 곳에서 무릎 꿇고 프러포즈를 한 다음 그녀가 좋아하는 장미를 한 다발 안겼지.

"오올… 제임스 멋지다."

-그게 끝이 아니야.

"그럼?"

-한 달 전에 미친 듯이 마우스를 클릭해서 겨우 예약한 5번가 티파니 블루카페에서 판타스틱한 디너를 먹었다고. 와우- 정말 끝내줬지. 다시 생각해도 완전 어썸! 그녀가 좋아하는 '티파니에서의 아침을' 영화 대신 '티파니에서 저녁'이었어. 물론 티파니에서 산 다이아 반지가 그녀의 네 번째 손가락에 끼워져 있었다고. 디너 중간부터 말야.

"와… 역시. 그래서, 그녀의 반응은 어땠어?"

-오우… 눈물을 뚝뚝…….

이것은 혜성이 그토록 바랐던 이 문제의 결말이었다. 그 갈망하는 것을 이 제임스 녀석은 이뤄 냈단다.

"와우……!"

혜성의 입에서 감탄이 절로 나왔다.

그는 마치 자신이 프러포즈라도 받은 듯 감동받은 표정을 지었다. 한 손으로 휴대폰을 잡고 있지 않았다면 진심으로 박수라도 치고 싶었다. 이 멋진 제임스!

-왔썹맨, 근데, 와이프 있는 맨이 왜 프러포즈에 관심이 있는 거야?

"아… 그냥… 저기 아는 친구가 고민을 하더라고. 암튼 대단해… 제임스!"

아직 프러포즈를 못 했다고 하면 천하의 못된 놈이 될 것 같아 아는 사람 문제라고 둘러대는 혜성이었다.

"근데 어떻게 그런 멋진 프러포즈를 생각해 낸 거야?"

-그녀에게 특별한 남자가 되고 싶었으니까. 그녀가 좋아하는 것만 생각했어.

"와우, 너희는 정말 최고의 부부가 될 거야. 축하하고 축복할게-"

-고마워, 혜성. 결혼식에 올 수 있다면 정말 좋겠지만, 그렇지 않아도 베이비를 축복할게. 나도.

"고마워, 제임스"

통화를 마친 혜성이 팔꿈치를 책상에 대고 두 손으로 깍지를 낀 다음 대기 모드로 꺼져 버린 모니터를 지그시 바라보았다.

"지우가 좋아하는 거라……."

그가 깍지 낀 손을 풀고 메모지를 꺼내 그녀가 좋아하는 것을 적기 시작했다.

짜장면, 맛있는 도시락, 도전 정신을 주는 음식, 달달한 디저트…….

"뭐야? 죄다 먹는 거네. 또 뭐가 있더라……."

자기가 적고도 좀 어이가 없는 혜성.

좀 더 멋진 걸 해 주고 싶은데…….

마중 나오는 거, 잘 때 토닥여 주는 거, 밥 먹을 때 입에 넣어 주는 거, 아침에 머리 만져 주면서 깨는 거…….

"후… 죄다 정말 너무 심하게 소박한 거잖아. 그 흔한 명품 가방 하나를 안 좋아하는… 후… 어디서 감동을 찾아야 하나……. 서지우… 아! 맞다!"

무언가가 생각난 혜성이 메모지에 크게 쓰고 동그라미를 여러 번 쳤다.

여행 - 특히가 보지 못한 곳.

Rrrrrr.

그때 제임스에게서 메시지 하나가 도착했다.

[제임스 & 세라 웨딩 : 12월 31일 오후 4시, 뉴욕 더 프레스 라운지 루프탑.]

"뉴욕에서 12월 31일이라… 이런, 겨우 2주 뒤잖아?"

제임스의 메시지를 받아 든 그가 비장한 표정을 지었다.

★

"오빠! 오늘 정기검진 받는 날도 아닌데 무슨 일이에요?"

황금 같은 주말 아침 지우가 해성의 재촉에 못 이겨 차에 오르고 있었다.

"오늘은 좀 쉬나 했더니……."

입을 삐쭉이며 불만을 토하는 지우. 임신은 임신이고 여전히 일터에서는 열정을 불살라 일하는 그녀였기에 휴일만큼은 좀 푹 쉬고 싶은 생각이 들었는데, 다 틀렸다 싶었다.

"대빵이 보고 싶어서 그러지. 지우랑 데이트도 할 겸."

그녀의 마음을 아는지 모르는지 혜성이 조수석에 앉은 그녀에게 담요를 덮어 주기 바빴다. 살짝 나온 배와 다리가 따뜻할 수 있도록.

"무슨 스케줄 있으면 미리 딱딱 얘기를 해 주는 사람이 갑자기 이러니까 이상하네."

"때로는 나도 그런 거 놔 버리고 마음이 가는 대로 하고 싶을 때가 있어, 지우야."

"오- 차혜성이 그런 면이 있었어요? 훗- 알겠어요."

지우가 놀리듯 우스꽝스럽게 그의 말을 받았다.

"그럼, 출발합니다!"

혜성의 우렁찬 소리와 함께 두 사람을 태운 차가 주차장을 빠져나가기 시작했다. 어두웠던 주차장을 빠져나가니 아침 햇살이 비치는 맑은 날이 드러났다.

한겨울이지만, 그 햇살 덕분에 차 안이 기분 좋게 따스해 지우의 입꼬리가 슬쩍 올라갔다.

창밖에 보이는 가게마다 예쁘게 장식한 크리스마스트리가 세워져 있었다. 지우는 억지로 나오긴 했지만 주말 아침 한적한 도시를 드라이브하는 기분이 나쁘지 않았다.

제법 거리가 한산해 차는 쭉쭉 빠졌고, 크리스마스 분위기를 풍기는 거리 분위기도 좋아 살짝 들뜨는 기분마저 들었다.

"와- 벌써 12월이라니……."

혜성이 차가 신호에 걸리자, 창밖을 보며 중얼거렸다.

"그러게요. 올 한 해가 간 가네요. 진짜 특별한 한 해였죠. 아마도 제 스물여섯 인생 중 최고로……."

"최고로 멋졌지?"

"최고로 스펙터클했죠."

"훗- 맞아. 그래서 더 특별했을 거야. 나도 마찬가지고."

혜성이 이야기를 하며 그녀의 손을 꼭 잡았다. 두 사람의 머릿속에 지난 1년간의 시간이 마치 영화를 되돌아 감듯 그려졌다.

"하… 따뜻해. 오빠 손은 늘 따뜻해서 좋아요."

지우가 혜성의 손을 다른 손으로 포개 잡고 차가운 자기 손을 비벼 댔다.

"그래?"

기꺼이 손난로가 되어 주려는 혜성이 그녀와 맞잡은 손을 꼼지락거렸다.

"내가 아주 억울하게도 첫사랑과 결혼을 해서 다른 남자 손을 만져 본 적이 거의 없거든요. 근데 딱 한 명. 오빠보다 훨씬 손을 많이 잡았던 그 남자 손이 이렇게 따뜻했어요."

지우가 그리움이 가득한 눈으로 창밖을 응시했다.

"그게 누구야? 내 손 잡으면서 그 남자 생각하는 거야? 지금? 그 사람 누구야. 어?"

다른 남자라는 말에 혜성이 그녀를 흘겨보았다.

"으구, 질투쟁이 아니랄까 봐. 우리 아빠예요."

"아, 장인어른?"

그제야 두 눈을 가늘게 뜨고 미소를 짓는 그.

"네. 어렸을 때는 아빠랑 산에 자주 갔었는데… 산에 오를 때 내가 힘들어하면 아빠는 늘 뒷짐을 진 채로 손을 뻗었어요. 그럼 내가 뒤따라가다가 그 손을 꼭 잡았죠."

"그 손이 따뜻했구나? 내 손처럼?"

혜성이 자우와 맞잡은 손을 자신 쪽으로 끌어당기며 말했다.

"응. 무지. 그리고 늘."

"장인어른이랑 나랑 통하는 면이 있었네!"

아빠 사랑이 남달랐던 지우임을 알기에 그는 더욱 그녀의 아빠와 공통점을 찾고 싶었는지도 몰랐다.

"훗- 그러네요."

"근데, 아버님이 산을 많이 좋아하셨나 봐?"

"네. 새해가 시작되는 날에는 무슨 일이 있어도 산에 가셨었죠."

"와, 그즈음은 꽤 추울 텐데."

혜성의 아버지는 그에게 이런 제안을 하신 적이 없었다. 그래서 지우의 이런 추억이 부럽기도 했다. 그러나 그의 인생의 모든 이벤트에 아버지는 없어도 할아버지는 늘 함께했다. 그래서 더욱 할아버지가 그에게 큰 의미였는지도.

"맞아요. 눈이 내려도, 비가 와도 꼭 갔었어요. 아빠랑 나랑 둘이."

"나랑 잘 통하는 우리 아버님이랑 지우가 완전 짝꿍이었구나!"

"큭… 심지어 감기가 걸려 콧물이 줄줄 나오는데도 아빠를 따라가겠다고 나섰었어요."

"와… 이렇게 예쁜 딸이랑 신년 산행이라니…….."

그 옛날 지우의 아버지가 그저 부러운 혜성이었다.

"그날은 꼭두새벽에 일어나서 산에 가야 했어요. 해돋이를 보는 게 우리의 목표였거든."

"신년 해돋이라……. 그것도 멋진 이벤트다."

헛-!

말해 놓고 혼자 뜨끔해하는 그.

혜성은 아까부터 내내 머릿속에 가득한 그 생각 때문에 모든 이야기가 그쪽으로 연결이 되었다.

"네? 이벤트요?"

"아… 아냐…….."

그의 등줄기에 식은땀이 쭉 흘렀다. 자신의 프러포즈만큼은 일급비밀에 부치길 간절히 원하지 않았나. 지우의 눈물을 끌어내기 위해서는 이벤트가 철저히 감춰져 있다가 서프라이즈로 해야 함이 마땅했다.

"아무튼 생각보다 그날 산꼭대기에 사람들이 많이 몰리거든요. 다들 한 곳을 바라보며 새해 소원을 빌어요. 뭔가 비장하면서 굉장히 멋진 장면이었어요. 12월이 되면 꼭 그 생각이 나요."

다행히 지우는 아무 눈치를 못 채고 자신의 이야기를 이어 나갔다.

후-

"정말 잊을 수 없는 추억이겠네……."

혜성은 안도의 한숨을 내쉬고 운전하며 중간중간 지우를 바라보았다. 그녀는 오늘도 사랑스러웠다. 그리고 그런 그녀의 이야기를 듣는 것이 그에게는 늘 좋았다.

"그리고 하나 더. 산에서 내려와서 꼭 먹는 게 있었지."

지우가 우스꽝스러운 표정을 지으며 입맛을 다셨다.

"내가 맞혀 볼까?"

혜성이 눈을 찡끗하고 감았다 떴다.

"크크, 오빠가 간첩이 아닌 이상, 맞힐 확률 99퍼센트 봅니다!"

"두구두구두구……!"

"두구두구두구……!"

두 사람이 입으로 효과음을 만들어 냈다.

"짜짜라짜라짜라- 짜장면!"

"딩동댕-동~! 하하하하하. 아, 나란 여자 왜 이렇게 쉽냐. 크크."

"그때부터 시작됐구나! 짜장면 홀릭!"

"그런 것 같아요. 산에서 내려와서 먹는 짜장면은… 흡… 하… 진짜 끝내주게 맛있었거든. 완전 단짠단짠이 다 들어가 새벽부터 고된 산행을 하느라 텅 비워진 장을 감동시키는 마성의 맛!"

지우가 엄지를 치켜들었다.

"우와! 그 정도였어? 그렇게 얘기하니까 짜장면 먹고 싶다. 그런 의미에서 오늘 검진 갔다가 점심은 짜장면 먹을까?"

"콜! 츄릅- 아침 먹은 지 얼마나 됐다고 또 배고파. 오빠, 나 두 그릇 먹을 거예요. 뭐라고 하지 마요. 입덧 끝나고 식욕 폭발한 거 알죠?"

"그럼- 대빵이 몫까지 먹으려면 두 그릇은 먹어야지. 요리도 시킬까? 세 개쯤?"

"어휴- 또 음식을 남기는 만행을 저지르시려고? 시킨 거 다 먹지도 못하고 버리면 무슨 죄짓는 기분이라고요. 하나만 시켜요. 음- 탕수육 대자?"

"큭, 알겠어."

"어? 오빠, 다 왔다."

병원 주차장에 차를 대고 혜성은 지우를 에스코트하며 안으로 들어갔다.

"아! 맞다! 산모수첩!"

지우가 접수대 앞에서 깜박하고 놓고 온 수첩 때문에 당황해했다.

"여기-"

혜성이 옆에서 지우를 당황케 한 그것을 내밀었다.

"앗- 고마워요, 오빠."

"늘 있는 일인데, 뭘 새삼스럽게."

"접수하시면서 다음 진료 예약하셔야 하거든요. 언제로 해 드릴까요?"

병원 접수대에 있는 직원이 지우를 보며 물었다.

"아… 그게… 어? 어디 갔지? 내 휴대폰?"

"여기-"

또 지우가 찾는 것을 내미는 혜성.

"큭- 고마워요, 오빠."

"괜찮아. 지우 뒤치다꺼리가 내 일이지. 암!"

그녀의 머리를 쓰다듬으며 눈을 흘기는 혜성이었다. 지우의 눈에는 미안하고 고마운 마음이 가득이었다.

"음… 딱 2주 뒤 토요일에 올게요."

"네. 그럼 2주 뒤 토요일로 예약 잡아 드리겠습니다."

"가만, 2주 뒤?"

지우의 말에 혜성이 화들짝 놀라며 캘린더를 확인했다.

"아… 안 돼! 저기 다음 예약 바꿀게요! 3주 뒤로 하자."

"3주나 뒤에?"

"응-"

"왜?"

"그… 그냥… 이번에 좀 빨리 왔으니까……."

"으응?"

"얼른- 한 번만 오빠 말대로 하자, 지우야. 응? 제발."

"흐음… 알겠어요~ 그럼 3주 뒤 토요일로 예약해 주세요."

지우가 눈을 한 번 치켜떴다가 얘기했다.

"누가 보면, 무조건 내 말대로만 하는 사람인 줄 알겠어요! 그렇게 애걸복걸하며 한 번만이라니!"

혜성을 보고 눈을 흘기며 속삭이는 지우였다. 혜성이 그런 그녀를 그냥 머쓱하게 바라보며 웃었다.

"예약되셨고요. 앞에서 대기하고 계시면 이름 불러 드릴게요."

"네. 감사합니다."

혜성과 지우는 진료실 앞에서 대기 중이었다.

"아무래도 수상해. 2주 뒤에 뭐 있어요? 갑자기 오늘 검진 오자는 것도 그렇고?"

"어? 그게… 이따 진료 보고 나서 이야기할게."

"어라? 진짜 뭐 있구나? 뭔데? 응? 뭐야~~"

"서지우 산모님-"

혜성의 대답을 듣기 전에 지우의 이름이 불렸다.

"넵!"

"넵!"

"자- 우리 대빵이가 얼마나 컸나 볼까요?"

초음파를 보기 위해 누운 지우를 보며 담당의가 인자한 미소를 지었다.

"요즘 태동이 잦아지니까 신기해요, 선생님."

"그렇죠? 엄마- 나 여기 있어, 나 잊지 마, 하는 거랍니다. 와, 그사이 대빵이가 많이 컸네요. 여기가 손, 발- 보이시죠?"

"네. 훗-"

"머리 둘레가 이 정도. 심장도 잘 뛰고 있고요-"

"와아······."

혜성과 지우는 눈을 반짝이며 까만 바탕에 꼬물거리는 대빵이를 바라보았다. 태아의 모습은 볼 때마다 경이롭고 신비로워 두 사람의 마음을 말랑하게 만들었다.

"좋습니다. 이 정도 보시고, 내려오셔서 이야기 나누시죠."

"감사합니다, 선생님."

"으음- 산모님 컨디션은 좀 어떠세요?"

"괜찮은 것 같아요. 입덧 끝나니까 식욕도 막 살아나서 그간 빠진 살이 다시 올라오는 것 같아요."

"훗- 그렇다고 너무 많이 드시면 막달에 힘들어지시니까, 조금씩 조절하면서 드세요. 그리고 이제 24주니까 태아는 안정기에 들어섰습니다. 슬슬 산책 같은 것도 하시고 무리하지 않는 한에서 운동을 하셔도 좋습니다."

담당의가 산모수첩에 '운동'이라고 적었다.

계속 말할 타이밍을 엿보던 혜성이 드디어 입을 뗐다.

"저기- 선생님, 그럼 혹시 산모가 여행을 가도 될까요? 안정기가 될 때까지는 여행은 좀 삼가라 하셔서 못 갔거든요. 가령 비행기를 탄다든지."

그가 기대에 찬 눈으로 담당의를 응시했다.

'비행기?'

지우는 그의 말에 짐짓 놀랐다.

"그럼요. 이제 막달이 오기 전까지 얼마든지 가능합니다. 요즘 태교 여행들 많이 하시잖아요? 이 시기가 딱 좋습니다."

담당의의 대답이 혜성에겐 이곳에 온 목적이자 내내 고민하고 있던 문제를 해결해야 할 첫 번째 관문 같은 것이었다.

"와! 감사합니다, 선생님."

담당의의 말에 혜성의 얼굴에 기쁨이 차올랐다.

"네?"

의사가 그런 그의 모습을 보고 의아해했다.

"그냥요… 감사합니다. 선생님! 타이밍이 너무 좋아요!"

"훗- 그간 못 간 여행도 다니시고, 산모랑 태아랑 기분 좋게 지내시면 그게 좋은 태교예요. 진료는 이 정도 보죠."

"오…빠! 진짜 뭐야? 2주 뒤에 어디 가요? 우리?"

진료실을 나오며 알 수 없는 혜성의 태도에 지우가 떨떠름해하며 물었다.

"일단 가자, 지우야."

"응? 어디? 중국집?"

"중국집은 오늘, 2주 뒤엔 뉴욕으로!"

"뉴욕? 대체 그게 무슨 소리예요?"

태교 여행으로 많이들 간다는 제주도, 발리, 괌 등등을 다 놔두고 뉴욕이 왜 갑자기 툭 튀어나오냐고!

"2주 뒤에 제임스가 결혼을 하거든. 전에 왜 우리 결혼식 사회 봐줬던 친구. 기억나지?"

살짝 흥분한 혜성이 지우의 팔을 잡고 두 눈을 그녀의 눈에 맞췄다.

"아, 네. 후… 난 또 무슨 일인가 했네……."

지우는 살짝 자기를 위한 여행이라도 잡아놨나 싶었는데, 그가 갑자기 친구 결혼식 이야기를 꺼내자 김이 좀 샜다.

"친한 친구라 결혼식 가 보고 싶은데, 지우 생각은 어때?"

"뭐… 팀장님이 연차 결재만 해 주신다면야 괜찮죠. 미쿡 한 번도 못 가 봤거든요."

떡 본 김에 제사 지낸다고! 결혼식 가는 김에 미국 구경해 보는 거지!

"그래? 담당의도 여행 괜찮다고 하시니까 안심이긴 한데, 비행시간이 만만치 않아서 좀 걱정이긴 해."

"요즘 같아선 진짜 컨디션 최고예요. 주변 사람들 말이 배 더 나오면 오히려 더 돌아다니기 힘들대요. 그리고 애 낳고는 거의 1년은 여행 포기라던데. 오빠 말대로 타이밍이 굿이네."

오롯이 자기를 위한 여행은 아니지만, 가 본 적 없는 곳을 여행한다는 것은 언제나 설레는 일이니까. 좋아하는 일이기도 하고. 이 좋은 기회를 놓칠 수 없는 지우였다.

"그럼, 지금 비행기 표 예매한다!"

혜성이 마음이 급한지 분주하게 굴었다.

"벌써?"

지우의 미간이 좁혀졌다.

"얼른 해야지. 표 매진되면 안 되니까."

"하- 제임스 님은 참 좋으시겠네요. 이렇게 자기 결혼식을 열일 제쳐 두고 기쁨으로 축하해 줄 친구가 있다니!"

"그러엄- 절친이야. 제임스랑 나."

'이 여행 너를 위한 여행이다-' 말할 수도 없는 혜성은 그저 지우의 오해를 받아들여야만 했다. 뉴욕행의 큰 그림도 모르고 괜히 서운해하는 지우의 모습에 그는 그저 피식 웃을 뿐.

"그나저나 나 배고픈데, 밥 먹고 하면 안 돼요?"

"아! 맞다. 짜장면! 그게 먼저지! 암! 얼른 가자! 오빠가 우리 지우 짜장면 두 그릇 사 줘야지!"

2주 뒤-

뉴욕행 비행기 안.

지우는 뉴욕으로 가기 위해 막상 14시간 동안 비행해야 한다는 사실에 조금 염려가 되기도 했으나, 비행기 좌석에 탑승한 후 그런 걱정이 눈 녹듯이 사라지는 걸 경험했다.

어니스트 항공 퍼스트클래스.

발을 뻗어도 공간이 남는 좌석, '이게 비행기야 호텔이야?' 싶을 정도로 꽤나 넓고 편안해 보여 장시간 비행에도 발이 퉁퉁 붓지는 않을 것 같았다.

"자- 그럼 뉴욕으로 편안하게 가 보실까요."

혜성이 비행기에 준비된 영화 대신 따로 자기가 준비해 온 영화를 틀었다. 영화를 보며 코스로 나오는 식사까지 즐길 수 있으니 이건 뭐 비행이 여행, 힐링 그 자체였다.

"하… 오빠, 식사 끝내준다. 하비스트 항공 식사는 어디 업체에서 맡은 거예요?"

"하비스트 아니고 어니스트! 음… 글쎄… 왜?"

"우리 다음 프로젝트로 기내식 어때요? 네?"

"헉… 서지우… 여기 기획팀 사무실 아니거든!"

"퍼스트 클래스 좌석 하니까 떠오른 건데, 퍼스트 클래스들을 위한 도시락은 어때요? 이거 괜찮지 않아요?"

"서지우……!"

"아니, 사람이 늘 어디서든 아이디어를 얻어야죠. 그래야 발전이 있지……."

"쉴 때는 쉬어 줘야 아이디어도 샘솟는 거라고요! 이 아가씨!"

"그래도……."

혜성의 말에도 비행기 안에 있는 것들을 예사로 보지 않는 그녀였다.

"지우야, 뒤에 칵테일 바 가 볼래?"

장시간 이어진 식사도 끝난 지 좀 되었고, 영화도 끝났고 막 찌뿌둥해지려는 찰나 혜성이 지우 손을 잡고 비행기 뒤쪽으로 이끌었다.

"칵테일 바요? 그런 것도 다 있어요?"

"응. 원하는 게 있으면 승무원이 만들어 주거든."

"아… 근데… 임산부가 먹을 수 있는 칵테일이 있으려나. 뭐, 그럼 나는 주스 정도 더 마실까? 구경도 할 겸."

퍼스트클래스가 아니면 타 본 적이 없다는 남자. 호기심으로 모든 것을 바라보는 지우와 달리, 혜성에겐 그저 모든 것이 익숙한 상황이었다. 그녀는 이럴 때면 '참, 내 남편이 재벌 아들이지.' 평소에는 잊고 있던 자명한 사실이 새삼 느껴졌다.

"어때? 입맛에 맞아?"

구아바 주스를 한 모금 마신 지우를 혜성이 궁금한 눈빛으로 바라보았다.

"으음… 잠깐만요. 한 모금만 더 마셔 볼게요. 크하- 맛있다! 오호~ 이 구아나 주스 집에 쟁여 두고 먹고 싶을 만큼 맛있어요! 이럴 때가 아니야, 지금!"

"이구~ 구아나가 아니라 구아바. 근데 그게 무슨 말이야?"

"이거 어느 회사에서 유통시킨 주스인지 좀 알아봐야겠어요. 이 안목 좋은 회사가 대체 어디야?"

"서지우-"

"네?"

"또 일 생각이야?"

"아- 이번 여행에선 정말 오롯이 내 생각만 좀 해 줘."

혜성의 불만이 폭주했다.

"오빠 생각이요?"

"응."

"왜 새삼스럽게 그런 말을 해요?"

언제는 어디서든 열일 한다고 좋아하더니, 오늘은 낯설다. 이 남자!

"왜긴- 엄밀히 따지면 우리 첫 여행이잖아."

"에이- 오빠 친구 결혼식 참석하러 온 거잖아요. 으음… 가만 보자, 혹시 뭐 따로 준비했어요?"

"어? 준…비? 준비는 무슨!"

"아님 말고요. 참, 오빠 그 칵테일 맛은 좀 어때요?"

"내 칵테일도 꽤 맛이 좋네. 다양한 과일의 풍미도 느껴지고. 오랜만에 먹으니까 기분도 살짝 업되는 것 같아……."

지우를 따라 혜성도 음식을 조절하느라 오늘 전에 알코올이 든 음료를 언제 먹었는지 기억도 안 날 정도였다. 그러니 더욱 달콤했을 수밖에. 평소답지 않게 먹는 걸로 감격해하는 그였다.

"진짜? 하… 나도 그거 먹고 싶다아……. 오빠아-"

너무 맛있어하니까 나도 먹고 싶잖아!

"아고… 미안해서 어쩌나. 한 모금만 마셔 볼래?"

"네."

"진짜? 진짜 괜찮겠어? 알코올이 좀 들어간 거야."

"농담입니다- 설마, 제가 진짜 마시려고 했겠어요?"

"표정이 너무 간절해서 진짠 줄 알았지. 후……."

혜성이 은근히 놀란 가슴을 진정시키며 아쉬움에 침만 꼴깍 삼켜야 하는 지우의 머리를 흐트러뜨렸다.

칵테일 바에 다녀오자 승무원들이 두 사람의 좌석을 침대로 변신시켜 주었고, 그 위에 잠옷을 살포시 얹어 놓았다.

"우와… 진짜 잠이 솔솔 올 것 같아."

"푹 자 둬야 여행이 활기찰 것 같은데? 눈 좀 붙여, 지우야."

"네에- 오빠도요. 하암-"

스르르 잠들어 버린 지우를 옆에서 지켜보던 혜성은 그녀가 잘 잘 수 있도록 머리를 매만져 주며 토닥여 주었다.

퍼스트클래스라 옆자리가 꽤 멀어 긴 팔을 쭉 뻗느라 좀 힘들긴 했지만.

밤새 그녀를 지켜보고 살피느라 정작 본인은 제대로 자지도 못하면서.

그렇게 어제 아침에 시작된 비행은 오늘의 아침에 끝났고, 지우는 14시간의 비행에서 제대로 에너지를 충전한 상태로 뉴욕 땅을 밟았다.
"와아- 진짜 리얼 뉴욕의 아침이네요."
아직 공항을 벗어나지도 못했는데 지우의 눈에 설렘이 가득했다.
"그러네."
기분이 좋아 보이는 지우의 손을 꼭 잡는 혜성이었다. 이렇게 해야 일은 야무져도 일상에 구멍이 많은 상길치 그녀를 잃어버리는 불상사를 방지할 수 있기 때문이었다.
"와- 신난다! 올해 마지막 날과 새해 첫날을 뉴욕에서 보내다니!"
공항 밖으로 나오면서 혜성의 손을 뿌리치고 만세를 부르는 지우였다.
"서지우- 오빠 손잡아야지."
"흐음. 하- 공기부터 신선한데요?"
불안해하는 혜성은 안중에도 없는 그녀.
"그래? 자주 오던 곳이지만, 지우랑 함께 오니까 나도 더 특별하게 느껴지네."
"와우, 생각보다 완전 추워요……. 으윽."

만세를 부르던 그녀의 손이 움츠러들었다. 그리고 저절로 혜성의 주머니를 찾아 손을 찔렀다.

"어? 대빵이가 발을 아주 빵빵 차네. 추워도 뉴욕이 좋아 보이나 봐! 큭큭."

"훗- 우리 대빵이 뉴욕 스타일인가?"

"하하하하, 그러게요. 그나저나 오빠, 우리 밥부터 먹어요."

"또? 내리기 두 시간 전에 기내식 먹었잖아?"

"하, '또?'라니. 이 오빠… 뒤돌아서면 배고픈 게 임산부거든요? 얼른요-"

"알겠어!"

두 사람은 미리 예약한 택시를 타고 맨해튼으로 향했다. 내일 있을 제임스 결혼식도, 프러포즈 이벤트가 열릴 곳도 그곳이니 혜성은 당연히 숙소도 뉴욕의 번화가 5번가로 정했던 것.

"우와- 도시에 스크린 천지네. 우리나라 브랜드들도 많이 보이고! 마음이 숭덩숭덩하네요!"

"숭덩숭덩은 또 뭐야. 하하!"

택시를 타고 숙소로 향하면서 지우는 눈을 빠르게 돌려 구경을 했다. 하지만 혜성에겐 온통 내일 있을 이벤트 생각뿐이라 그 풍경들이 눈에 들어오지 않았다.

"목적지에 도착하면 아마 더 깜짝 놀랄 것을 볼 거야!"

"뭔데요? 뭔데! 뭔데!"

"가 보면 알아."

"혹시 H푸드 뉴욕 지사?"

"헐, 서지우, 너 돗자리 깔래?"

"와, 찍었는데!"

택시를 타고 도착한 곳은 뉴욕 5번가.

번화한 거리였다. 오전부터 관광객으로 북적이는 곳.

지우가 티브이에서만 보았던 그곳이었다.

"우와-"

"혹시 내가 아까 말한 거 발견했어?"

"으음… 아직요. 어디 있지? 대체?"

"저-기 봐 봐!"

"엇- 대박! 진짜 H푸드잖아! H푸드 뉴욕 지사다! 대박!"

"응- 훗-"

"밥은 그 근처에서 먹자. '뉴욕 메리 제인'이라고 내가 뉴욕 지사에 있었을 때 자주 가던 곳이야."

"오오오- 내 영어 이름이 제인인 거 어떻게 알았어요? 얼른 갑시다요."

"훗- 오빠잖아- 가자, 가자! 뉴욕 지우네 가게로!"

'뉴욕 메리 제인'은 블랙과 그레이를 매치해 인테리어를 한 모던한 레스토랑이었다. 브런치를 즐기기 딱 좋은 시간에 도착한 그들은 여유롭게 뉴욕의 아침을 즐기는 이들과 마찬가지로 자리를 잡고 앉았다.

"와- 덩달아 진짜 뉴요커가 된 기분이네요. 그나저나 브런치가 맛은 있으려나?"

"끝내줄걸?"

혜성이 자신감 있는 표정을 지었다. 너의 식욕은 내가 책임지겠다는 투철한 마인드로.

곧 식탁에 근사하게 차려진 브런치를 황홀하게 바라보는 지우. 그녀는 그것을 하나하나 음미하면서 먹고 연신 엄지를 치켜들었다.

"우리 대빵이도 맛있게 잘 먹었나?"

그릇이 텅 비워져서야 만족스럽게 식사를 멈춘 지우가 기분 좋게 배를 매만졌다. 그 후 식사를 마친 혜성과 지우는 숙소로 걸음을 옮겼다.

혜성과 딱 붙어 호텔에 들어선 지우는 불과 몇 달 전 신혼여행에서 각방을 써야 했던 때를 떠올리며 피식 웃었다.

이곳도 그때와 마찬가지로 굉장히 고급스러운 호텔이었다. 지우는 어쩌면 이 남자와 함께하는 나날은 꿈과 같다는 생각을 했다. 이런 것이 익숙해지면 그런 생각 또한 잊힐지 모를 일이지만.

"지우야, 우리 그럼 좀만 쉴까?"

짐을 야무지게 풀고 난 혜성이 폭신한 호텔 침대에 먼저 벌러덩 누워 그녀를 향해 손짓했다.

"오빠."

그러다 자려고?

혜성 옆에 오는 대신 눈을 또렷이 뜨며 그를 바라보는 지우.

"으응?"

"여기 뉴욕이잖아요. 겨우 5박 6일 있을 뉴욕."

"응. 5박 6일이나 있을 뉴욕."

그녀의 말에 뼈가 있음을 깨달은 혜성이 금세 잔머리를 써서 대답 중이었다.

"이런… 시간이 없다고요. 내일은 결혼식 가야 하니까 거의 날려야 하고, 오며 가며 비행시간 다 빼면 겨우 이틀밖에 못 본다고요. 뉴욕을!"

"흐음, 다음에 또 오면 되지."

"이런… 다음은 기약이 없는 얘기고… 조금만 쉬고 나갈 거니까. 그런 줄 아세요."

"내 옆으로 와 주면 생각해 볼게."

"아효- 그럼, 잠깐만이에요-"

지우는 시크하게 이야기하면서도 혜성에게 다가가 폴짝 침대 위로 올라갔다.

"아- 좋다. 비행기에서는 이렇게 할 수 없었잖아. 1인 좌석이라… 멀고……."

혜성이 지우의 품에서 비벼 대며 행복해했다.

"좌석 간 거리가 멀긴 멀더라. 임산부만 아니었어도 이코노미가 좋을 뻔했어요. 그건 아주 다닥다닥 붙어 있는데, 앉아 본 적 없죠?"

"응. 없지. 그 정도야?"

"네. 다음에 도전해 볼래요?"

"도저언!"

혜성은 영혼 없이 외치고 스르르 잠의 세계로 빠져들었다.

지우는 그런 그의 머리를 매만지며 뽀뽀를 했다. 그리고 아까 비행기에서 승무원이 했던 이야기를 떠올렸다.

'남편분이 승객님 살피시느라 밤새 잠을 거의 못 주무셨어요. 새벽녘이 돼서야 잠깐 눈 붙이셨어요.'

악몽이 사라졌다고 말한 뒤에도 혜성은 늘 잠들 때마다 지우를 신경 쓰곤 했다. 그녀의 매일 밤이 편안한 밤이 될 수 있도록 늘 바라는 그였다.

'그래, 좀 봐주자. 나 때문에 더 피곤했을 테니……'

지우는 잠든 혜성 옆에 몸을 세우고 앉아 티브이도 보고 좀 지겨워지면 인터넷도 하고, 노트에 무언가를 끄적이기도 하고, 더 지겨워지면 창밖으로 보이는 활기찬 뉴욕 풍경도 바라보며 시간을 보냈다.

혜성이 늦은 오후 부스스한 모습으로 깰 때까지.

"하암- 지우야, 내가 너무 오래 잤지?"

"괜찮아요."

드디어 기상한 혜성을 지우가 반가운 눈빛으로 바라보았다.

"어라? 웬일이야? 엄청 혼낼 줄 알았더니."

"뉴욕에서 하고 싶은 거 쭉 다 적어 놓기 좋은 시간이었거든요. 여기-"

지우가 뉴욕에서 하고 싶은 버킷리스트가 적힌 메모지를 혜성에게 건넸다.

"어? 이거?"

혜성이 당황한 듯 지우가 적은 리스트 중 하나를 손으로 짚었다.

"왜요? 그거 스무 살 때부터 내 버킷리스트 중 하나였는데?"

"진짜야?"

이걸 잘됐다고 해야 할지, 당황스럽다고 해야 할지.

"그… 그랬구나…….'

"암튼 여유분으로 몇 개 더 적은 거니까, 혹시 시간 부족하면 그건 패스해도 괜찮아요."

"근데 말이야……."

응? 뭐?

혜성의 말에 그녀가 진지한 눈빛으로 그를 응시했다.

"오늘 오후는 시간을 나한테 좀 주면 좋겠는데."

"아차차. 오빠도 나름 계획이 있었겠구나! 내가 한 철저 하는 혜성 팀장님을 잊고 있었네! 좋아요!"

"그럼, 잠시만 기다려 봐. 좀 씻고 나올게."

"네!"

침대 밖으로 나온 혜성이 욕실로 들어가 샤워를 시작했다. 그리고 그다음은 면도, 그다음은 헤어 손질, 그리고 캐리어에서 준비해 온 옷을 꺼내 입기 시작했다.

크림색 터틀넥에 짙은 브라운색 니트를 겹쳐 입고, 비슷한 색의 바지를 매치한 다음 살짝 블루 톤이 가미된 롱코트를 무심하게 걸친 혜성.

특별할 것 없어 보이지만 멋스러운 코디가 쌀쌀한 뉴욕 날씨를 대비하면서도 뉴욕 패션 피플 못지않은 세련됨이 머리부터 발끝까지 묻어났다.

그가 말쑥하게 차려입고 지우가 있는 거실로 나갔다.

"나가자, 지우야."

"헐, 오빠 뭐예요? 난 이렇게 입었는데… 같이 나가면 사람들이 무슨 공작님과 시녀인 줄 알겠다!"

"에이, 설마. 이렇게 아름다운 시녀님이 있을까. 얼른 가자, 지우야."

"나 진짜 이대로 나가도 되겠어요? 여기 뉴욕인데?"

지우가 혜성의 옷과 비교되는 평퍼짐한 자신의 원피스를

바라보며 울상을 지었다.

"뉴욕도 다 다양한 사람들이 사는 곳이야. 괜찮대두- 얼른 가자-"

"공작과 시녀처럼?"

"하하-"

그녀의 손을 이끌고 나온 뉴욕 5번가, 거리에는 많은 인파들이 번화한 도심을 구경하느라 여념이 없었다.

"우와-"

5번가를 걷다가 마주한 '세인트 패트릭 대성당'을 보고 지우가 감탄사를 내뿜었다.

"너무 멋지다! 오빠, 우리 여기 들어가 봐도 돼요?"

"그럼."

두 사람이 성당에 들어서자 마침 미사가 진행되고 있었고, 거대한 오르간 소리가 아름답게 울려 퍼지고 있었다.

"오빠! 잠깐만 앉았다 가자!"

엄숙하게 이어지는 미사를 바라보며 지우가 맨 뒤 의자에 살포시 앉아 혜성을 불렀다. 그리고 이내 두 손을 모아 기도를 하는 그녀. 잠시 후, 눈시울이 살짝 붉어진 채로 고개를 들었다.

"무슨 기도 했어?"

혜성이 지우와 성당 밖으로 나오며 물었다.

"당신께서 내 죄가 무엇이냐 물으신다면 이 사람을 만나고 사랑하고……!"

"서지우! 큭, 뭐야. 혼자 영화 찍었어? 나 두고 어디 가려고…….'

"잘나가는 재벌 3세를 겨우 허당 서지우, 내 뒤치다꺼리하는 남자로 만든 것입니다! 우리 집이 좀 괜찮은 집안이었으면 오빠 일하는 데 도움이 좀 될 텐데… 다른 재벌 3세들과 다른 결혼을 하게 해서 미안해, 오빠……."

아까 걷던 거리를 걸으며 지우가 혜성에게 진지하게 말했다.

"그건 내가 고마워야 할 일인데? 나처럼 이렇게 매일이 행복한 남자가 어디 또 있을까!"

"진짜야?"

"그럼- 얼른 갑시다. 어두워지기 전에 내 당신을 공작 부인으로 만들어 드릴 테니!"

그가 그녀의 팔을 끌고 명품 거리로 향했다.

"드디어 오늘이네……."

새벽녘에 눈이 떠진 혜성이 아직 자고 있는 지우의 머리를 쓰다듬으며 중얼거렸다.

"너무 늦어서 미안해, 지우야……."

오늘은 혜성의 친구 제임스의 결혼식이 있는 날이자, 올해의 마지막 날, 그리고 이미 결혼한 사이지만 생략되었던 프러포즈를 야심차게 감행하기로 한 날이었다.

"잘 성공해서 너랑 나랑 평생 간직할 좋은 추억이 되면 좋겠다."

 언제 어디서든 행여나 누군가의 프러포즈 이야기가 들릴 때면 마음이 불편했던 혜성. 지우는 아무렇지 않은 듯했지만, 그의 마음은 그렇지 않았다.

 그리하여 시간이 더 많이 흐르기 전에 멋지게 프러포즈를 하겠다는 계획이 벌써 제법 많은 시간이 지나 올해의 마지막 날이 되어 버렸다.

"훗- 우리 지우의 눈에 과연 감동의 눈물이 뚝뚝 떨어질 것인지, 오빠가 두고 보겠어."

 혜성은 중얼거리는 소리에도 영 깰 기색이 없는 지우의 사랑스러운 숨소리를 들으며 그녀의 이마에 뽀뽀를 했다.

"신랑 제임스 군과 신부 세라 양의 동시 입장이 있겠습니다-!"

 뉴욕에 우뚝 솟은 건물들 중 하나, 더 프레스 라운지 루프탑에서 유쾌한 결혼식이 진행되고 있었다.

"오빠 친구 말야. 결혼이 그리도 좋은가. 아주 입이 귀에 걸렸네. 그치?"

함박 미소를 지으며 신부와 함께 입장하는 제임스를 보며 지우가 혜성에게 속삭였다.

"그러게. 벌써 팔불출이라니. 이런… 쯧쯧."

　혜성이 눈을 흘기며 장난으로 못마땅한 표정을 지었다.

"왜요. 보기에 너무 좋은데, 훗-"

　지우가 부러운 눈빛으로 바라보자, 그가 지난날 어색하기 그지없던 조촐한 그들의 결혼식을 떠올리며 쓴 입맛을 다셨다.

"세상에 경쟁자가 더 늘었어."

　이번엔 혜성이 지우의 귀에 대고 속삭였다.

"엥? 그게 무슨 말이에요."

"좋은 남편 콘테스트 말야."

"푸핫! 그게 뭐야. 진짜 그런 대회가 있긴 해요?"

"당연히! 없지. 큭. 암튼 결혼하면 나처럼 행복하게 잘 살았으면 좋겠다."

"훗- 나랑 결혼해서 행복하다니 다행이네."

"지우는? 지우는 어떤데."

"나? 음… 당연히……."

"좋지?"

"피곤하죠."

"헐, 뭐야!"

"밤낮으로 아주 피곤해요! 이 남자가 모든 면에 보통이어야지."

지우가 주변을 힐끗 보고 혜성의 귀에 재빠르게 속삭였다.

"아… 그거 칭찬이지?"

그의 얼굴에 화사한 자신감이 꽂혔다.

대답 대신 웃으며 혜성의 팔을 더 꼭 붙드는 지우. 그는 그런 그녀의 손을 미소 띤 얼굴로 꼭 잡아 주었다.

"우리도 결혼식 다시 올릴까?"

이제 막 부부가 된 이들의 행복 앞에 자꾸 미안해지는 혜성이 지우를 지그시 바라보며 말했다.

"훗- 왜요. 마음에 걸려요?"

"응. 많이. 우리 엄마도 식 다시 올렸으면 좋겠다고 하시고. 홀도 좀 큰 곳으로 해서 손님 많이 초대하고."

"에이- 괜찮아요. 뭐, 그때 당시 진짜 결혼식이라고 생각은 안 했었지만, 그거 오빠랑 나랑 둘이 기획해서 만든 결혼식이잖아요. 나름 의미가 있다고."

"으음… 진짜?"

"그보다 더 서운한 건, 남들 다 받아 본……."

지우가 말을 하려다 말았다.

혜성은 그녀의 말을 초긴장한 상태로 기다렸다.

제발! 그 입에서 '프러포즈! 못 받아 봤다는!' 그런 이야기는 나오지 않기를!

이미 준비했는데, 네가 얘기하면 꼭 얘기해서 준비한 거

같잖아!

제발! 플리즈!

"지우야……."

혜성이 급히 입을 막을 생각으로 그녀의 이름을 불렀는데, 막상 할 말이 떠오르지 않았다.

"아니, 그게 그렇게 서운하고 아쉽네요. 프러포즈 못 받아 본 거요."

끙…….

얼굴에 검은 그림자를 드리운 채 한숨을 푹 내쉬는 혜성. 그런 그를 그녀가 아무렇지 않게 바라보며 말했다.

"그… 그랬어?"

"네! 그렇다마다요. 근데 뭐, 이렇게 결혼하게 된 거 다시 프러포즈 해 달랄 수도 없고 참, 내… 뭐, 평생 그런 추억 없이 살아가는 여자가 되겠죠."

지우가 고개를 내저었다.

"오빠! 근데 얼굴빛이 왜 이래요? 어디 안 좋아요?"

안 좋다… 마음이! 김이 50퍼센트는 샜다고!

"어? 아… 아니… 그럴 리가……."

혜성은 애써 태연한 척 그녀의 어깨를 감싸며 계속 진행되는 결혼식을 지켜보았다,

"와- 진짜 아름다운 결혼식이다."

제임스 부부가 뉴욕의 전경이 훤히 내다보이는 더 프레스

라운지 루프탑에서 행진을 했다.

한겨울이지만 햇살이 비치는 식장은 따사로웠고, 행복함이 묻어 있는 막 결혼한 부부에게서는 사랑스러움이 마구 흩어져 나와 손님들의 마음까지 기분 좋아졌다.

"으- 오빠! 머리 망가진다고!"

"후후-! 악!"

축복하는 마음으로 꽃가루를 그들에게 뿌려 주는 친구들, 혜성은 장난기가 발동해 그것을 지우의 머리에 뿌리다가 가슴팍을 한 대 맞기도 했다.

두 사람은 피로연까지 마치고 나서야 식장을 나섰다. 오후 결혼식이라 시간이 꽤 지난 상태였다.

"그럼! 다음 코스는 지우 투어로 모시겠습니다. 차 기사님 브루클린 브릿지로 가 주세요!"

"알겠습니다, 사모님!"

혜성이 임산부인 지우를 고려해 호텔 근처에서 렌트한 차량 운전석에 앉아 시동을 걸었다. 식장과 멀지 않은 곳이라 금세 브루클린 브릿지 근처 주차장에 차를 대고 나와 두 사람이 손을 맞잡았다.

"여기가 와 보고 싶었어?"

"네. 여기가 BBD가 선정한 죽기 전에 가 봐야 할 곳 중에 하나래요."

"BBD? BBC 아냐?"

"아, 맞다. BBC. 에고, 왜 그런 말 있잖아요. 비비디 바비디 부-"

"하하-"

두 사람의 유쾌한 대화가 브루클린 브릿지까지 이어졌다. 그곳엔 이름난 명소답게 많은 사람이 셔터를 누르고 있었다.

"우와- 이래서 다들 브루클린 브릿지 브루클린 브릿지 하는구나……."

어느덧 다리 중간 부분까지 걸어간 두 사람. 지우는 다채로운 건축 기술로 세워진 다리에 감탄하고, 다리에서 보이는 아름다운 맨해튼 풍경에도 푹 빠져 버렸다.

"오빠, 여기서 잠시 있다 가요. 다리도 아름답지만, 전경이 끝내주네요. 그치?"

지우가 혜성의 옆구리를 쿡 찔러 동의를 구했다.

"그러게. 정작 뉴욕에 살 때는 이렇게 여유 있게 여길 와 본 적이 없었거든. 새삼 새롭고 좋네."

"왜 좋은지 알아요?"

"왜?"

"나랑 왔잖아."

"훗-"

브루클린 브릿지에 서서 풍경을 바라보는 지우를 혜성이 뒤에서 포근히 감쌌다.

"오빠- 하늘에 곧 어마어마한 노을이 질 것 같아."

"응. 여기서 바라보는 석양이 그렇게 아름답다던데."

그때였다.

지우가 전경을 뒤로한 채 몸을 앞으로 돌려 혜성을 바라보았다.

"응?"

그런 그녀와 눈을 마주친 그가 무슨 일이냐는 듯 물었다.

"으음… 나랑 결혼해 줘서 고마워요. 앞으로 또 우리의 삶에 여러 일들이 있겠지만, 그때마다 이 다리에서 함께 본 이 아름다운 하늘을 기억해 줄래요? 햇빛에 물든 저 넓은 하늘이 멀리서 보면 이토록 아름다운 것처럼, 우리의 사랑으로 물든 나날들이 훗날 보면 아름다운 장면이 될 테니까."

지우가 말을 하는 동안 브루클린 브릿지 위로 번진 노을빛이 기가 막힌 풍경화를 그려 냈다. 그 풍경화 속에 서 있는 두 사람.

"지우야……."

혜성은 그녀의 멋진 고백에 감동받은 듯 눈시울을 붉혔다.

"이거 프러포즈예요. 자-"

붉힌 눈시울에서 눈물이 뚝 떨어지려는 순간, 지우가 말을 이으며 그에게 보석 상자 하나를 건넸다.

헛-

내가 먼저 하려고 했는데……!

이것은 혜성의 계획에 없던 거였다. 생각지도 못한 일이었다.

　서지우, 이러기야, 진짜?

　암담한 마음을 접고 그녀가 내민 것을 받아야 하는 신세였다. 보석 상자를 열어 보니 아주 세련된 브레이스릿 하나가 들어 있었다.

　그것을 본 혜성은 몹시 당황했지만 애써 담담한 척을 했다.
　"뭐, 좋은 거 많이 가지고 있어서 더 줄 것도 없지만, 요즘 핫하다는 이 아이는 없는 것 같아서요. 한번 해 봐요."
　지우가 브레이스릿을 잡아 들고 혜성의 손목에 채워 줬다.
　"훗- 예쁘네. 고마워, 지우야. 뭘 이런 걸 다 준비했어."
　눈물까지 흘리게 하다니, 네 프러포즈 정말 성공적이다!
　그나저나 난 어쩌나!

　혜성은 안절부절못한 마음으로 브루클린 브릿지를 다 돌아보고 나서 지우와 함께 호텔로 돌아왔다.
　"오빠? 괜찮아요? 아까부터 자꾸 식은땀도 흘리고 이상하네?"
　"어? 어… 괜찮아……."
　혜성은 결혼식장에서 지우가 프러포즈 이야기를 꺼낸 데 이어 그녀의 프러포즈까지 연속으로 투 펀치를 맞은 탓에 좀 정신이 없었다.

　그는 어찌 되었건 굴하지 않고 준비한 것을 보여야 하니, 정신을 차려 보기로 했다.

"우와-"

호텔에 들어와 커튼을 젖히고 창밖을 내다보던 지우가 감탄사를 내뱉었다.

"왜?"

"야경이- 끝내준다."

붉게 물들었던 하늘은 금세 모습을 감췄고, 짙은 어둠이 찾아온 세상. 두 사람이 묵는 호텔 뷰는 뉴욕 5번가, 특히 타임스퀘어가 아주 잘 보였다. 그곳은 벌써 휘황찬란한 조명들이 도시의 밤을 밝히고 있었다.

그리고 그 아래 발 디딜 틈조차 없어 보일 만큼 많은 인파가 있었다. 오늘은 올해의 마지막 날, 12월 31일이기 때문에 타임스퀘어 볼드랍을 즐기기 위해 모인 사람들이었다. 연말과 연시를 축제처럼 즐기는 볼드랍은 전 세계 많은 이들이 버킷리스트로 꼽는 것 아닌가.

"내 생에 타임스퀘어 볼드랍을 볼 수 있는 날이 있을 거라고 생각해 본 적이 없는데! 와- 그런 날이 오네요."

"후훗- 그래서 우리 지우 좋아?"

"그럼요. 제임스 덕분에 볼드랍을 보게 생겼네! 후후-"

"어? 어?"

아니, 이게 다 내 프러포즈 계획 속에 있는 거라고!

창밖 구경에 여념이 없는 그녀를 보며 혜성은 자꾸 계획이 어그러지는 느낌이 들어 좀 찜찜했지만, 그래도 맡은바 최선을 다할 생각이었다.

"우와- 오빠! 저기 팝 가수들 공연도 하나 봐요!"

휘황찬란한 뉴욕 타임스퀘어 앞에는 연말과 연시를 기념하기 위한 여러 행사들이 펼쳐졌다. 근처에 몰린 셀 수 없이 많은 사람들이 설레고 기대는 마음으로 공연을 지켜보며 새로운 시작을 기다렸다.

혜성이 신청해 둔 룸서비스로 저녁을 먹고 난 다음, 두 사람은 타임스퀘어가 잘 보이는 창가 테이블에 마주 앉았다.

"지우야- 이거 먹어 볼래?"

자정이 지나야 잘 수 있을 거라서, 볼드랍을 기다리며 즐길 지우가 좋아하는 주전부리도 챙겨 온 혜성. 그의 친절에 그녀가 웃으며 신나게 간식을 먹었다.

"오오오- 이제 카운트다운 한다! 지우야, 잘 봐!"

테이블과 침대를 번갈아 가며 자리를 옮겨서 쉬던 지우에게 혜성이 흥분한 목소리로 말했다.

"오오오- 진짜?"

두 사람은 나란히 앉아 볼드랍을 지켜보았다.

-쓰리! 투! 원! 지이-로!

카운트다운이 끝남과 동시에 타임스퀘어에서는 화려한 불빛과 불꽃놀이가 시작되었고 사람들의 환호성이 우뢰와 같이 크게 들려왔다.

그 열기가 호텔 방까지도 전해져 두 사람의 기분도 고조

되었다.

한껏 흥분된 기분으로 혜성이 지우를 지그시 바라보다 그 입에 입을 맞췄다.

새해를 알리는 화려한 뉴욕 5번가처럼 두 사람의 마음을 뜨겁게 달아오르게 만드는 입맞춤이었다.

"서지우-"

뜨겁고, 달콤하고, 기분 좋은 입맞춤 끝에 혜성이 그녀와 눈을 맞췄다.

"응?"

"나랑 결혼해 줘서 고마워. 그리고 우리의 남은 생애도 변함없이 사랑하며 나랑 같이 살아 줄래?"

그가 주머니에서 작은 보석 상자와 작은 드로잉북을 꺼냈다.

"오빠!"

상자를 열어 본 지우가 무척 놀란 표정을 지었다.

"놀랐지? 나도 아까 되게 놀랐다."

반지의 디자인이 혜성에게 준 브레이스릿과 똑 닮아 있었다.

"큭. 내 거 따라 산 거예요?"

"아니야! 절대! 나 이거 한국에서부터 준비해 온 거라고! 내가 이날을 위해 얼마나 생각하고 노력했는지……."

"어? 어머… 웬일이야……."

지우의 감탄사가 그의 말을 막았다. 혜성이 건넨 드로잉북에는 그가 그린 지우의 모습이 가득했다. 그의 머릿속에 기억돼 있는 그녀의 어린 시절의 모습부터 카페 알바생, 청소부, 열혈 신입의 모습, 자신의 마음을 몰라주는 무늬만 아내였던 그 시절, 그리고 살짝 배가 나온 지금의 모습까지.

⟨아침에 마시는 페퍼민트 차처럼 네 모습도 참 싱그럽고 상쾌했다.⟩
⟨내 마음, 이미 너에게 닿았다.⟩
⟨짜장면이 그렇게 맛있어? 벌써 두 그릇째……. 행복해하니 됐다.⟩

매 페이지마다 그때 느낀 감정들도 한 줄씩 코멘트되어 있었다.
"바쁜데 이런 건 언제……."
그녀의 눈에서 드디어 눈물이 똑 떨어졌다.
"아싸! 성공이다!"
그 눈물을 놓치지 않고 본 혜성이 혼자 깊은 감동을 받는 중이었다.
"아니, 그러고 보니 이거 때문에 아까부터 표정이 안 좋았던 거예요? 제임스 결혼식 때 프러포즈 얘기할 때도 그렇고 내가 브루클린 다리에서 프러포즈할 때도 그렇고?"

"헐, 티 났어?"

"응. 완전 다 티 났어! 어쨌든 감동이야. 내가 차혜성 씨 평생 데리고 살아 줄게요. 이왕 이렇게 된 거!"

다 티 났다니. 감동이 채 다 가시기 전에 실망스런 기분이 도사리고 있었지만, 혜성은 이제야 속이 후련했다.

그래, 지우야. 우리 늘 꼭 붙어살아. 한 해가 새해가 시작되는 이 순간처럼 세상의 모든 특별한 순간들을 함께 기념하며 감사하며 사랑하며 그렇게 살아가자.

사랑해.

너만.

영원히.

외전 2.

그 시절

"엄마!"

지우가 뷰티풀 마인드 매장 문을 열며 박숙희 여사를 불렀다.

"어! 왔어! 조금만 기다려 봐. 엄마 이것만 정리하고 퇴근하게."

"응, 엄마. 우와, 누가 이렇게 좋은 걸 내놨네."

지우가 막 매장에 들어와 엄마가 정리하고 있던 그림을 매만졌다. 푸른 들판 위에 어렴풋이 아이들이 뛰어노는 모습을 유채화로 그린 그림이었다.

"어떤 할아버지가 젊을 때 습작으로 그렸다는데, 그냥 두기 아까워서 가져오셨대. 괜찮아 보여? 좀 팔리려나?"

박숙희 여사가 일하는 매장은 푸름 사회공헌재단에서 만든 중고품 가게였다. 기부받은 물건을 파는 곳인데, 박 여사가 기부품을 정리하고 가격을 책정해 판매까지 하는 일 전반을 다 맡아 하고 있었다.

"웅! 인기 좋을 것 같은데? 얼마 책정했어?"

나름 적을 두고 열심히 일하는 그녀의 모습이 이제야 좀 익숙해진 지우. 처음에는 정말 매일 꿈이야 생시야 했을 정도였다. 사람이 변해도 변해도 이렇게 변하나!

"각 만 원. 여기서 만 원이면 초고가인 거 알지?"

"그럼. 웬만한 게 다 오백 원, 천 원이잖아. 근데 그 정도 받아야겠다. 가치가 있어!"

"오늘은 이상하게 그림을 많이 보게 되네!"

"웅? 왜? 또 뭐가 있었어?"

고개를 갸우뚱거리는 박숙희 여사에게 지우가 물었다.

"웅. 이제 정리 다 됐으니까 밥 먹으면서 얘기하자. 참, 차서방은?"

"아, 오빠 오늘 회의가 길어진대. 뭔 회의를 오밤중까지 하려는지, 원."

"큰일 하는 사람이니까 이해해야지. 어쨌든 잘됐네. 오늘은 엄마가 맛난 거 산다! 언니도 늦는다니까 내버려 두고 우리끼리 먹자."

뽀로통한 표정으로 하는 지우의 말을 박숙희 여사는 오히려 반겼다.

"유후~! 콜!"

두 사람은 박숙희 여사가 일하는 매장 근처에 있는 한 중식당으로 익숙한 걸음을 옮겼다.

"음- 맛있는 냄새! 와, 아까까지 배 하나도 안 고팠는데, 냄새 맡자마자 허기가 살아나네. 너무 배고프다."

"점심 먹고 여태껏 아무것도 안 먹었을 텐데, 당연히 배고프지. 게다가 임산분데. 나오면 많이 먹어. 먹고 부족하면 또 시키고."

엄마가 월급을 받으셨나!

"진짜? 나 짜장면 두 그릇 먹어도 돼?"

"그러엄. 왜 차 서방이 두 그릇 먹으면 뭐라고 해? 살찐다고?"

지우가 조심스럽게 묻자, 박숙희 여사가 눈을 휘둥그레 떴다. 딸의 말 한마디 한마디에 반응하는 그녀의 모습이 지우는 오늘도 신기했다.

"아니, 사 줄 거 다 사 주면서 많이 먹는 모습을 좀 뭐랄까, 바라보는 눈빛이… 그래. '와- 대단하다. 이 많은 걸 다 먹다니!' 이런 눈빛?"

이왕 물어보시는 거 다 불어 버리자!

"어머 어머 어머! 차 서방 안 되겠네! 임산부한테 그게 말이 돼?"

"임신을 안 해 봐서 그렇지, 뭐. 평생 알 리가 있나. 임산부의 식욕을."

내가 말을 안 해서 그렇지, 오빠한테 많이 서운했었어! 엄마!

친정엄마 앞이라고 속을 시원하게 드러내 보일 수 있어 지우는 왠지 후련했다. 그저 말만 했을 뿐인데 다 풀리는 기분.

"하……. 네 아빠는 엄마 임신했을 때 먹을 거는 기가 막히게 잘 챙겨 줬는데……. 지금도 그때 먹은 햄버거 맛을 잊지 못한다니까."

막 김이 모락모락 나는 짜장면을 앞에 두고 엄마가 옛 추억을 소환하셨다. 임신과 출산은 여자라면 누구라도 할 이야기가 한 보따리는 넘치는 법이니까. 신기한 건 들어도 들어도 재밌다는 것.

"햄버거?"

"응. 지금이야 널렸고 몸에도 안 좋다고 하지만, 그때는 호텔 같은 데서만 파는 아주 고급 음식이었거든."

지우 엄마의 눈에 그런 남자가 내 남편이다라는 뿌듯함이 담겼다.

"우와- 우리 아빠 역시 로맨티스트-"

"맞아. 일은 잘 못했어도 엄마한테는 정말 잘했었지. 엄마가 못되게 군 게 지금 생각하면 너무 가슴 아프고 미안해."

교통사고 이후, 박숙희 여사는 과거의 일을 자꾸 끄집어 내 후회를 하곤 했다. 이렇게 말이라도 하지 않으면 더 괴로운 것처럼.

"아빠도 엄마의 심정을 조금은 이해하셨을 거야……."

"참! 내가 그거 준다는 게."

박숙희 여사가 말을 하다 말고 갑자기 가방을 뒤적이더니 무언가를 찾아 지우에게 건넸다. 딱 봐도 오랜 세월이 묻어나는 노트였다.

"이게 뭐야?"

어릴 때 쓰던 일기장인가?

"아니, 주말에 대청소했잖아. 이제 봄이니까. 창고까지 다 뒤집었는데, 거기서 이게 나온 거 있지. 네 거야. 이거 보면 좀 기억이 날까 싶어서."

"기억? 뭔데?"

지우는 엄마의 알 수 없는 말을 대수롭지 않게 받아들이며 의문의 노트를 한 장 폈다.

"어머!"

그것을 바라보던 그녀에게서 짧은 탄식이 새어 나왔다.

"몰랐는데, 차 서방이 그림에 소질이 좀 있었나 봐."

"응. 나도 얼마 전에 알았어. 아주 예전에 회사 경영 말고 하고 싶은 게 있었다는데, 그게 그림이었나 봐."

지우는 얼마 전 뉴욕에서 프러포즈 이벤트 때, 혜성이 직접 그린 그림이 담긴 드로잉북을 선물했던 것을 생각해 냈다.

"그랬구나."

"근데 이거 진짜 대박이다, 엄마."

"그치? 보니까, 이거 받았던 생각 좀 나?"

"으음… 글쎄……."

"할아버지, 나 그냥 여기서 놀 거야. 집에 들어가기 싫어. 응? 응?"

지우가 초대받아 온 집 안에 들어가 보지도 않고, 굳이 앞마당에서 지금부터 놀아야겠다고 완강하게 고집을 부렸다.

"허허, 그럼 할아버지 잠깐만 안에 들어갔다가 나올 테니까 혜성이 오빠랑 여기서 놀고 있을 테야?"

조이제과 서동구 회장은 손녀딸의 고집에 어쩔 수 없다는 듯 백기를 들어 버렸다.

"응응! 헤헤."

앞마당에 잘 꾸며 놓은 놀이터에 마음을 뺏긴 지우는 그저 싱글벙글이었다.

"혜성아, 그럼 네가 내려가서 지우 좀 보고 있을래? 괜찮겠나?"

동구와 지우의 대화를 듣던 H푸드 차주한 회장이 자신의 손을 꼭 잡고 있는 혜성에게 묻자 그가 고개를 끄덕였다. 그리고 이내 지우가 있는 쪽으로 발걸음을 옮겨 갔다.

"오빠, 여기가 오빠 집이야?"

다섯 살 지우와 일곱 살 혜성이 처음 만난 날, 혜성이네 앞마당 놀이터를 둘러보던 그녀가 그에게 물었다. 그러나 물어도 대답 없이 무표정한 표정으로 고개만 끄덕이는 혜성이었다.

"우리 집보다 쪼금 더 좋네! 개미 똥 방구만큼, 하하하하!"

"……."

혜성은 두 살이나 어린 동생이 왔다기에 막상 돌봐 준다고 곁에 왔지만, 괜히 낯설어 한마디 말도 못 하고 있었다.

"오빠, 미끄럼 타고 놀까?"

"……."

"오빠, 그럼 그네 타고 놀래?"

"……."

"피- 뭐야. 에휴, 그럼 땅 파고 놀까?"

그제야 고개를 끄덕이는 혜성. 이것저것 놀잇감들이 많았지만 지우의 신선한 제안에 귀가 솔깃했다.

"자- 여기 막대기. 나는 여기서 팔 테니까 오빠는 여기 옆에서 해."

그제야 지우도 만족스러운 듯 환하게 웃으며 주변을 살펴 나뭇가지 하나를 주워 그에게 건넸다.

"응."

지우가 준 막대기를 잡아 들고 둘이 나란히 쪼그리고 앉아 땅을 파기 시작했다.

"오빠!"

"응?"

"땅을 왜 이렇게 잘 파? 우와-"

"헷-"

같이 놀기 시작한 지 좀 지나 혜성이 처음으로 지우를 보고 웃었다.

"오빠, 우리 이제 여기에 돌멩이랑 나뭇잎 주워다가 넣고 먹는 척하면서 소꿉놀이하자."

그녀의 말이 끝나기 무섭게 혜성이 대답 대신 여기저기에서 돌멩이, 나뭇잎 등을 주워 오기 시작했다.

"짝짝짝-! 와- 좋은 거 많이 주워 왔네!"

혜성의 활약에 신이 난 지우가 박수를 치며 좋아했다. 혜성의 어깨가 으쓱해졌다.

"우리 이거로 나뭇잎 햄버거 만들까? 오빠? 피자도 만들고?"

"응!"

둘은 주워 온 여러 가지 잡동사니들로 이것저것 만들며 즐거운 시간을 보냈다. 놀다가 지겨워지면 미끄럼틀도 타고, 그네도 타면서.

아빠는 늘 일에 치여 거의 혜성을 돌볼 여유가 없었고, 형제도 없이 자라 온 그에게 할아버지 말고 자기 집에서 놀 친구가 있다는 건 정말 기분 좋은 일이었다.

그 뒤로 지우가 혜성이 다니는 유치원에 입학하고, 둘은 더욱 자주 만나서 놀곤 했다.

혜성은 자신보다 두 살이나 어린 지우지만, 늘 재밌는 놀이를 만들어 내는 지우와 노는 게 너무 재미있었고, 마음이 편했다.

지우도 자기가 하자는 대로 다 들어주고 잘 놀아 주는 혜성 오빠가 너무 좋았다.

"할아버지, 지우는 커서 혜성 오빠랑 결혼할 거예요."

"할아버지, 나도, 지우랑 결혼할 거야."

지우와 혜성은 늘 재밌게 놀다가 할아버지들과 함께하는 간식 시간만 되면 둘이 그렇게 사이좋게 나눠 먹으며 할아버지들 앞에서 꼭 다짐을 했다.

"어허허- 녀석들. 혜성아, 좀 더 먹지, 왜?"

"지우 먹으라고요."

먹성이 좋아 몸집이 좋았던 혜성이 지우와 있을 때면 유독 식탐도, 원인을 알 수 없는 지긋지긋한 두통도 없어지는 것을 보며 차수한은 신기해했다.

"지우야- 좀 천천히 먹어라."

"으응~~ 맛있단 말야."

집에서는 입이 짧은 지우가 혜성의 집에선 뭐든 잘 먹어 서동구도 이를 신기하게 여겼다.

그렇게 함께한 1년이라는 시간이 후딱 흘러 버렸다.

"지우야-"

"오빠, 가지 마. 어어엉엉엉엉……."

유치원 졸업식에서 지우가 혜성을 붙들고 대성통곡을 했다.

"오빠, 이제 유치원 졸업하고 학교 들어가야 돼."

"가지 마. 나랑 같이 계속 중앙유치원에 있자. 흑흑흑흑……."

눈물 범벅인 지우의 얼굴을 혜성이 손으로 쓱 닦아 주며 소맷자락으로 자신의 눈에서 떨어지는 눈물도 닦았다.

"오빠 유치원 졸업해도 집으로 놀러 오면 되잖아. 그니까 그만 울고……."

"싫어. 싫어. 졸업하지 마……. 엉엉엉엉!"

"이거는 오빠가 지우한테 주는 선물이야. 이거 가지고 오빠 생각 날 때마다 봐. 알겠지?"

"엉엉엉엉!"

혜성이 지우에게 무언가를 건넸다. 지우는 그게 뭔지 보지도 않고 계속 울어 댔다. 그런 그녀의 모습이 안타까웠지만 할 수 있는 게 없는 그였다.

유치원을 졸업한 혜성은 지우와 집에서 만날 수 있을 거라는 희망을 가지고 있었지만, 둘의 상황은 거짓말처럼 빠르게 변해 버렸다.

초등학교 입학과 동시에 아버지가 붙여 준 가정교사들로부터 해야 할 많은 것들을 부여받았고, 놀 시간은 꿈도 못 꾸는 상황이었다.

그러던 중 지우 할아버지인 서동구가 세상을 떠나 지우와 혜성의 연결 고리는 약해졌고, 조이제과 경영마저 어려워져 가끔 모이던 재벌가 사교 모임에서 볼 수 있는 것조차 허락되지 않았다.

"오빠……."

가끔 혜성 오빠가 그리웠던 지우는 그가 졸업식 때 건넨 노트를 펼쳐 보곤 했다. 그곳엔 둘이 놀던 그림이 그려 있었다.

매번 그녀와 놀고 나서 놀았던 장면을 그림으로 기록해 두던 혜성의 작품이었다. 서투른 꼬마의 솜씨지만, 제법 재능이 있어 그런대로 훌륭한 그림이었다.

하지만 지우도 유치원을 졸업하고는 혜성도, 그 노트의 존재도 까마득히 잊어버렸다.

그리고 20년이라는 세월이 흘러 버렸다. 그 시간들은 서로를 알아보지 못하게 할 만큼 길었지만, 둘 사이에 이어진 끈은 매해 짧아져 결국 그들을 마주하게 했다.

"엄마! 이렇게 보니까 조금 생각나는 거 같기도 해. 완전 큰 저택 정원에서 혜성 오빠와 땅 파던 거……."

"그래? 하긴, 혜성이가 그림을 진짜 자세하게도 그려 놨더라……."

"할아버지 두 분이서 테이블에 앉아서 우리 노는 걸 늘 지켜보셨던 것 같아."

"그랬구나. 하여튼 너희 둘이 어지간히 할아버지들 껌딱지였어. 아주 똑같이."

"그러고 보니 기억나네. 오빠랑 결혼한다고 할아버지 앞에서 노래를 불렀던 걸."

"엄마한테도 맨날 그랬다니깐. 애는-"

"훗-"

지우는 그 시절을 떠올리며 그 노트를 매만져 보고는 다시 짜장면을 후루룩 들어 올려 입 안 가득 넣었다.

그리고 생각했다.

대빵이에게도 이렇게 운명적인 사람이 있기를- 그리고 자신처럼 행복하기를-

"장모님! 저희 왔습니다!"

"엄마! 나 왔어!

이른 아침 우리는 엄마 집에 도착했다. 아빠 품에 안긴 대빵이도 함께.

"왔어? 오구! 귀여운 강아지. 이리 줘."

엄마가 혜성 오빠 품에 안긴 대빵이를 받았다.

월월!

아롱이도 대빵이를 보자 반가움에 짖어 댔다.

"어? 언니도 있었네?"

"대빵이 왔어? 아구, 귀여운 녀석."

지아 언니가 방에서 부스스한 모습으로 막 나오며 대빵이를 반겼다.

부스스한 모습조차 예쁘신 타고난 외모로 최근 꽤 잘나가는 잡지사의 모델로 스카우트된 언니.

덕분에 제법 빡빡한 스케줄을 나름 잘 소화하며 열심히 사는 그녀였다. 물론 엄마의 끊임없는 잔소리를 듣기에 가능한 일이기도 했다.

"우리는 안 보이냐?"

내 말에도 언니는 아랑곳없이 대빵이만 보고 연신 방글방글 웃어 댔다.

"나 오늘 휴가 냈잖아. 대빵이 보려고."

한참 대빵이를 보던 언니가 이제야 나를 보고 말을 걸었다.

"진짜? 대박이네."

조카 보려고 자발적 휴가를 내는 이모가 몇이나 될까. 애견인에 이어 조카 바보 대열에 낀 지아 언니 덕분에 대빵이는 이모 사랑을 듬뿍 받는 중이었다.

"처형, 와- 감동입니다. 하긴 우리 대빵이가 좀 많이 귀엽긴 하잖아요. 하하!"

오빠가 꿀 떨어지는 눈으로 엄마 품에 안긴 대빵이를 바라보았다.

"얘들아, 늦을라. 얼른 출근해. 대빵이 걱정은 말고."

시계를 보던 엄마가 자신의 옆에 있던 오빠의 옆구리를 툭 쳤다.

"어머! 시간이 이렇게 됐네? 얼른 가야겠다."

서둘러 아기 용품이 잔뜩 든 가방을 추슬러 놓은 다음 핸드백만 꺼내 들었다.

"참! 너네 뭐 안 먹었지? 녹즙 갈아 놓은 거 주방에 두 컵 해 놨으니까 마시고 가."

"우와, 진짜? 고마워, 엄마."

얼른 주방으로 가 녹즙이 가득 담긴 컵 하나를 홀짝 마시고는 나머지 하나를 오빠에게 주었다.

"잘 먹겠습니다, 장모님."

우리는 H푸드 산모 간편식으로 나온 도시락을 분명 먹었지만, 밤낮으로 보채는 대빵이 때문에 잃었던 기력을 보충하려 녹즙을 허겁지겁 마셨다.

"엄마! 내 거는?"

지아 언니가 그제야 자기 몫을 찾았다.

"너는 뭐 맨날 집에 붙어 있는 거 언제든 먹으려면 먹지. 손됐다 뭐 하냐. 얼른 하나 해서 마셔!"

"우와… 박숙희 여사님, 아주 차별이 대단하십니다."

"차별은 무슨! 너는 오늘 휴가라며. 애들은 출근하잖아. 얼른 손 닦고 와. 대빵이 보려면."

"쳇! 네, 네. 알겠습니다요! 우리 대빵아, 조금만 기다려~~"

언니가 화장실 문을 쾅 닫고 들어가 버렸다.

"후훗- 다녀오겠습니다! 이따 보자, 대빵아."

씩씩하게 인사를 하고 나오는데, '이따 보자, 대빵아'라고 하는데 왜 눈시울이 뜨거워지는지.

"또?"

오빠가 코를 훌쩍이는 내 볼을 어루만졌다.

"장모님이랑 처형이 잘 봐주시잖아."

밤새 시달린 걸 생각하면 홀가분할 것만 같았는데, 헤어짐의 인사를 하자마자 마음이 울컥했다.

내 손을 꼭 잡는 오빠 손에 이끌려 바닥에 딱 붙어 있던 발을 뗴었다.

"우리 오늘은 점심 뭐 먹을까? 우리 지우 먹고 싶은 거 있어?"

차가 출발함과 동시에 오빠가 점심 타령을 했다. 사내 부부의 가장 큰 장점이라면 같이 점심을 먹을 수 있다는 것. 보너스로 데이트 시간을 받는 느낌이었다.

"미역국만 빼면 뭐든 맛있을 것 같은데, 오빠."

엄마가 한 솥단지 끓여 주시고는 꼭 먹어야 한다고 얼마나 당부를 하시던지. 그놈의 미역국 먹느라 입맛이 싹 가시는 중이었다.

"큭, 그럼 내가 미역국과 상극인 맛집을 한번 찾아볼게. 이왕이면 분위기도 좋은 곳으로."

오빠의 입가에 부드러운 미소가 그려졌다.

"한결 기분이 좋은데? 헤헷."

대빵이 때문에 울컥했던 마음이 다시 좀 풀어지는 기분이었다. 이런 다중이 같으니라고.

"대빵이는 장모님, 처형, 우리 부모님 해서 봐주는 사람들이 많잖아. 우리 지우를 돌봐 주는 사람은 나뿐이잖아? 그니까 내가 더 잘해 줄게."

오빠가 잠시 신호 대기 중인 차 안에서 나를 바라보며 말했다.

"고마워요."

입꼬리를 올리며 그를 향해 웃어 보였다. 나를 챙겨 주는 단 한 사람, 그게 오빠라서 너무 좋네.

"그니까 대빵이만 좋아하면 안 된다! 알겠지?"

앗, 질투쟁이가 어련하시겠습니까.

"이구~~ 대빵이는 챙겨 주는 사람 많지만, 오빠 챙겨 줄 사람은 나뿐이니까 신경 좀 써 드려 볼게요!"

우리는 마주 보고 크게 웃었다. 창밖에는 또다시 벚꽃이 피는 계절이 찾아와 행복한 이 시간의 평화로운 배경이 되어 주었다.

'할아버지… 고마워요……. 이렇게 좋은 사람을 만나게 해 줘서.'

응애, 응애, 응애!

"오구, 오구, 우리 공주 뭐가 이리 불편할까."

용을 쓰고 울어 대는 대빵이를 지우 엄마가 안고 흔들흔들거렸다.

"엄마! 애기들 원래 이렇게 시도 때도 없이 우는 거야?"

호기롭게 휴가까지 내고 조카를 본다고 했던 지아였지만, 그녀는 육아가 쉽지 않다는 것을 체감하고 있는 중이었다.

"그럼, 너흰 뭐 이렇게 안 운 줄 알아?"

지우 엄마 박숙희 여사가 자아를 바라보며 눈을 흘겼다.

"하, 난감하다. 진짜."

지아가 고개를 도리도리했다.

"난감하긴 뭐가 난감해. 울어도 귀엽기만 하구만. 지우 애기 때랑 똑같넹. 아주."

할머니가 흔들흔들 안아 주자 울음을 그친 대빵이가 언제 울었냐는 듯 금세 방긋방긋거렸다.

"아이, 이뻐. 지우는 무슨⋯ 혜성이랑 똑같이 생겼고만. 잘생긴 공주님이야, 아주."

지아가 아기의 발가락을 매만지며 웃는 얼굴로 대빵이를 바라보았다.

까르르-

집 안은 대빵이의 울음소리에 이어 웃음소리로 채워지고 있었다.

"오구, 오구, 우리 공주님 기분 좋아졌어? 봐라. 얘는 얘는, 지우 애기 때 이렇게 생겼었어! 눈, 코, 입 완전 대빵이랑 똑 닮았다고!"

괜히 열을 내는 지아에게 말하는 박숙희 여사였다.

"알았어. 못 말려, 진짜. 누가 봐도 아닌데 우기시긴."

"잔말 말고, 얼른 기저귀나 가져와!"

"하, 이 나이 먹고 이모가 기저귀 심부름이나 하고. 귀여우니까 봐준다, 차대빵~~"

"그 나이 먹었으면 너도 얼른 시집가든가!"

두 사람의 모든 대화는 거의 지아의 결혼으로 마무리되는 수준이었다.

"그게 맘대로 됩니까? 엄마, 혹시 할아버지가 또 숨겨 놓은 유언장 없을까?"

"뭐? 쓸데없는 소리 말고, 얼른 주방에 가서 분유 좀 타와!"

"치이……. 하, 진짜 우리 집 상전 차대빵 님. 너무너무 귀여우니까 분유도 타 드릴게요."

지아가 주방으로 가서 몇 번 해 본 솜씨로 분유를 타 왔다. 혹시라도 뜨겁지는 않을지 손등에 톡톡 뿌려 체크하는 것도 잊지 않았다.

"그나저나, 지우가 우리 대빵이 눈에 밟혀서 일이나 제대로 할지…….'

"질질 짜고 있는 거 아냐? 우리 대빵이 보고 싶어. 대빵아… 흑흑. 이러면서……. 큭."

"안 되겠다. 사진 찍어서 보내야겠다. 할미가 잘 보고 있으니 맘 편하게 먹으라고."

"헐, 박숙희 여사님? 진짜 우리 엄마 맞아요? 매 순간 낯설다니까. 변해도 너~무 변했다."

"엄마 변했지. 많이 변했지. 그런데 지금이 더 좋아. 행복하다고. 훗- 우쭈쭈쭈쭈. 우리 공주 기분 좋아져떠요? 할머니도 기분 좋아요."

"엄마, 내가 안아 볼게. 응?"

"자- 안아 봐- 지아야, 지우가 우리 위해 열심히 살았던 것처럼 우리도 대빵이한테 잘하자. 알겠지?"

박숙희 여사가 지아에게 또 잔소리를 시작했다.

"이구! 또 그 소리. 알았다고. 지겨워, 정말! 아구, 귀여워. 대빵아, 너는 어쩜 이렇게 귀엽니!"

★

"동구야, 우리 혜성이가 지우랑 참말로 잘 논다. 허허. 녀석들."

차주한 명예회장이 그의 집 정원에서 놀고 있는 혜성과 지우를 흐뭇하게 바라보았다. 그의 옆에는 조이제과 서동구 회장이 앉아 있었다.

"혜성이가 잘 챙겨 주니까 지우도 오빠를 잘 따른다 안 카나. 봐라. 봐라. 둘이 손 꼭 잡고 댕기는 거. 귀여운 녀석들."

동구가 웃으며 주한의 말에 맞장구쳤다.

"주한아, 이제 혜성이는 괘안은 기가?"

갑자기 동구가 진지한 얼굴로 혜성의 안부를 물었다.

"하모. 희한하게 지우랑 놀고부터 안 아프다 안 카나."

주한은 편안한 미소를 띠고 대답했다.

"그거 참, 신기하네……."

동구가 고개를 갸우뚱했다.

"내도 참 신기하데이. 아무래도 지우랑 혜성이랑 보통 인연이 아닌가 싶다."

주한의 눈빛에 지우를 향한 애정이 한껏 묻어났다.

"똥 팝니다! 똥 팝니다! 방구도 파라요!"

"하하하, 지우야, 오빠 방구 하나 주세요."

"방구 사시면 똥도 드립니다. 히히히히. 킥킥킥."

혜성과 지우는 뭐가 그리도 재밌는지 시종일관 웃어 댔다.

"뭐가 그리 재밌을꼬. 허허."

"둘이 잘 맞는가 삐다."

그 모습을 바라보는 할아버지들의 얼굴에도 미소가 번졌다.

"후-"

아이들이 신나게 놀고 있는 모습을 바라보다 동구가 회사 생각에 잠시 한숨을 내쉬었다.

"니 왜 그라는데?"

"지우 아빠가 말이다. 영 사업 체질이 아니라 내가 고민이 많다."

동구가 주한에게 고민거리를 슬쩍 털어놓았다.

"내가 봐도 가가 독한 게 없는 기라. 사람 너무 정직하기만 하고."

"후, 내가 오래 버텨서 지우 아범에게 힘이 돼야 하는데 말이제……."

"그래야지. 우리 오래 버텨 보자. H푸드랑 조이제과가 이 땅에서 뿌리를 튼튼하게 잘 내리도록 말이다."

주한이 또렷한 눈동자로 동구를 바라보았다.

동구는 말없이 미소만 지었다.

"동구야, 우리 혜성이 나중에 지우한테 장가보내 뻴까."

"뭐? 예끼, 이넘아. 귀한 우리 손녀딸 시집 안 보낸다."

동구는 주한을 향해 호통을 쳤다.

"그라믄, 평생 끼고 살 끼가."

주한도 지지 않았다.

"하모. 내 우리 지우 평생 끼고 살 끼다."

"할배가 아주 희망이 광대하네……. 지우가 좋다 하겠나."

"허허허."

두 사람의 유쾌한 대화 속에 혜성과 지우의 미래가 그려져 있었다.

"우리 혜성이 같은 아 없다. 저 어린것이 그렇게 머리가 아파도 징징거리며 말하는 법이 없다. 저리 뚱뚱하고 둔해 보여도 지 하고자 하는 건 똑 부러지게 하고 얼매나 심성이 고운지 니도 안다 안 카나."

"맞다. 혜성이 진짜 내가 봐도 진국이라. 안 그래도 아까는 농이었고 사실, 내도 속으로 찜했다 아이가. 우리 지우도 내가 이리 두 눈으로 확인한 제대로 된 놈 아니고는 시집 못 보내지."

주한과 동구는 서로 눈을 찡긋했다.

"아무리 봐도, 야 둘이 천생인연인 거 같은데, 혹시나 나중에 못 알아삐면 어쩌누."

"말 나온 김에 우리가 계약서 써 부리자."

"그러까?"

"하모."

"주한아, 이 결혼 방해하는 넘들 있으면 우리가 저승에 가서라도 꼭 혼쭐을 내주 삐자. 알긋제?"

"하모!"

외전3.

사(랑하자!) 이(세상) 다(바쳐!)

"어서 오세- 어! 시우 언니!"

'go on' 카페 문을 열고 들어오는 지우를 경아가 반겼다.

"왔어?"

수민 사장님도 기다렸다는 듯이 일어나 입구 쪽을 바라보았다.

"헤헤, 좀 늦었죠. 하, 퇴근 삼십 분을 남기고 새로운 일거리를 던져 주는 진상 팀장이 있었거든요."

지우가 자신을 반기는 그들에게 눈은 가늘게 뜨고 입꼬리를 올리다 말고 말했다.

"아, 그 유명한 팀장님?"

경아가 알 만하다는 듯 고개를 절로 내저었다.

"응."

"회사에서는 얄짤 없는데, 집에서는 아내 바보 된다는 그 팀장 맞지?"

수민 사장님도 거들며 세 사람은 자연스레 늘 함께 앉던 테이블로 모였다.

"크크크, 아마도요?"

"그나저나 엄청 늦은 시각도 아닌데 손님이……."

지우가 걱정스런 눈빛으로 카페 구석구석을 살폈다.

"그래도 점심에는 바짝 할 만해. 뭐, 입에 풀칠은 하니까 걱정 말래도. 그나저나 배고프지? 그거 시킬까? 우리 늘 먹는 남대문 매떡?"

여전히 쿨한 수민 사장이 맛있는 음식 이야기로 지우의 귀를 홀렸다.

"하… 먹고 싶다. 근데, 평소대로 매운맛은 못 먹을 듯해요."

"왜?"

예상치 못한 그녀의 반응에 수민 사장과 경아가 동시에 물었다.

"임신 중에 너무 매운 거 먹는 게 안 좋다네. 일하느라 태교도 잘 못 하는데, 먹는 거라도……."

살짝 도드라진 배를 매만지며 말하는 지우였다.

"뭐가 문제야. 우리 스타일은 아니지만 그럼 순한 맛으로 먹지, 뭐."

"아, 그럴까요? 정말 아기 낳고 나면 매운 거 완전 많이 먹으려고요. 그런 걸 먹을 수 있다는 게 얼마나 감사한 건지 몰랐다니까요?"

그녀가 매운맛 생각에 벌써 고인 침을 꿀꺽 삼키며 말을 이었다.

"우와- 우리 언니가 예비 엄마가 되더니 맨날 인생을 쓰디쓴 잔에 비유하던 사람이 '감사'라는 신성한 단어를 쓰네! 변했다, 변했어!"

경아가 지우의 말 한마디 한마디를 들으며 놀라워했다.

"내가 그랬어? 큭큭."

"그러엄! 평소 커피도 쓰리샷 아니면 안 먹던 사람이 커피는 입에도 안 대고! 어떻게, 그래도 살 만한 거야?"

"그니까… 그냥 또 살아지긴 하는데, 커피 먹고 싶은 거 엄청 참는 거야! 커피도 마음껏 마실 수 있음에 감사해라, 경아야."

"하… 익숙해서 감사한 걸 모르는 경우가 많지. 가령 남사친이 다른 여자의 애인이 됐을 때 그제야 좋아하는 감정을 알게 되는 경우가 좀 많다고."

수민 사장은 머릿속에 스치는 또 하나의 러브스토리가 있는지 제법 진지한 얼굴로 이야기했다.

"사장님, 그건 또 어디 드라마에 나오는 얘기예요? 큭. 그건 그렇고 사장님 애정 전선은 이상무죠?"

"훗- 우리?"

"언니, 말도 마. 진짜 이상 없음을 넘어서 뜨거워. 아주 핫하다고! 사장님 얼굴 좀 보라고. 활짝 폈잖아. 하, 얼마 전에는 백 일이라고 와- 나한테 100원을 걷어 갔다니까."

"진짜? 하하하하하!"

"얘는-"

"그러고 보니, 우리 사장님 진짜 예뻐졌네? 어떻게 지내시는 거예요? 네? 썰 좀 풀어 보세요."

"뭐, 썰이랄 게 있나……. 그냥 좋네. 삼십 대 후반이 되면서 다시 이렇게 설레며 연애할 줄은 몰랐는데 말야. 만복이랑 있을 때는 내가 십 대인지 이십 대인지 분간이 안 갈 정도라니까. 후훗."

[수민아, 나와. 점심 먹자.]
[지금? 갑자기?]
[응.]
[어딘데?]
[네 카페 앞.]
[쥔짜?]

[응ㅋ]

만복의 메시지를 받고 수민이 막 반쯤 먹은 컵라면을 닫고 티슈로 입을 쓱 닦은 다음, 카페 밖으로 나가 보았다.

"어머! 뭐야. 진짜네? 오늘 출근 안 했어?"

"했지. 그냥 너무 보고 싶어서. 가슴이 뛰는 대로 여기까지 뛰어와 버렸네."

"올~ 정만복… 이런 면이 있었어?"

"후훗- 카페에 알바생 있지? 잠깐 점심 먹으러 나가도 되지?"

"어? 어……."

수민은 방금 컵라면을 반쯤 먹었다는 말을 쏙 집어넣고 다시 카페로 가서 가방을 챙겨 들고 나왔다.

"근처에 맛집 찾아 놨거든. 얼른 가자."

만복이 그녀의 팔을 붙잡고 걸음을 재촉했다.

"어머! 여기에 이런 가게가 있었어? 와- 등잔 밑이 어둡다더니, 여기에서 장사한 지 10년이 다 되어 가는데 처음 와 본다."

조금 걸어 도착한 빈티지한 감성이 묻어나는 퓨전 레스토랑 앞에서 수민이 감탄사를 내뱉었다.

"하… 근데 얼마나 맛집이길래 웨이팅이 이렇게 길어? 이거 기다리다가는 너 점심시간 지나겠는데? 괜찮겠어?"

"어. 오후에 취재 건 잡아 놔서 시간 좀 넉넉해. 괜찮아. 맛

뽀뽀.

"악- 정만복! 뭐야. 갑자기."

컵라면 먹고 양치질도 안 했다고!

"우리 수민이 입술에서 msg 맛이 나네?"

"어? 그…래?"

차마 그걸 먹고 나왔다고 얘기를 못 하는 그녀였다. 그걸 먹고 또 이렇게 많은 걸 먹겠다고 한 걸 알면 좀 머쓱할 것 같았다.

"msg 맛이 그렇게 심해?"

"어. 완전 중독성 있는데?"

만복은 이 말을 하고는 갑자기 휴대폰을 열어 누군가에게 연락을 취했다.

"뭔데?"

"오후 반차 써 버렸어."

"뭐?"

"알면서."

msg의 위력이 이렇게 센 거야?

식사를 하며 세상 돌아가는 이야기를 때로는 진지하게 때로는 깔깔거리며 나누다가도, 꼭 마지막에는 둘만의 밀어로 끝이 났다.

"우리 부모님은 다음 주 주말 괜찮다고 하시더라. 너희 부모님은?"

"우리 엄마, 아빠는 뭐 언제든 데리고만 오라 하시지. 하, 내가 무슨 짐짝도 아니고!"

두 사람은 멀리 돌아 다시 만났기 때문에 시간이 더욱 아깝고 급했다. 그래서 내린 결론이 결혼이었다.

"이렇게 예쁘고 훌륭한 짐짝이 어딨다고!"

"정만복, 너 인터뷰 전문 기자라고 말 되게 잘한다? 사람 막 기분 좋게?"

"홋- 그냥 내 진심인 거야. 그럼 밥 먹고 나 많이 예뻐해 주든가. 알겠지?"

"홋- 알겠어. 기대해-"

풋풋한 이십 대와 십 대를 오가는 연애의 종착지는 삼십 대 후반 제 나이의 그것으로 돌아왔다.

"자- 이거."

"어머, 이게 뭐예요?"

수민에게 예상 가능한 봉투를 받아 든 지우의 눈이 휘둥그레졌다.

"11월 21일, 더리버컨벤션호텔? 대박! 지우 언니 오면 짜잔- 하려고 저한테도 얘기 안 하셨던 거예요?"

"같이 주려고 했지. 온종일 말하고 싶은 걸 참았느니라-"

경아의 말에 수민 사장이 이제야 속이 시원하다는 표정을 지었다.
"와- 그나저나 진짜 초고속 스피드네."
"우리가 나이가 있잖아. 대빵이 또래 만들어 주려면 좀 서둘러야지. 어쩌면……."
생각보다 빠른 결혼 소식에 놀라워하는 지우의 이야기에 수민이 한쪽 입꼬리를 쓱 올렸다.
"어쩌면 뭐요?"
"설마?"
지우와 경아는 몸을 앞으로 숙여 수민 사장에게 가까이 다가섰다.
"크크, 만복이는 신혼을 더 즐기자는데 양가에서 더 난리야. 혼수로 해 가면 두 팔 벌려 반길 태세라니까-"
"이야- 대박이다."
수민의 이야기를 들은 둘이 그제야 의자 등받이에 몸을 기댔다.
"와- 사장님, 저도 진짜 환영!"
"하, 애인조차 없는 사람은 부러워서 웁니다."
"그니까, 경아 너도 얼른 남친 만들어. 곧 크리스마스도 다가오는데. 참, 얘기나 들어 보자. 네 이상형이 뭔데?"
"전 막 근육질보다 좀 슬림한 체형이면 좋겠고, 뭘 막 잘 챙겨 주는 남자? 그런 남자가 좋더라고요. 이왕이면 순정남이면 좋겠고. 하… 근데 어디 있냐고, 대체. 사장님은 형부 어디가 그렇게 좋아요?"
"잘 맞아."
"그니까 뭐가?"
수민의 단호박 대답에 경아의 질문이 점차 집요해졌다.
"특히……."
그때였다. 카페 문을 열고 누군가 들어왔다.
"나랑 아주 뭐든지 착착 맞는 그분이 오셨네."
수민 사장의 속삭임을 들으며 셋이 동시에 기척이 나는 쪽을 바라보았다.
"떡볶이 시키신 부운-"
말끔히 차려입은 신사가 얼굴에 미소를 띠고 셋을 바라보며 양쪽 손에 들린 봉지를 흔들었다.
"자기야!"
"형부!"
"어머! 기자님!"
셋의 입에서 다른 호칭이 튀어나왔다.
"하하하! 즐거운 야식 타임이 벌어졌다는 소식을 듣고 찾아왔습니다."
만복이 포장해 온 음식들을 테이블에 놓으며 그것을 일사불란하게 세팅해 놓았다. 그가 가져온 건 떡볶이뿐 아니라 치킨에 샐러드, 시원한 맥주와 임산부를 고려한 탄산수까지 더해져 있었다.

"우와- 형부 센스가 미쳤다!"

경아가 금세 차려진 거한 한 상을 보며 만복을 향해 엄지를 척 들어 올렸다.

"우리 수민이가 이렇게 여러 가지 맛보는 걸 좋아하더라고요."

"어머 어머 어머! 우리 수민이! 경아야, 사장님 입이 귀에 걸렸다."

"큭큭, 그러게."

"얘들이, 부끄럽게 왜 그래. 얼른 우리 짠 하자! 얼른 잔 들어!"

"후훗-"

지우와 경아가 탄산수와 맥주를 따른 잔을 치며 올렸다.

"큼큼."

만복이 시키지도 않은 건배사를 위해 목을 가다듬었다.

"술잔은 비우고 사랑은 채우고! 사랑하자! 이 세상 다 바쳐! 사이다! 모두 사랑합시다!"

"하하하하하!"

맞닿은 잔이 경쾌한 소리를 냈다. 네 사람은 잔에 담긴 각각의 음료를 시원하게 들이켰다.

"어? 뭐지?"

탄산수를 한 모금 마시고 잔을 내려놓은 지우의 휴대폰

이 울렸다.

[서지우, 어디야?]

준영이었다.

[나 'go on'. 왜?]

[아, 나 내일 출장인데, 너한테 넘기고 갈 보고서가 있어서. 잘됐다. 그 근처인데 잠시 갖다 줄게.]

[알겠어.]

잠시 뒤, 그가 카페 문을 열고 들어섰다.

"준영아!"

"어-!"

"안녕하세요!"

"와- 준영 학생, 아니 이제 직장인이지. 오랜만이다. 지우랑 학교 같이 다닐 때 종종 봤는데."

"헤헤, 네. 그렇네요. 직장 생활이 하도 바쁘다 보니."

"그럼. 이해해."

"지우야, 여기- 이거 좀 내일 부장님께 전달해 줘."

"응- 알겠어."

"어? 이거… 떨어졌네요?"

준영이 바닥에 떨어진 경아의 핸드크림을 주워 그녀에게 건넸다.

"아, 감사합니다."

"어? 이것도……."

그녀가 고개를 숙여 감사 인사를 할 때, 갑자기 떨어진 머리핀을 그가 다시 주워 주었다.

"아, 감사합니다."

"괜찮아요."

두 사람 사이에 묘한 기류가 흐르는 것을 눈치챈 지우가 준영을 불렀다.

"준영아- 여기 맛있는 거 많은데 먹고 가. 너 살 좀 쪄야겠다. 그렇게 말라 가지고는!"

그리고 경아를 향해 눈을 찡긋했다.

마르고 잘 챙겨 주는 참 괜찮은 남자 여기 있다니까.

외전 4.
다섯 번째 결혼기념일

　제주 H호텔 야외 풀에 따사로운 봄 햇살이 내리쬤다. 아이들은 맑게 갠 하늘 아래 지치는 기색도 없이 끊임없이 첨벙대며 물놀이 중이었다.

　지우가 카바나에 비스듬히 뉘었던 몸을 세워 풀 바로 앞에 있는 선베드로 자리를 옮겼다.

"어푸! 어푸! 아빠!"

"아빠! 나 좀 잡아 주떼요!"

　연신 아빠를 불러 대며 노는 여자아이 둘, 지우와 혜성의 연년생 자매 다섯 살 하린, 네 살 태린이었다. 고작 이틀 출장 다녀온 아빠랑 얼마나 애틋한 딸들인지, 엄마는 안중에도 없는 그녀들이었다.

덕분에 모처럼 여유를 즐기고 있는 지우였다.

"웃차! 우리 딸들 아빠 잡고 한 바퀴 돌아 볼까?"

새벽부터 호텔 내 피트니스에 다녀와서 그런지 혜성의 구릿빛의 탄탄한 상체가 햇살을 받아 반짝였다. 결혼 5년 차가 된 남자 몸매로서는 반칙과도 같은 식스팩은 풀장에서 더욱 빛났다.

"엄마!"

"엄마!"

하린이와 태린이가 지우를 보고 얼굴에 함박 미소를 띠고 손을 흔들어 댔다.

"저 애들 엄마인가 봐요? 근데, 진짜 아빠 맞아요? 삼촌 아니야? 어쩜 저렇게 멋있어! 연예인인 줄 알고 한 번 보고 또 봤다니까."

가족 단위로 놀러 온 사람들 중에 몇몇 중년의 부인이 혜성을 가리키며 혀를 내둘렀다.

"아, 그러셨어요? 삼촌 맞아요. 저는 애들 삼촌 애인이고요! 호호-"

결혼하고 나니 느는 건 이런 넉살과 진짜 살.

괜히 농담으로 건넨 말이지만, 둘째를 낳고 영 빠지지 않는 군살 때문에 고민인 지우의 얼굴엔 심통이 가득했다. 그런데 왜 그런지 혜성의 외모는 세월을 거슬러 올라갔다. 야속할 만큼이나.

"삼촌은 개뿔!"

지우가 혜성을 보며 입을 쭉 내밀고 있던 그때였다.

"여기- 저쪽에 계신 남자분께서 주문해 주셨습니다."

호텔 내에 있는 라운지 바의 직원이 지우가 기대고 있는 선베드 사이드 테이블에 보기만 해도 상큼이 톡톡 터지는 샹그리아가 담긴 잔을 내려놓으려 했다.

갑자기 이게 무슨 일인가 싶어 지우는 어안이 벙벙했다.

"어머! 아니, 저 이런 거 안 돼요……!"

이런 작업 받아들일 수 없는 유부녀라고요……!

그나저나 후훗! 차혜성! 봤냐!

나도 아직 살아 있다……!

뜻밖의 드링크를 받아 들고 은근 두근대는 기분으로 새초롬한 표정을 지으며 직원에게 다시 샹그리아 잔을 내주는 그녀였다.

"아… 그런 게 아……."

직원이 망설이는 찰나, 지우가 그가 가리키던 쪽을 바라보았다. 그곳엔 선남선녀 커플이 지우를 보고 마주 잡은 손이 아닌 다른 손을 흔들었다.

"최준영? …경아?"

하… 작업은 개뿔!

5년째 연애 중인 커플, 장수 커플임에도 늘 꿀이 뚝뚝 떨어지는 두 사람이 그녀 눈에 들어왔다.

"아니, 뭐 마실 것도 없이 그냥 그러고 앉아 있냐. 햇볕 막 내리쬐는데 보기만 해도 목마를 것 같아서 우리 마시는 김에 주문했다."

준영이 지우에게 눈썹을 한 번 올렸다 내리며 말했다.

"애들 아빠랑 애들 보느라 목마른지도 몰랐네. 캬- 맛있네!"

샹그리아 한 모금을 삼킨 지우가 두 사람을 보며 미소를 지어 보였다.

"언니! 와- 제주도에서 보니까 더 반갑다!"

준영의 사랑을 얼마나 많이 받고 사는지 매일 미모를 갱신하는 경아도 지우를 반겼다.

"훗- 그러게. 그나저나 웬일들이야?"

"오빠랑 나랑 연차 내고 여행 왔어."

"결혼도 안 한 것들이……!"

"하이고… 연애도 안 하고 대뜸 결혼부터 한 사람은 이해 못 할 일이지?"

"뭐야! 최준영……!"

"여보-!"

"엄마!"

막 물놀이를 마친 두 딸과 혜성이 지우 곁으로 다가왔.

"꺅! 삼촌! 이모!"

"꺄~~~ 우리 하린이! 태린이!!"

하린이와 태린이가 준영과 경아를 몹시 반겼다. 준영과 경아도 그에 지지 않게 두 자매를 보고 난리였다. 평소에도 자주 보던 네 사람이었다. 특히 준영과 경아는 아이들과 놀아 주는 데는 선수였다.

"대표님, 안녕하십니까."

"아, 흠흠, 최 과장. 휴가 왔나 보네요."

"아, 네."

지우의 귀에 혜성과 준영의 대화가 살짝 어색하게 들렸지만, 개의치 않고 딸들에게 비치가운을 입혀 주기 바빴다.

"삼촌! 하린이랑 가치 노라요!"

"태린이는 경아 이모랑 노 꺼야!"

"꺄~~~ 진짜 삼촌이랑 이모랑 놀 거야?"

준영이 오버 액션 필살기를 펼쳤다.

"응응!"

하린이와 태린이는 신이 나 주먹을 꼭 쥐고 발을 동동 굴렀다.

"하린아, 삼촌이랑 이모 놀러 왔는데 방해하면 안 돼."

지우가 괜히 애들이 커플 여행에 눈치 없이 구는 것 같아 다그쳤다.

"우웅~ 이모랑 놀고 시퍼……."

엄마 마음도 모르고 눈을 글썽이는 태린이.

"태린이 진짜 이모랑 삼촌이랑 놀 거야? 우리랑 놀려면 각오 좀 해야 하는데?"

준영이 몸을 앞으로 수그리며 하린, 태린 자매를 바라보았다.

"각오가 뭐야, 삼촌?"

하린이가 눈을 동그랗게 뜨고 물었다.

"마음에 단단한 준비를 해야 한다는 뜻이야."

"마음을 왜 단단하게 해?"

꼬마 자매들은 이게 무슨 소리인가 싶었다.

"삼촌이랑 이모랑 같이 놀다가 너무 재밌어서 배꼽이 다 빠져 버릴지도 모르거든!"

"아, 그래서 배꼽을 마음에 단단히 무꺼 놔야 되는 거야? 하하하하하하!"

"하하하하하!"

준영의 말에 아이들이 배꼽을 부여잡고 웃었다.

"죽이 척척 맞네!"

지우는 딸들이 웃는 모습이 귀여워 그들의 엉덩이를 톡톡 쳤다.

"우리가 애들이랑 좀 놀게요. 오랜만에 오붓한 시간 좀 가지세요, 대표님, 지우야."

준영이 혜성과 지우를 바라보았다.

"아냐- 너네도 놀러 왔는데, 왜."

그런 그에게 지우가 손사래를 쳤다.

"우린 맨날 둘이 놀거든. 게다가 우리 휴가 일주일이야. 오늘 하루 요렇게 귀여운 꼬마들이랑 노는 게 우리에겐 영광이거든!"

준영이가 아주 혜성이 듣기 좋은 말만 골라서 하는 중이었다.

"진짜?"

눈에 집어넣어도 안 아플 두 딸내미들이지만, 에너자이저인 그녀들을 감당하는 것이 쉽지만 않은 엄마에게 조금 반가운 소리이기도 해 되묻는 지우였다.

"그럼, 언니 우리가 애들이랑 산책도 하고 호텔 플레이존도 가고 호텔 키즈 프로그램도 함께 다녀올게."

"음, 한 세 시간을 놀아도 부족하겠지만, 또 지우가 애들 보고 싶다고 울까 봐 그 정도?"

"진짜? 세 시간이나? 그럼 너희들 다 뺄을지도 모른다. 큭… 오빠, 어쩌죠?"

"세 시간 금방 가는데, 뭐. 애들도 원하고."

"훗- 그럼 애들 옷 갈아입혀서 보낼게."

"꺄~~~ 신난다!"

꼬마들이 아까보다 더 높이 땅바닥에서 공중으로 점프를 뛰었다.

"그래. 그럼 조금만 있다가 보자, 하린, 태린아!"

"네, 네!"

"훗- 고마워요, 최 과장, 경아 씨."

혜성이 준영과 경아에게 미소를 지어 보였다.

"아이고, 아닙니다, 대표님."

준영이 그를 향해 눈을 찡긋했다.

순간, 지우의 촉이 좀 이상하긴 했지만, 설마 싶어서 그냥 넘어가기로 했다.

★

"후- 애들 없으니까……."

하린이 태린이를 준영과 경아에게 보낸 지우가 텅 빈 호텔 방 침대 위에 앉아 혜성을 바라보았다.

"허전해?"

혜성이 그녀 곁으로 다가와 옆에 앉았다.

"살 것 같애! 꺄~~~~!"

지우가 침대에 벌러덩 드러누웠다.

"큭큭, 그렇게 좋아?"

혜성이 그런 그녀를 위에서 내려다보았다.

"아니, 준영이랑 경아가 애들이랑 너무 잘 놀아 주니까, 마음이 놓이니까… 뭐… 그런 거지……."

"그런 거야? 나랑 둘이 있어서 좋은 거 아니고?"

"어?"

"난, 이 순간만 기다렸다고."

"뭐? 혹시 이런 순간이 올 걸 알고 있었어?"

"어? 아니… 그런 게 아니라, 만에 하나 이런 순간이 오면 좋겠다- 뭐 이런 생각……."

"흠… 그래? 근데, 왜 기다렸는데?"

"잠시만-"

혜성이 호텔 방 옷장 문을 활짝 열었다.

"어머, 오빠, 이게 뭐야?"

그곳엔 새하얀 시스루 드레스가 걸려 있었다. 한눈에 보아도 이탈리아에서 공수해 온 드레스임이 분명했다.

"이거 입고 10분 후에 거실로 나와. 알겠지?"

"갑자기? 뜬금없이?"

"얼른- 그럼 거실에서 기다릴게."

"어? 어…….";

지우는 알쏭달쏭한 얼굴로 자리를 뜨는 혜성의 뒷모습을 바라보았다.

"이 남자 또 무슨 이벤트를 준비한 거야……."

회사에서 일은 똑 부러지게 해도 이벤트는 매번 어설프게 준비해 딱 걸리는 혜성인데 오늘은 영 감이 안 왔다.

"어디 보자… 와, 너무 예쁘다."

지우는 하린이 태린이를 보내고 살짝 낮잠을 잘까 싶었는데, 예쁜 드레스를 보자 에너지 드링크라도 마신 듯 온몸의 세포들이 생동하는 기분이 들었다.

서둘러 드레스를 갈아입고 전신 거울에 모습을 비춰 보는 그녀. 입술을 꾹 다문 채 그대로 화장대 앞에 앉았다.

"어? 내가 챙겨 온 게 아닌 것 같은데?"

파우치를 꺼내려 서랍을 열자 풀메이크업을 위한 화장품이 놓여 있었다.

"이 남자… 아주 작정을 했구나!"

지우가 눈을 가늘게 떴다 뜨면서 화장품을 집어 천천히 메이크업을 시작했다. 오랜만에 색조 메이크업까지 마치고 헤어 손질까지 한 그녀.

"와- 이러고 풀에 갔어야 하나? 큭."

한껏 꾸민 모습이 마음에 드는지 지우가 자신감 있는 표정으로 자리에서 일어나 호텔 거실로 향했다.

"어? 우와- 뭐야!"

자신의 모습에 감탄할 혜성의 모습을 상상하며 나왔건만, 상황은 정반대. 지우는 멋스럽게 꾸미고 나온 혜성을 보고 자신도 모르게 두 손으로 입을 막았다.

"진짜! 반칙이야!"

막 결혼식을 앞둔 연예인 신랑도 이렇게 멋지지는 않을 거야!

"와우- 쏘 뷰리풀- 우리 지우 너무 아름답다."

"근데, 대체 뭔데? 오빠?"

"훗- 가만, 오빠 손 잡아 봐."

척-

혜성이 지우 손을 잡고 룸 밖으로 나가려는 것이 아닌가.

"헉, 이러고 나가자고?"

"응-"

"진짜 무슨 일이지?"

"오빠만 따라와 봐-"

그녀의 손을 꼭 잡은 그가 엘리베이터를 타고 호텔 펜트하우스로 향했다.

"헐- 이게 다 뭐예요?"

막 도착해 룸 안에 들어간 지우가 잊은 지 오래된 존댓말을 다시 소환했다.

"우리 둘만의 파티-"

"대박-"

펜트하우스에는 고급스러운 꽃 장식이 가득했다.

압권은 꽃길.

그 길을 따라가면 무엇이 나올지 충분히 예상 가능했다.

"이리 오시죠, 사모님."

"이러려고 설마- 준영이 매수했어?"

그러자 이 남자, 눈을 찡끗한다.

헐!

"얼른- 지우야-"

혜성이 그녀를 이끌고 꽃길을 함께 걸었다.

길 끝에서 만난 침실, 그 옆 테이블엔 와인과 치즈플래터가 있었다.

"결혼 5주년을 축하하며- 나를 데리고 살아 준 지우에게 감사하며-"

짠-

혜성의 말이 끝나자 두 사람이 설레는 얼굴로 테이블에 앉아 와인 잔을 마주쳤다.

"벌써 5주년이라니… 진짜 세월이 빠르다……."

"그치. 눈 깜짝할 새 지나가 버린 것 같아."

"그래도 지난 세월이 무색하게 지우는 여전히 스물여섯 그대로인 것 같아."

"에이- 오빠두. 이 살들 안 보여?"

"어디? 어디 있는데? 완전 말라깽이고만."

"진짜 안 보여?"

"응!"

"훗- 그 콩깍지 절대 벗겨지지 않기를-"

"훗- 콩깍지 아니고 진짜라니까."

"참! 오빠, 그건 어떻게 됐어? 우리 5주년 기념으로 하기로 한 거."

"아- 그거. 잘했지. 자- 봐 봐-"

지우의 물음에 혜성이 휴대폰을 켰다.

그곳엔 번듯하게 지어진 한 건물이 보였다. 그 건물은 알코올중독자를 위한 치유 센터였다.

"와- 잘 지었네!"

"생각보다 알코올중독자들이 많더라고. 전문 인력도 꼼꼼히 배치했으니까 잘될 거야. 그나저나 어머니랑 처형이 서운해하진 않았어?"

"응. 전혀. 시할아버님께 받은 주식, 원래 꿈에도 생각 못 했던 돈이잖아. 좋은 일에 쓰인다면 좋다고 하셨어. 우린 오빠 만난 것만으로도 감사하다며. 진짜 많이 변했지?"

"우와! 감동인데? 너무 다행이다. 이 시설로 많은 사람들이 도움을 받으면 정말 좋겠다."

"응!"

"그럼, 숙원 사업 하나는 해결했으니까 나머지 하나 또 해결해야지?"

혜성이 지우에게 느끼한 눈빛을 들이댔다.

"왜 그 얘기 안 나오나 했습니다! 훗-"

그녀를 번쩍 안아 올린 혜성이 저벅저벅 침대를 향해 걸었다.

"사랑해- 지우야-"

"나도-"

마침

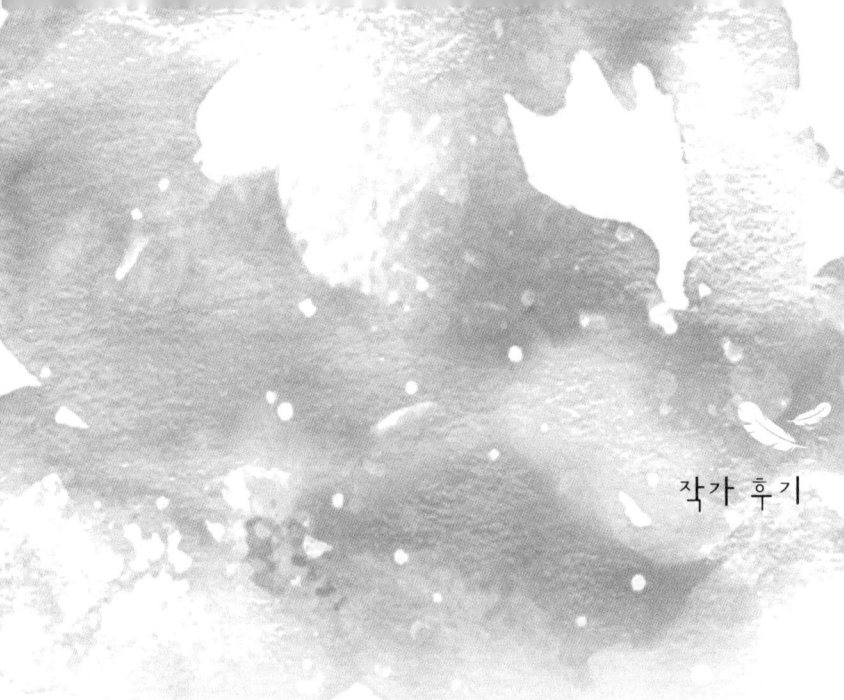

작가 후기

　벚나무가 꽃망울을 터뜨리고, 제법 따뜻한 바람이 기분 좋게 스치는 계절이 찾아왔어요. 봄은 매번 틀림없이 돌아오는데, 신기하게도 마음을 늘 새롭게 하고 설레게 하네요. 이런 느낌 때문에 봄을 좋아하나 봅니다. 제 작품에 유독 봄 배경이 많이 등장하는 걸 보면요.
　'꿈에도 생각 못 한…….' 이 말은 제가 평소에 자주 쓰는 말이었어요. "와- 이건 진짜 꿈에도 생각 못 했다!" 이런 식이었죠. 후훗- 어느 날 문득 어김없이 이런 이야기를 하다가 떠오른 사랑 이야기를 이렇게 풀어 놓게 되었네요.
　다른 사람의 유언장에 어느 누가 자신의 결혼 상대자가 적혀 있으리라 생각했을까요. 혜안이 있던 두 분의 할아버지

께서 지극한 손주 사랑으로 당사자들 몰래 해 놓았던 정략결혼을 모티브 삼아 시작했던 이야기가 당사자들의 진짜 결혼으로 끝을 맺었습니다.

사랑이 찾아오고, 그것이 이루어지는 과정은 언제나 경이로워요. 마치 다시 마주한 이 봄처럼 말입니다. 이렇게 또 하나의 사랑 이야기를 세상에 툭 던져 놓을 수 있게 돼서 몹시 기쁩니다. 그럴 수 있게 해 주신 마야마루 출판사와 늘 애써 주시는 배선희 주임님께 진심으로 감사 인사를 전해요. 그리고 지금 이 글을 읽어 주신 당신께 깊은 감사를 전합니다. 다음에 또 만나요! 우리. 제발~~♡